GENTE COMO YO

JOSÉ IGNACIO
VALENZUELA GÜIRALDES

GENTE COMO YO

Gente como yo

Primera edición: febrero de 2023

© 2023, José Ignacio Valenzuela Güiraldes

© 2023, de la presente edición en castellano para todo el mundo:
Penguin Random House Grupo Editorial, S. A.
Av. Andrés Bello 2299, of. 801, Providencia, Santiago de Chile

© 2023, derechos de edición mundiales en lengua castellana:
Penguin Random House Grupo Editorial, S. A. de C. V.
Blvd. Miguel de Cervantes Saavedra núm. 301, 1er piso,
colonia Granada, alcaldía Miguel Hidalgo, C. P. 11520,
Ciudad de México

© 2023, Penguin Random House Grupo Editorial USA, LLC.
8950 SW 74th Court, Suite 2010
Miami, FL 33156

penguinlibros.com

ISBN: 978-1-64473-764-4

Impreso en Colombia – *Printed in Colombia*

Gente como yo de José Ignacio Valenzuela fue originalmente concebida como
una serie original creada y producida para la plataforma de audiolibros Storytel.
Copyright del texto, 2019. *Copyright* del audiolibro, 2019

ÍNDICE

Capítulo uno

DE VEZ EN CUANDO, LA VIDA

¿Cómo llegamos a este momento?

¿Cómo?

Siempre quise creer que todo servía para algo. Que cada acción que llevábamos a cabo, que cada cosa que nos sucedía, que cada paso que dábamos nos ayudaba a descubrir algo que desconocíamos, a ver algo que nos estaba velado, quizá a aprender algo que no sabíamos. ¡Y vaya que sí aprendí algo esa tarde! Sentado en mi propia sala frente a una trabajadora social con cara de pocos amigos.

Aprendí que la desesperación, la verdadera desesperación, esa que llega como un tsunami a nuestras vidas, es una avalancha gélida que no mata pero que provoca una tremenda agonía. Aprendí también que esa desesperación que vemos en las películas, o en las telenovelas, es falsa. Es una mentira llena de gritos, de bofetadas, de insultos rabiosos, de muecas teatrales. Y no, claro que no es así. La verdadera desesperación es un revolcón paralizante que después te hunde en aguas heladas. Y yo, yo la experimenté en carne propia aquel día. Nunca lo olvidaré. No olvidaré cómo las venas se me tornaron hielo al interior del cuerpo, cómo me hundí sin remedio en esas aguas congeladas, cómo me abandonó la conciencia del cuerpo.

Intenté hacer algo. Pero no pude.

Solo conseguí preguntarme cómo habíamos llegado hasta ese punto.

Desde mi lugar en el sillón miré a Joan revisar los papeles que, con toda la calma del mundo, iba extrayendo de una carpeta. Era un fólder viejo, mil veces usado. De seguro, cientos de casos habían sido transportados ahí. Pude imaginar nuestro proceso archivado, los papeles en la basura, y un nuevo oficio en su interior. Tampoco requirió mucho esfuerzo imaginar a esa trabajadora social sacando una y otra vez esa misma carpeta de su bolso de cuero negro frente a otras parejas que, como nosotros, también aguardaban con el corazón en las manos su veredicto.

¡Cuántas salas conocerá ese manoseado bolso! ¡Cuántos rostros expectantes habrá presenciado a lo largo de los años! ¡Qué secretos esconderá en sus bolsillos y compartimentos! ¡De cuántas lágrimas habrá sido testigo!

Joan cerró la carpeta y soltó un hondo suspiro. Le clavó la mirada a Jimmy, quien casi había dejado de respirar ante tanta expectación. Lo conozco bien, mejor que nadie, y pude sentir su angustia, una angustia que me llegaba en oleadas desde el otro lado del salón. Luego de una pausa, Joan se giró hacia mí. Ni siquiera hizo el intento de fingir una sonrisa.

—Lo siento —sentenció—. No creo que se vaya a poder.

—¿No se va *a poder*? —Jimmy por fin intervino—. Sea honesta, Joan. ¿No se va *a poder* o no se va *a autorizar*?

—Como les expliqué en nuestra primera junta, las cosas han cambiado mucho. Hay países que durante años autorizaron, incluso apoyaron, la adopción a parejas del mismo sexo. Sin embargo, ahora...

—Sin embargo, *ahora no es así* —la interrumpió mi marido—. Sí, ya lo sabemos. Por eso mismo decidimos contratarla y hacer el informe con usted, que nos prometió buenos resultados. ¿Qué más quieren? Tenemos una casa, trabajo, dinero en el banco... Somos gente de bien. Mauricio y yo hemos formado una familia estable. Ahí están las cartas de referencia que lo respaldan. ¿Cuál es el problema?

El verdadero problema somos nosotros, pensé. Que tú te llamas Jimmy y yo Mauricio. Que cuando nos besamos nuestras barbas nos arañan las mejillas. Que en nuestro clóset no hay brasieres. Ni vestidos. Ni zapatos de tacón. Solo un canasto con condones, dildos y lubricantes. Que somos dos hombres, Jimmy: ese es el problema.

—Bueno, las posibilidades son casi nulas —prosiguió Joan mientras volvía a guardar el fólder dentro de su bolso. De seguro, apenas llegara a su oficina lanzaría a la basura nuestro expediente para llenarlo de inmediato con un nuevo caso que la mantendría ocupada el siguiente semestre.

—Además, ya les expliqué que, en la remota posibilidad de que la adopción se aprobara, estarían recibiendo un niño mayor de siete años. Y ustedes han manifestado en todas sus entrevistas que no quieren uno tan grande.

—¡Eso no tiene ningún sentido! —exclamó mi marido al tiempo que se ponía de pie.

Siéntate, Jimmy, pensé. Vuelve a tu lugar y cálmate. Lo menos que necesitamos en ese momento es una confrontación con la trabajadora social que está a cargo de nuestro informe de adopción. Vamos a tratar de solucionar las cosas de manera civilizada, sin gritos ni escaramuzas. Aunque a mi cuerpo ya lo haya arrasado la ola. Aunque yo también tenga ganas de incendiar la casa, el barrio, todo Miami de una buena vez. Aunque no pueda sacar la cabeza del agua y me hunda en un mar gélido que se terminará por convertir en mi tumba. Aunque maldiga el día en que tomamos la decisión de querer ser padres.

—Necesito que me explique las razones —prosiguió Jimmy, atravesando el salón de nuestra casa en apenas tres zancadas—. Todos los estudios que ustedes mismos nos proporcionaron confirman que una pareja del mismo sexo debiera adoptar a un bebé lo más pequeño posible. Para que así crezca y se desarrolle sintiendo que el hecho de tener dos papás, o dos mamás, es su realidad. De ese modo, cuando empiece a hacerse preguntas conflictivas, los lazos afectivos ya estarán creados. ¡Y eso no se puede conseguir con un niño de siete años!

—Lo sé.

—¿Y entonces? —Jimmy subió el tono de voz y se giró hacia mí—. ¡Mauricio, por favor, di algo!

¿Yo? Olvídalo. Yo estaba demasiado ocupado en sobrevivir a mi propio naufragio como para perder tiempo en rebatir los argumentos de una trabajadora social que, a todas luces, se sentía incómoda de estar compartiendo el mismo espacio con dos hombres que habían cometido la atrocidad de quererse y soñar con la posibilidad de tener un hijo. Porque eso éramos nosotros para ella: unos desvergonzados que al haber cruzado tantos límites prohibidos ahora merecíamos un castigo final.

—El niño debe tener sobre siete años. Es la ley.

—No entiendo por qué.

—Porque... —Joan hizo una pausa. Por primera vez la vi bajar la vista hacia la punta de sus zapatos. ¿O estaba admirando con envidia no confesada la calidad de nuestra alfombra, recién comprada la semana anterior?

—¿Joan? —la presionó Jimmy.

—Porque el infante tiene que... ustedes saben, poder hablar y... y discernir ciertos conceptos básicos por... por si... —Volvió a hacer una pausa.

Ay, la desesperación.

—¡Hable!

—El niño... tiene que poder identificar y denunciar si está siendo víctima de algún tipo de abuso por parte de sus padres adoptivos —exclamó la mujer con la misma vehemencia con que un desequilibrado entra a un centro comercial y abre fuego sobre los distraídos visitantes—. ¡Por eso!

Nadie, nunca, está preparado para recibir la ráfaga de una metralleta. Y nadie nunca debería escuchar algo como lo que Joan acababa de decir.

Se produjo un silencio tan denso que por un instante pensé que el hielo mortal había llegado ya a mis tímpanos y los había dejado inutilizados para siempre. Pero no. Era el mundo que había enmudecido en espera de nuestra respuesta. Desde mi lugar vi a Jimmy avanzar hacia la puerta principal y abrirla de un manotazo. Junto con su gesto, la humedad pegajosa de la ciudad entró incontenible hasta chocar con el cuerpo de mi marido.

—Tiene diez segundos para salir de mi casa —dijo Jimmy como pudo.

Joan hizo el intento de comentar algo, pero la mirada de él terminó por disuadirla.

¿Cómo llegamos hasta este punto?

Cerré los ojos para escapar de las malas noticias, de una nueva frustración que se sumaba ya a las otras tantas, del profundo dolor que significaba que nuestros planes volvieran a derrumbarse, y dejé que mi mente se fuera lejos. Lejísimos. Hui de aquel terrible momento, de todas las frustraciones, para refugiarme en el pasado. En los tiempos felices, en nuestra historia, en el lugar donde todo comenzó. Me remonté a mis primeros días de *extranjero-buscándome-un-futuro* recién llegado a Miami. A esa noche de fiesta. Escuché una vez más el sonido de las risas de mis amigos. El descorche del champán que presagiaba una larga velada de copas. La música a todo volumen en los parlantes. *If you wanna be with me / Baby there's a price to pay / I'm a genie in a bottle / You gotta rub me the right way.* El entusiasmo. La euforia de sentir que la vida apenas comenzaba, que aún estaba todo por delante. Y Vanessa. Al centro del huracán, Vanessa. Vanessa soplando las velas de su pastel de cumpleaños. Vanessa llenándome una vez más la copa a pesar de mis inútiles negativas. Vanessa en la puerta recibiendo a los invitados rezagados. Vanessa celebrando cada uno de sus regalos con un entusiasmo incombustible. Vanessa susurrándome al oído un «tienes que conocerlo, Mauricio. Se llama Jimmy. Es gringo, de Chicago». No hubo caso. Por más que intenté convencerla de que no estaba buscando a nadie y que pretendía mantener mi soltería por un buen tiempo más, mi amiga me tomó de la mano y me obligó a atravesar la estancia, separando con nuestros cuerpos a esos otros cuerpos que se alborotaban y se movían al ritmo de la canción. *I feel like I've been locked up tight / For a century of lonely nights / Waiting for someone to release me / You're lickin' your lips / And blowing kisses my way.* Entonces, sin previo aviso, el dedo de Vanessa señaló hacia la esquina opuesta. Fue la primera vez que lo vi. Vuelvo a ese instante una y otra vez, como ya dije, sobre todo cuando necesito escapar de la realidad atroz para refugiarme en un recuerdo que me dé felicidad, que me calme el corazón. Apenas nuestros ojos se encontraron la fiesta desapareció, llevándose con ella a los otros invitados, la algarabía, los colores del apartamento recién alquilado de mi amiga, como quien jala un mantel repleto de platos, copas y cubiertos luego de una opípara cena decadente para dejar a la vista la simple y desnuda estructura de la mesa. Quedamos solo Jimmy y yo en un espacio de silencio y penumbra. Él siguió observándome, el rostro algo oculto por el humo de su cigarrillo. Su cuerpo tenso en un gesto de clara incomodidad. Una postura que me reveló todo sobre él. Que no se sentía a gusto en casas ajenas y en medio de tanto alboroto. Que hubiera preferido quedarse tumbado en el sofá, con un buen libro en las manos. Que tenía el corazón más grande del mundo porque, a pesar de sí mismo, atravesó la ciudad para festejar junto a su amiga. Que su cuerpo, oculto bajo ropa dos tallas más grandes que las necesarias, era una isla sólida sobre la cual naufragar. «Se llama Jimmy», me volvió a susurrar Vanessa al oído y me empujó hacia él. Y yo llegué a su orilla.

Ese fue el comienzo de todo.

Porque, de vez en cuando, la vida te da sorpresas que cambian para siempre el rumbo de tus pasos. Eso fue lo que nos ocurrió aquella noche. La fiesta acabó pronto para Jimmy, un poco saturado de tanto ruido y alcohol. Se despidió de Vanessa y le prometió una pronta visita. Al resto de los invitados ni siquiera los miró. Salió veloz rumbo a las escaleras, conmigo siguiéndole los pasos. Lo acompañé hasta la calle a buscar un taxi. Avanzamos juntos hacia la esquina y ahí nos detuvimos.

—Fue un gusto —me atreví a decir.

Jimmy asintió en silencio, la vista fija en la avenida casi vacía. Quise decir algo más, pero no supe qué. Por alguna razón, el silencio entre los dos no parecía ser un obstáculo. Se sentía bien el estar así, mudos, hombro con hombro, esperando a que un taxi pasara por la calle. Me acerqué un poco más a él. Jimmy olía a jabón. ¿Cómo alguien podía seguir oliendo a jabón a la una de la madrugada, después de haber fumado y bebido en una fiesta repleta de personas? Pero sí, su piel aún desprendía el intenso aroma de un jabón poco perfumado pero tan peculiar como para quedarse atrapado al interior de mi nariz. De pronto, lo vi alzar un brazo para obligar a un vehículo a detenerse. El chofer frenó junto a nosotros. Jimmy abrió la puerta trasera y se quedó inmóvil un instante, a medio camino entre regresarse a hablar conmigo y terminar de meterse al interior. ¿Estaba dispuesto a irme con él? Sí. ¿Iría a proponerme seguir la fiesta en su casa? Ojalá.

—Nos vemos —dijo. Entró al taxi y cerró la puerta.

No me moví de la esquina hasta que vi el coche desaparecer. Y junto con su ausencia regresaron de golpe los colores de la ciudad, el frío de la madrugada, la taquicardia de mi corazón. ¿Qué acababa de ocurrir? Como única respuesta, el estruendo de la música a través de las ventanas abiertas del apartamento de mi amiga: *Talk to me / Tell me your name / You blow me off like it's all the same / You lit a fuse and now I'm ticking away / Like a bomb / Yeah, baby.* Y me quedé solo el resto de la noche, evocándolo en cada rincón de la sala de Vanessa luego de regresar a la fiesta. Para mi sorpresa, su aroma amaneció conmigo al día siguiente. Y continuó adherido a mi nariz la semana siguiente, cuando volví a ver a Vanessa buscando su consejo.

—¡Siempre supe que te iba a gustar! —exclamó cuando le conté mis impresiones sobre Jimmy—. Por algo te lo presenté.

—¿Y no te ha dicho algo sobre mí? —pregunté lleno de ilusión.

—No, pero Jimmy es así. Muy reservado. Por eso vas a tener que dar tú el primer paso. Toma, llámalo ahora mismo —sentenció mi amiga, y me extendió su celular.

Me negué. Insistí en recordarle que jamás había hecho una cosa así. Que prefería quedarme solo el resto de mi vida antes de tener que pasar por el humillante tránsito de hablar con un desconocido para mendigarle una cita. Que yo sabía cuáles eran mis atributos, y que seducir al primer vistazo no era uno de ellos. Pero junto con saber cuáles eran mis propios límites sabía también lo persuasiva que podía llegar a ser Vanessa. No descansó hasta que tomé su teléfono y oprimí el botón que me comunicaría con Jimmy Stone.

Fueron diez segundos eternos, sentí que había envejecido un siglo, cuando al fin escuché su voz.

—¿Bueno? —ahí estaba. Al alcance de mi oído.

—Hola. Hablas con Mauricio —balbuceé—. Nos conocimos en el cumpleaños de Vanessa. —Silencio—. No sé si te acuerdas de mí —insistí.

—Sí.

—Quería... digo, no sé si puedas, pero... tengo boletos para ir al teatro esta noche y... —Me giré desesperado hacia Vanessa, quien apoyó mis palabras con un rotundo gesto de sus manos.

—No, gracias.

Y de nuevo el silencio.

¿Qué hice mal? En apenas unos segundos de conversación, Jimmy me empujaba a un callejón sin salida y dejaba mi rostro acorralado contra un sucio muro de viejos ladrillos desde donde era incapaz de retroceder o seguir avanzando en la plática.

—Dale mis saludos a Vanessa —agregó. Y cortó la llamada.

Un golpe de calor se extendió por toda mi piel y me fue imposible esconder la humillación que acababa de vivir. Mi amiga intuyó lo que había ocurrido, porque comenzó a reírse mientras aplaudía.

—Típico de Jimmy —dijo secándose las lágrimas—. Le doy dos horas para que me vuelva a llamar y me pregunte por ti.

Y así fue. Antes de treinta minutos el celular de Vanessa volvió a sonar. Ella me hizo un gesto cómplice, se levantó y salió hacia el balcón para seguir hablando con total privacidad. Desde el interior de su sala, la vi gesticular con una mano mientras con la otra sostenía firme el teléfono contra su oreja. Cada tanto interrumpía a su interlocutor al estallar en carcajadas, sin quitarme los ojos de encima a través del cristal del ventanal. Cuando me dio la espalda, para que ni siquiera fuera capaz de leerle los labios, supe que mi destino se acababa de sellar.

—Te espera mañana en su casa —dijo cuando volvió a sentarse a mi lado—. Nueve de la noche. No le lleves vino de regalo. No le gusta. Whisky, tal vez. O mejor cómprale un libro. Jamás una planta, las mata todas —aconsejó—. Un libro, sí. Esa es buena idea. Y no se te ocurra llegar tarde ni un solo segundo. Ah, y te recomiendo que te leas el periódico de punta a cabo antes de llamar a su puerta.

No vayas a decir una burrada, porque hasta ahí llega tu cita. ¿Te vas a acordar de todo lo que te he dicho?

Esa noche no dormí. Apenas me levanté, noté los ojos hinchados por la falta de sueño y el corazón con taquicardia por culpa del lío en el que me había metido. Me hice un café doble, tomé lápiz y papel y llamé a mi padre a México para que me instruyera en los acontecimientos más destacados de la política internacional de lo que iba del año.

—Esta sí que es una sorpresa —me dijo al otro lado de la línea.

—Estoy postulando a un trabajo, papá —mentí—. Me van a hacer preguntas de actualidad. ¡Dime todo lo que tenga que saber!

—Eres fotógrafo, Mauricio —comentó—. ¿A poco allá en Miami los fotógrafos tienen que saber de política para poder sacar una foto?

—¡Empieza, por favor, mira que no tengo todo el tiempo del mundo! —insistí. Ay, Jimmy, las cosas que he hecho por ti.

Gracias a mi papá me enteré de que hacía unos meses, el primer ministro británico Tony Blair había suspendido todas las instituciones autónomas de Irlanda del Norte ante la negativa del Ejército Republicano Irlandés a entregar las armas. Lo anoté así, tal cual, sin saber bien qué significaba o qué repercusiones podía acarrear para el mundo. O para mí. Me dijo también que en Santiago de Chile había asumido Ricardo Lagos, el primer presidente socialista en muchos años y apenas una década después del fin de la dictadura.

—Perfecto —lo alenté—. Eso me sirve. Dame más información. ¿Qué ha pasado en Estados Unidos, por ejemplo?

Mi papá lo pensó unos instantes. Escuché su respiración acompasada en mi oreja. Lo imaginé sentado en su despacho, los pies sobre el escritorio inundado de papeles que según él eran importantísimos, aunque mi madre se encargara de repetir a todo el mundo que solo era basura que algún día ella iba a terminar por meter en una bolsa. Nada me gustaba más cuando niño que colarme en silencio a la oficina de mi padre para jugar escondido debajo de su mesa de trabajo. Podía estar horas refugiado ahí dentro, dejándome bañar por la luz del sol que entraba sin filtro por los enormes ventanales.

—A ver. Estados Unidos. Déjame revisar el periódico que tengo aquí... —murmuró. Escuché el crujido del papel una y otra vez, página tras página. De pronto, se detuvo—. ¡Ah, claro! Cómo se me había olvidado. Anota esto, Mauricio.

Me contó que le había impactado el caso de un niño cubano de seis años llamado Elián González, y de la violenta detención que había sufrido por parte de agentes federales en la casa de sus parientes en Miami para devolverlo a su padre en Cuba.

—¿Y eso es una noticia importante? —pregunté sorprendido.

—Pero, Mauricio, ¿dónde has estado metido? ¡Te estoy hablando de la batalla por la custodia de un niño más publicitada del país donde vives! El caso lleva días en las primeras planas.

¿Que dónde había estado metido yo esos últimos días? Trabajando sin descanso, fotografiando lo que fuera, desde funerales hasta bodas, pasando por cumpleaños, bautizos y hasta a maridos infieles por petición de sus esposas engañadas. A veces, papá, para poder ganarse la vida hay que olvidarse de la otra vida, esa que sucede en los periódicos y en la televisión, para dedicarse a la propia e intentar sobrevivir en ella. Por eso, sin hacer más cuestionamientos, anoté palabra por palabra lo que me decía mi padre. Ahora, el verdadero desafío era ser capaz de recordar los nombres, las fechas y las razones de origen de todos esos sucesos.

—Ah, otra de las noticias importantes del año —prosiguió—. En febrero, aquí en México el presidente Zedillo mandó a más de dos mil elementos de la Policía Federal Preventiva a la Ciudad Universitaria para romper la huelga que tuvo paralizada a la UNAM por diez meses. Todavía se sigue hablando de eso en la prensa. Porque eso sí lo sabías, ¿verdad? Dime que sí, Mauricio.

Le colgué a mi padre y salí veloz a comprar un libro para llevarle de regalo a Jimmy.

Elián González. Ricardo Lagos. Tony Blair. Ernesto Zedillo.

Me fui repitiendo una y otra vez los nombres de los protagonistas de los últimos acontecimientos para así fijarlos en mi memoria y ser capaz de dejarlos caer, de la manera más casual, en mitad de alguna conversación. El empleado de la librería me recomendó que comprara *La fiesta del chivo*, el más reciente libro de Mario Vargas Llosa. Me explicó que contaba la historia del asesinato de Rafael Leonidas Trujillo, dictador de República Dominicana. Me imaginé que, si una de las características de Jimmy era estar al día de todo lo que sucedía en el mundo, de seguro debía haber escuchado hablar de ese tirano caribeño del que yo no tenía ni la más mínima idea.

Tengo que confesar que una de las cosas que mantiene intacto mi amor por él es que el libro aún sigue sobre su mesita de noche, casi veinte años después, junto a un portarretratos con la foto del día de nuestra boda. En la primera página escribió con su perfecta caligrafía de profesor universitario: «Regalo de Mauricio, julio, 2000». Con ese simple acto, Jimmy me abrió las puertas de su vida y pasé a formar parte de sus días. Aquella noche no fue necesario recordar nada sobre el niño cubano ni sobre la policía ingresando desbordada a Ciudad Universitaria. No me hizo falta echar mano a ningún hecho de la política internacional para llamar su atención. Me bastó con hablarle sobre mis estudios de fotografía, mi trabajo desbordado y mal pagado y mi pasión por intentar inmortalizar para siempre un momento significativo para que se viera en realidad interesado en continuar con la plática. Le conté que uno de mis referentes era Tina Modotti, la fotógrafa italiana que, al momento de apretar el obturador, siempre repetía: «En un pestañeo nos jugamos el arte».

—¿Modotti? —pregunté—. ¿Has escuchado hablar de ella? Tienes que leer *Tinísima*, de Poniatowska. Yo me tardé un año, porque es enorme y tiene como mil páginas. Y no soy muy bueno para leer. Es que tengo déficit de atención. Al menos eso fue lo que le dijeron a mi mamá cuando me llevó al doctor, hace muchos años. Y claro, leo una página y cuando voy a pasar a la siguiente ya se me olvidó lo que pasaba en la página que acabo de leer. Entonces tengo que retroceder para recordar en qué están los personajes. Por eso me demoro mucho leyendo. Pero no pierdo las ganas. Eso es bueno, ¿no? La intención es lo que vale.

Jimmy me escuchaba en silencio cuando, en un arrebato de entusiasmo, le confesé que uno de mis sueños era

hacer una recopilación fotográfica de los rascacielos esta-
dounidenses más emblemáticos de la historia, y que incluso estaba pensando en postular a una beca para conseguir
el tiempo y el dinero. Que pensaba pedirle a Vanessa que
me ayudara a llenar los cientos de formularios que mi
sueño requería, porque con mi déficit y mi poca habilidad para redactar me iba a tardar dos años solo en hacer
la introducción de la propuesta. Mientras se servía el segundo whisky de la noche, Jimmy me ofreció llevarme a
Chicago, su ciudad natal y el lugar donde aún vivía Sarah,
su madre, para que conociera el famoso Willis Tower.

—No sé si lo sabes, pero al momento de su inauguración, en 1973, el Willis Tower llegó a ser el edificio más
alto del mundo —dijo con indisimulado orgullo—. Y yo
viví durante muchos años a solo un par de cuadras de ahí.
Te lo comento por si te sirve de algo para tu proyecto.

Y, por ese simple gesto, por mostrar interés en *mi*
mundo, decidí amarlo hasta el resto de mis días.

Cuando llegamos a la cama, después de vaciarnos
la botella de whisky y de comernos hasta el último es-
pagueti que Jimmy había preparado en mi honor, nos
quitamos la ropa como si tuviéramos todo el tiempo del
mundo para hacerlo. Los dos habíamos decidido, sin siquiera decírnoslo, que ya nadie se movería de ahí. Yo me
despedí para siempre de Elián González, de Tony Blair y
de Ricardo Lagos, y vacié mi mente de esa información
inútil para dejarla lista y preparada para las nuevas memorias que empezaba a construir en ese mismo instante.
La espalda de Jimmy me pareció el postre perfecto para
una noche que, hasta ese momento, se anunciaba también
perfecta. Una espalda amplia como una isla. Una espalda suave como un pedazo de seda hecho carne, que yo

pensaba acariciar y lamer hasta el hartazgo. El colchón nos recibió a ambos con un quejido de bienvenida. Sin necesidad de ponernos de acuerdo, nuestros cuerpos se acomodaron en perfecta armonía. Uno cóncavo. El otro convexo. Su mano tibia me tomó por la cintura, jugueteó con mi ombligo que nadaba solitario al centro de mi vientre. Los dos torsos masculinos chocaron y de aquel roce saltó la primera chispa que dio origen al incendio entre las sábanas. Mi lengua se perdió más allá de sus muslos. Su aliento de fuego me quemó el paladar con el largo beso que nos dejó a ambos casi sin respiración. Luego de recuperarse, Jimmy me levantó en vilo, me giró, acomodó un par de almohadas bajo mi vientre, y tomó el control de los movimientos. Su carne se hundió dentro de mi propia carne y un quejido, que ya no supe si era suyo o mío, se elevó hacia el techo hasta reventar como una burbuja. Iba a morir. No cabía duda.

Tanto placer solo podía significar que la muerte estaba cerca. La muerte provocada por los embistes de Jimmy y por sus piernas que atenazaban las mías. Pero quedé más vivo que nunca. Vivo y con la sensación de que algo muy grande e importante se revelaba ante mis ojos. Como en una polaroid, la magia empezaba a obrar.

La mañana convirtió al cuarto en un pozo de ámbar y nos sorprendió desnudos, amándonos. Jimmy me preguntó si me molestaba que encendiera un cigarrillo. Le mentí. No, para nada. El humo no me incomoda en lo absoluto. Desde mi lugar en el colchón, lo vi aspirar con deleite y echarse hacia atrás, en ese gesto de total abandono que solo se consigue después de hacer el amor con alguien que se va a llegar a amar en serio. No pude ver si tenía los ojos abiertos o cerrados. Pero podía apreciar las gotas de sudor que poblaban su piel y sobre las cuales rebotaba temblorosa la luz del sol. Luz. Jimmy Stone había traído luz a mi vida. Una luz blanca e inclemente, poderosa como un *flash* fotográfico. Una luz que de tan intensa anulaba por completo las sombras y dejaba al mundo convertido en una pantalla blanca donde no existían los contrastes. Así me sentía: un personaje recién inventado en una historia donde estaba todo por suceder.

Al cabo de tres meses ya vivíamos juntos, para felicidad nuestra y de Vanessa que, gracias a la nueva relación, confirmó sus dotes de cupido y alcahueta. Fui yo el que se mudó a casa de Jimmy, porque coincidió con el hecho de que acaban de subirme la renta y ya se me estaba haciendo imposible seguir pagando el alquiler. Llevé a cabo mi desembarco un viernes por la tarde, en el coche de mi amiga, acompañado de diez cajas y un par de maletas que contenían mis posesiones más preciadas. Jimmy me esperaba con una pizza de doble queso y pepperoni, una enorme botella de refresco, un maletín de herramientas para ayudarme a armar un par de repisas y mi viejo escritorio, y la sonrisa más espléndida y sincera que alguien me ha dedicado nunca.

¿Qué recuerdo de aquella época? Que el mundo olía a tabaco y líquido de revelado. Que mis noches tenían el sabor de la piel de Jimmy. Que no nos alcanzaban las horas para conversar sobre cualquier tema que la sobremesa nos regalara. Que nunca mi vida me había parecido tan valiosa y necesaria. Que no existían mejores manos que las que me acunaban a la hora de conciliar el sueño.

El tiempo pasó más rápido de lo que yo hubiese querido. Y la culpa de eso la tuvo Jimmy. Era tan fácil quererlo. Era tan simple vivir con él. No necesitamos ponernos de acuerdo para que cada uno adquiriera un rol dentro de la película que juntos rodábamos cada día. Él aceptó la cátedra de estudios sociales que le ofrecieron en la universidad. Yo firmé contrato con una revista de modas y me convertí en el fotógrafo oficial de la temporada. Al sumar nuestros sueldos, pudimos empezar a soñar con la posibilidad de comprar juntos una casa.

—Yo preferiría seguir viviendo en un apartamento —dijo él sabiendo que, en el fondo, no iba a tener más remedio que acatar lo que yo decidiera.

—Lo que tú y yo necesitamos es una casa. Una casa con muchas habitaciones llenas de sol —intenté convencerlo con mi entusiasmo—. Y un lindo jardín con árboles. Y una cocina grande donde tú puedas hacerte tus batidos de frutas sin sentir que estás chocando con todos los muebles. Y un cuarto donde yo pueda tener mi estudio. Y una habitación de huéspedes para cuando mis padres vengan a vernos. O tu mamá, si es que algún día se anima a conocerme.

—Te falta la recámara del niño.

—¿Qué niño? —pregunté al tiempo que repasaba en mi mente el listado de los familiares más cercanos para descubrir a quién se me había olvidado mencionar.

—El nuestro —contestó con la voz más seria que le había escuchado.

Así fue como descubrí que Jimmy quería ser padre.

Yo tendría que haber aprendido a leer las señales, claro. Pero en aquel momento no le di importancia. El comentario sobre el hijo no pasó de ser una anécdota que le conté como un chiste a Vanessa, quien tampoco se lo tomó muy en serio.

—Jimmy no tiene hermanos —dijo mi amiga—, y su mamá más parece un sargento que una madre viuda. Me parece obvio que Jimmy sueñe a veces con ser el padre que no tuvo.

—¿Pero tú me ves a mí con un hijo? —pregunté, sabiendo de antemano la respuesta.

—¡Claro que no! —se rio Vanessa—. Pobre niño.

Pero yo sí que podía ver a Jimmy con un sonriente y regordete recién nacido recostado sobre su pecho, y recuerdo también haber rechazado la imagen como un exceso de cursilería. ¡Aunque qué simple que resultaba fantasear con la estampa de mi novio con un hijo colgándole de un brazo! Jimmy y esa fotografía de padre perfecto que desbordaba afectación y miel.

Pero Jimmy no volvió a hacer mención del tema. Ni siquiera cuando perdió la batalla en la breve lucha entre la decisión de comprar una casa o un apartamento y terminé por imponer mi propia idea del futuro que soñaba para nosotros. Compramos una vieja casa en uno de los suburbios de Miami más alejados del centro de la ciudad, una propiedad que llevaba muchos años abandonada y en la cual el tiempo y el clima habían provocado estragos.

Por más que hizo el intento, no consiguió ganarme la partida. Terminamos por comprar la casa y celebramos en ella nuestro séptimo aniversario. Me pareció justo, después de haber presionado tanto por esa propiedad, hacerme cargo de la remodelación, lidiar con los albañiles y constructores, y ser el primer escudo ante los cientos de problemas que surgían con cada jornada de trabajo. Que era necesario cambiar los cables del circuito eléctrico. Que la tubería que habíamos elegido no era la adecuada. Que el pegamento de las tejas no era para clima extremo, como el de Miami, y que se iba a terminar por resquebrajar ante el primer golpe de calor. Que había que modificar el plan original ya que el muro que separaba la cocina del comedor no se podía echar abajo porque escondía una viga que soportaba parte del techo. Jimmy no se enteró ni de la mitad de las complicaciones que debí enfrentar durante el largo año que duró la remodelación. Hubo noches en que pensé que nuestra relación no iba a ser capaz de soportar el lento avance de la obra. Cuando lo veía entrar, cansado después de dar clases gran parte del día, y avanzar pisando sobre unos tablones inestables rumbo a la recámara cubierta de plástico y con olor a cemento fresco, me preparaba emocionalmente para que me pidiera separarnos para siempre. Pero no. Su amor por mí fue más grande que el desastre en el que vivimos durante tantos meses.

La vez que corroboré que ser padre era un plan serio y real para Jimmy ocurrió el día de la inauguración de nuestra nueva casa. Invitamos a algunos amigos y vecinos, que se quedaron con la boca abierta ante todo lo que habíamos hecho con la propiedad. Se dejaron encantar por el color lavanda de los muros, la calidad de las ventanas y puertas de PVC, por la modernísima lámpara de comedor que inventé con un par de cables y unas bombillas LED, y por el delicado dibujo de las baldosas de los baños y la cocina. Mientras Jimmy hacía un tour para los invitados, señaló hacia la recámara del fondo del pasillo:

—Ese va a ser el cuarto de nuestro hijo —sentenció con voz de triunfo—. Ese es nuestro próximo proyecto.

Vanessa se rio fuerte y aplaudió por lo que pensó era solo un buen chiste de su amigo, tan poco adepto a hacer acotaciones burlonas. Pero el silencio de Jimmy y mi expresión de enorme sorpresa le hicieron darse cuenta de que el comentario iba muy en serio y que estaba siendo testigo de, al parecer, una nueva etapa en nuestra relación.

Esa noche, mientras metíamos vasos y platos sucios a la lavadora automática, hice un intento por aclarar las cosas.

—¿De verdad quieres tener un hijo? —me atreví a decir.

—Vaya, por fin —murmuró—. Estaba esperando tu pregunta.

—¿Es cierto, Jimmy?

—Sí. Es lo que más quiero. ¿Tú no?

No supe qué decir. Tenía claro que no necesitaba de un hijo para validar mi relación con Jimmy. Habíamos cumplido casi ocho años juntos y, al menos yo, era feliz con nuestra rutina y realidad. Me daba placer verlo pasearse por la casa con un libro en la mano, en busca de un lugar cómodo y fresco para echarse a leer. O sus larguísimas rutinas en la cocina para preparar una ensalada o batirse un licuado de frutas que, según él, lo harían adelgazar un par de kilos. ¿Cómo podríamos hacer caber un hijo dentro de esa sucesión de hábitos ya tan arraigados entre nosotros?

—Si te soy honesto, nunca lo había pensado —dije.

—Mauricio, por favor. Llevo mucho tiempo comentándotelo —se defendió.

—No creí que estuvieras hablando en serio.

—Quiero un hijo. Contigo.

¿Cómo conseguía Jimmy siempre decir tantas cosas con tan pocas palabras? Supongo que es una cualidad de los profesores, que tienen que ser capaces de sintetizar al máximo sus conocimientos y explicaciones para que nadie se pierda al escucharlos. Con esas simples cuatro palabras —*quiero un hijo contigo*— mi novio volvió a declararme todo su amor y renovó su promesa de seguir amándome por el resto de nuestros días.

—Pero te advierto que, si vamos a adoptar a un niño, lo haremos por todas las de la ley —puntualizó.

—Muy bien, lo que tú digas.

—Y vamos a casarnos.

Ahí estaba de nuevo. Cuatro palabras —*y vamos a casarnos*— que volvían a cambiar el curso de la conversación y de mi vida. Debió ver mi expresión de sorpresa y desconcierto, porque de inmediato corrigió sus palabras:

—¿Te quieres casar conmigo? —Otra vez cuatro palabras.

Esbocé una sonrisa que trató de ser amistosa, pero que no era más que una mueca llena de confusión.

—¿Me estás pidiendo matrimonio? —balbuceé.

Jimmy me tomó de una mano y bajó una rodilla al suelo. Conteniendo apenas una carcajada de burla por lo ridículo que se sentía, respiró hondo, alzó la vista y me clavó sus ojos azules.

—Mauricio Gallardo, ¿aceptas casarte conmigo?

No recuerdo bien qué sucedió después. De seguro yo contesté que sí, que por supuesto, que ni siquiera tenía que hacerme la pregunta. Lo más probable es que Jimmy haya soltado por fin esa risotada que tenía atrapada entre garganta y boca y me haya abrazado con arrebato de novio comprometido. Habremos ido entre besos y abrazos hacia la recámara, hasta caer juntos en la cama y quitarnos las ropas con renovados bríos. No necesito indagar mucho en mi memoria para estar seguro de que nos amamos toda la noche, soñando juntos un sueño que incluía un cuarto lleno de peluches, una hermosa cortina de tul que al filtrar la luz del sol le daba al cuarto la apariencia de nube, una cuna al centro de la estancia y, dentro de ella, un bebé sonriente con los ojos tan azules como uno de sus padres y la sonrisa tan fácil como la del otro. Después, seguro que nos acurrucamos desnudos, él contra mi espalda, yo con las piernas flectadas hacia mi pecho. Jimmy me tiene que haber puesto una mano en el pecho y la otra a la altura del estómago, como siempre hacía. De solo imaginarla sé que fue una sensación muy dulce: un nuevo espacio de eternidad con olor a colonia de recién nacido.

Me gustó soñar ese sueño.

A los pocos días, la información era clara: el Senado Estatal de Nueva York por fin había legalizado el matrimonio entre personas del mismo sexo. El Gobernador ya había firmado la ley, que había entrado en vigor de inmediato. Gracias a esa movida política, no solo podían casarse los que residieran en el Estado, sino que también todos aquellos ciudadanos que vivieran en algún Estado que no reconociera el matrimonio igualitario. Y dentro de esa categoría caíamos nosotros.

—¿Entonces de verdad podemos casarnos? —pregunté sorprendido de que, por primera vez, las leyes jugaran a nuestro favor.

—Sí. Cuando queramos.

—¿Pero eso qué quiere decir?

—Que mañana mismo salimos para Nueva York.

Y así fue. Esa noche llenamos de ropa una pequeña maleta que, a las pocas horas, desarmamos en el cuarto de un viejo hotel sobre Madison Avenue. Caminamos juntos hacia el City Hall, en el *downtown*. Antes de entrar, te tomé la mano. Si era cierto que íbamos a salir de ahí convertidos en esposos, era necesario darle al momento algún tipo de solemnidad. Tú asentiste con satisfacción, yo te imité, y juntos ingresamos al enorme lobby atestado de personas. Una funcionaria con cara de profundo aburrimiento nos señaló con la punta de su enorme uña roja una ventanilla donde nos encontramos, detrás de un vidrio opaco, a otra funcionaria tan aburrida como la primera.

—Queremos casarnos —dije yo con el mismo tono de voz con que hubiera pedido un delicioso platillo en un restaurante de moda.

En respuesta, la mujer nos extendió un formulario que debíamos llenar por lado y lado. Una vez que estuviera listo, debíamos entregarlo en otra ventanilla donde nos darían la licencia matrimonial. Con ella en la mano, teníamos que esperar al menos veinticuatro y regresar para que un oficial realizara la ceremonia.

—*Next!* —gritó sin permitirnos siquiera hacer una pregunta.

A pesar de la desilusión inicial por la falta de romanticismo, cumplimos con cada uno de los pasos requeridos. Nos sentamos por ahí a completar el formulario, se lo entregamos a un señor que no levantó nunca la vista del teclado de su computadora, y nos dio la licencia.

Al día siguiente, a primera hora, estuvimos ahí para la ceremonia. Nos hicieron pasar a un lugar que más bien parecía la sala de espera de un dentista o uno de esos locales chinos que poblaban todas las cuadras de la ciudad, donde se ofrecían masajes descontracturantes y de relajación. Nos recibieron algunas parejas que estaban ahí por la misma razón. Ni siquiera alcanzamos a entablar conversación con alguna de ellas cuando un hombrecito de bigote muy bien recortado se asomó por una de las puertas y gritó:

—Matrimonio Stone-Gallardo.

Ingresamos a una sala aún más pequeña y desangelada que la anterior, donde había solo un viejo y descascarado pódium como los que Jimmy a veces utilizaba en sus clases o cuando lo invitaban a dar alguna conferencia. Nos ubicaron frente a él. Yo volví a tomarle la mano a mi *novio-casi-marido*, porque tenía la impresión de que la ceremonia iba a ser tan veloz como un estornudo y no quería cruzar ese umbral sin saberlo a mi lado. Y así fue. Luego de decir nuestros nombres y preguntarnos si estábamos dispuestos a cuidar a nuestra pareja en la salud y en la enfermedad, el hombrecito del bigote alzó una de sus manos y sentenció:

—Por el poder que me otorga el estado de Nueva York, los proclamo esposos ante la ley. Felicitaciones.

¿Eso era todo? ¿Eso fue todo?

Jimmy se giró hacia mí con una expresión de plenitud que no le conocía y me regaló una sonrisa que solo pude interpretar como una invitación para que lo siguiera amando, pero ahora con la protección y la venia del mundo entero. Me aferró con fuerza y me atrajo hacia él con un beso tan sincero y apasionado que hasta la siguiente pareja, que ya habían hecho pasar a la sala, nos aplaudió con entusiasmo y algo de envidia. No hubo arroz ni flores, ni siquiera música que amenizara la ceremonia, como habíamos fantaseado con Vanessa que sería mi boda en Nueva York, pero estuvimos Jimmy y yo y la promesa de querernos hasta siempre. No hizo falta más.

El resto del día lo pasamos en el hotel, tumbados en la cama, interrumpiendo la pasión de la noche de bodas con alguna película del cable o con comida del *room service*, o incluso con una inesperada siesta que tuve que tomar por culpa de un dolor de cabeza que vino a estropearlo todo... Cuando abrí los ojos al día siguiente, aún algo aturdido por el exceso de sueño y analgésicos, me encontré con Jimmy sentado en la cama a mi lado con una expresión de niño que sabe que ha hecho algo indebido y que, sin embargo, no siente el más mínimo grado de culpa. Me extendió un papel impreso a todo color.

—Este es mi regalo de bodas —murmuró.

Eran dos boletos de avión con destino a México para celebrar junto a mis padres nuestro matrimonio. Típico de él. Inesperado y generoso. El hombre más bueno del mundo. Me trepé dichoso encima de mi ahora marido. Sentí sus manos excitadas bajar hasta mi cintura mientras yo me concentraba en devorarle esa boca de labios perfectos con la intención de rescatar de ella hasta la última gota de su saliva. Sin embargo, cuando Jimmy me arrancó los pantalones del pijama con un brusco movimiento para luego acomodarme sobre los almohadones, tuve que pedirle con un torpe gesto que se detuviera. Una violenta punzada estalló a un costado de mi cabeza, cerca de la oreja derecha, ahí justo donde el cuello se convierte en nuca. Traté de gritar, sin conseguirlo. El dolor se había llevado mi voz, junto con la fuerza de mis músculos. Lo último que alcancé a ver, antes de que se obscureciera aquella mañana, fue la expresión de horror de Jimmy que solo era capaz de repetir, en un desesperado e inútil mantra, Mauricio, Mauricio, Mauricio...

Y luego, la pesadilla. Tan avasalladora y gélida como la peor de las desesperaciones.

Capítulo dos

GENTE COMO USTEDES

Huelo a alcohol. A desinfectante. Al rastro de esa huella agria y algo metálica que deja dentro de la boca el paso de una cuchara sin comida. Me duele la cabeza. Mucho. Trato de abrir los ojos, pero no puedo. Hago una vez más el intento por levantar los párpados, pero no... no lo consigo. No hay caso. Mis músculos no responden. ¿Dónde estoy? Presiento que alguien debió depositarme sobre una superficie fría, puedo sentir su roce a largo de todo mi cuerpo. ¿Quién lo hizo? ¿Jimmy? Tiene que haber sido él, porque no recuerdo haberme acostado sobre algo así. Intento una vez más mover los brazos, palpar el terreno sobre el cual me encuentro, pero no tengo éxito. ¿Es el suelo? ¿Estoy en una mesa de operaciones? ¿En la plancha de una morgue? ¿En el fondo de un ataúd? Porque tengo que estar muerto. No hay otra explicación para esta rigidez consciente que no me permite moverme ni tampoco abrir los ojos. Me siento terrible. ¿Por qué huelo a alcohol? No es el alcohol que se bebe en una noche de fiesta con amigos o que ayuda a animar una cena romántica, se trata de ese otro alcohol, el que se asocia a hospitales, a heridas que hay que desinfectar, a bacterias enemigas. El aire que me rodea es tan espeso que no consigue entrar por mi nariz. ¿Será por eso que no respiro? El final de mi boca, allá donde la lengua acaba, se debe haber convertido en un oscuro e inútil pozo que ya no sirve para nada.

¿Jimmy? ¡Jimmy! Ayúdame, por favor. Juraste ante las leyes que ibas a estar a mi lado hasta el fin de nuestros días. ¿Dónde estás? Quiero vomitar. El aliento fétido del alcohol me revuelve el estómago. Es la muerte. Así es la muerte. Jamás me la imaginé de esta manera. ¿Por qué nadie abre las ventanas para ventilar este lugar que no sé ni cómo se ve? ¿Dónde estoy? Hace tanto calor. Y duele. Duele la cabeza, el cuello, el hombro izquierdo. Debo haber muerto durante la cirugía. Claro, eso debe ser. Porque tanto dolor no es normal, nunca he sufrido así. De seguro, después de desplomarme en la cama del hotel Jimmy me llevó veloz a un hospital. Al más cercano, al primero que se apareció en su camino. Allí, los médicos deben haber decidido hacerme análisis hasta encontrar un tumor enorme que resolvieron extirpar cuanto antes. Pero las cosas no tienen que haber salido como planearon. Lo siento, perdimos al paciente. Así le habrán comunicado a mi marido la noticia de mi muerte. Lo sentimos, no teníamos alternativa. La gente como él no suele responder bien a la anestesia. La gente como yo. ¿Cómo es la gente como yo?

Lo único que sé es que necesito moverme y no consigo hacerlo. Hace demasiado calor y eso aumenta la tortura que me parte en dos la cabeza y el resto del cuerpo. Si tan pudiera abrir los ojos, alzar los párpados, aunque fuera solo un poco, lo justo para ver dónde estoy, cuál es el estado de mi cuerpo y la magnitud de los daños. Pero no me puedo parar, me duele la cabeza.

¿Mauricio? Mauricio, ¿me oyes? Es la voz de Jimmy, que me llega desde el otro lado del negro absoluto que me rodea. Yo sabía que él hablaba en serio cuando le juró al hombrecito de bigote, allá en el City Hall, que iba a cuidarme en la salud y en la enfermedad. Y ahora yo estoy enfermo. Tengo que estar enfermo. O muerto. Pero ningún muerto sigue consciente. ¿O sí? ¡Mauricio! Sí, Jimmy, aquí estoy. ¿No me ves? Intento abrir la boca, pero tampoco logro separar los labios. Es que tengo que estar muerto. Tu marido es un cadáver que de seguro no ves porque se encuentra dos metros bajo tierra. Claro, por eso el calor. Ya tienen que haberme enterrado en el panteón familiar de los Gallardo. Después de morir sobre la cama del hotel en Nueva York, Jimmy habrá llamado a mis padres. Puedo imaginarme la reacción de ambos. Mi papá se debe haber quedado en total silencio, mirando un punto infinito y fijo frente a él. Sin decir una sola palabra, le habrá extendido el auricular del teléfono a mi mamá que, al enterarse de la noticia, habrá estremecido al mundo con un grito de profundo dolor. La noticia de mi inesperada muerte habrá corrido como pólvora a través de las redes sociales. Vanessa se habrá hecho cargo de recibir las condolencias, de explicar las razones de mi partida. «No sabemos muy bien qué fue, pero todo indica que se trató de un infarto», me la imagino repitiendo a diestra y siniestra. No, no puede haber sido un infarto. Nunca me dolió el brazo, o el pecho. Fue un dolor de cabeza. Una brutal punzada que me nació en la nuca y que terminó por adueñarse de todo mi cráneo. Pero me imagino que a esas alturas a nadie debe haberle importado en verdad cuál fue la causa de mi muerte. Lo único que debe haber sido fundamental era despedirme como yo lo merecía, en México, acompañado por mis padres que no conseguían consuelo, por Vanessa, que a esas alturas ya se debía haber adueñado del funeral, y por Jimmy que, con toda certeza, se había mantenido al margen del huracán de lágrimas, gritos y lamentos de los Gallardo. ¿Habrá viajado a México la mamá de Jimmy? Presiento que no, que Sarah se quedó en Chicago y desde ahí habrá enviado un par de gélidas palabras a su hijo para que él las repitiera a mi familia. Todos habrán tenido tiempo de decirme adiós. Todos, excepto yo. No alcancé a darles un último abrazo a mis padres. No conseguí contarle a Vanessa, con lujo de detalles, cómo fue la ceremonia de matrimonio en Nueva York, ni qué tal resultó el hotel que elegimos para pasar nuestras primeras horas de casados. Lo peor, no volveré a ver más a Jimmy. No podré treparme sobre él por las noches para dormirme arropado por el sube y baja de su pecho. No disfrutaré más de verlo recostado en el sofá, con un libro en las manos, concentrado en preparar sus clases o alguna disertación para la universidad. No envejeceremos juntos. Nunca más gozaré del sabor de sus besos ni de la urgencia de sus manos por quitarme la ropa. No veré más ese ejemplar de *La fiesta del Chivo*, inamovible en su mesita de noche, como un recordatorio del primer regalo que le hice y del inicio de lo que se suponía iba a ser una larga y hermosa historia de amor. ¿Y nuestro hijo? Ya no podremos ser padres. No tuvimos tiempo siquiera de terminar la plática. Nunca supe si preferías adoptar un niño o una niña. ¿De qué país hubieses querido que fuera? ¿Una niñita asiática? ¿Un muchachito de algún país africano? ¿Tal vez de Haití? Ya nadie va a contestar mis preguntas. Mi marido no podrá responderme. Mauricio, ¿me oyes? Te oigo, sí, pero tú no puedes oírme a mí. ¿Y sabes por qué? Porque debo estar muerto, a punto de empezar a ser devorado por los gusanos. Pero ¿y el olor a alcohol? ¿De dónde sale entonces ese olor a desinfectante que lo inunda todo? ¿Me va a perseguir por el resto de la eternidad? Mauricio, Mauricio, por favor reacciona. Mauricio, mírame.

—¡Mauricio!

Cuando abrí los ojos, lo primero que vi fue el rostro de Jimmy totalmente borroso. Me tardé unos segundos en ajustar mi visión, como cuando uno enfoca con un lente fotográfico. Cuando lo hice, pude también descubrir que estaba sobre una camilla recubierta por un papel que crujía cada vez que me movía. Los muros eran blancos. La cruel luz de un tubo fluorescente sobre mi cabeza le daba al lugar un aspecto algo verdoso y subterráneo. Y el olor a alcohol seguía ahí, en toda su magnitud. Un insistente aroma a desinfectante me hizo descubrir que me encontraba en un hospital.

—Tranquilo, tranquilo —me calmó Jimmy, aunque más parecía decírselo a él mismo—. Ya te examinó un médico.

—¿Dónde estamos? —balbuceé.

—Te traje a una sala de emergencias. Todo va a estar bien, mi amor.

Quise decirle que sí, que tenía la certeza de que todo iba a estar bien ya que él estaba ahí a mi lado, y esa era razón suficiente para no tener miedo. Estaba cumpliendo su promesa, la que le había hecho el día anterior al hombre de bigotes recortados en esa triste sala del City Hall... Mi Jimmy siempre cumplía sus juramentos.

—¿Qué me pasó? —pregunté.

—Todavía no lo sabemos —me dijo—. Estoy esperado a que vengan a darme el diagnóstico.

—Lo siento —susurré—. Te prometo que celebrar nuestra luna de miel en un hospital no estaba en mis planes.

Jimmy se inclinó sobre mí y se quedó mirándome con absoluta seriedad. Pude percibir el calor de su cuerpo, el aroma permanente a jabón de su piel, su aliento a menta por culpa del chicle que masticaba con ansiedad en un intento por contener a duras penas sus deseos de fumar.

—No vuelvas a hacerme pasar un susto así, ¿me oyes?

—Nunca más —le contesté—. ¿Qué hora es?

Pero mi marido no respondió mi pregunta. Se acercó un poco más a mí, me tomó una de las manos y sentenció directo al interior de mi oreja:

—Tú y yo vamos a ser padres, Mauricio. Que no se te olvide eso.

Iba a insistir para que me dijera qué hora era (se me hacía imposible adivinarla en aquel consultorio sin ventanas donde nos encontrábamos), pero no tuve más remedio que callar ante la gravedad de las palabras de Jimmy. Me estremeció la fuerza de sus pupilas y la determinación de su voz. A pesar de la inclemente luz del tubo de neón, la figura de mi marido se me hizo aún más sombría cuando suplicó:

—No me dejes solo, Mauricio. Te necesito. No me dejes solo con mi sueño... Sin ti, no puedo.

Quise besarlo para que fueran mis labios y mi lengua los que le aseguraran que no iría a ninguna parte, que íbamos a estar juntos por mucho tiempo más, pero una nueva ráfaga de dolor en el cuello me impidió incorporarme.

Jimmy debió notar mi súbita crispación porque se enderezó de golpe y abrió la boca, no supe si para pedir ayuda o para intentar calmarme.

Y todo volvió a oscurecerse.

Cuando abrí los ojos, ya no estaba en el estrecho y mal iluminado consultorio de la sala de emergencias. Ahora había una ventana a mi izquierda que se abría hacia un enorme edificio de ladrillos sucios contra el cual rebotaba con fuerza la luz del sol. Al menos pude saber que era de día, aunque no fui capaz de precisar con exactitud cuánto tiempo había pasado desde que volví a perder el conocimiento.

—Mauricio...

Era Jimmy. Estaba ahí. Conmigo. De pie junto a la cama. Pude notar que me habían acostado en una cama quirúrgica, de esas que se levantan o recuestan con solo oprimir un botón del barandal. Yo llevaba una bata de hospitalización. Supe de inmediato que eso no era bueno.

—Tranquilo, no hables —dijo mi marido—. Lo mejor que puedes hacer es tratar de volver a dormir.

—Jimmy...

—Mauricio, por favor, no vayas a alterarte. Necesito que estés lo más sereno posible...

Jimmy llevaba la misma ropa con la que recordaba haberlo visto en la sala de emergencias. Al parecer, no habían transcurrido muchas horas entre el desmayo y mi traslado a un cuarto del hospital. O, tal vez, él ni siquiera había tenido un momento para regresar al hotel a cambiarse. Ay, Jimmy. Mi Jimmy.

—¿Cómo te sientes, Mauricio?

Esa no había sido la voz de Jimmy. Con cierta dificultad giré la cabeza hacia el otro lado de la cama, donde me sorprendió la presencia de un hombre de cabellos canos y vestido con un impecable delantal blanco. «Conway» se podía leer en letras cursivas bordadas sobre el bolsillo superior.

—¿Cómo te sientes? —insistió el médico.

—Bien. Creo —murmuré.

—¿Puedes verme bien? ¿Tienes alguna dificultad para fijar la vista? ¿Sientes que se ha reducido tu campo visual?

—No. Creo —repetí.

—Ya sabemos qué fue lo que te pasó —intervino Jimmy.

—Estamos frente a una disección espontánea de arteria vertebral —retomó el doctor, obligándome a voltear una vez más la cabeza.

Hice el intento de organizar las palabras que oía, pero aún estaba tratando de acomodar la vista en esa nueva habitación. Jimmy se acercó a mí y me tomó la mano. Lo escuché explicarme, como si yo fuera uno de sus alumnos adolescentes, con toda la dulzura y entereza de la que aún era capaz, que el cerebro se irriga de sangre por medio de cuatro arterias que suben a lo largo del cuello, siguiendo la ruta de las vértebras cervicales. Por alguna razón que todavía nadie podía determinar, el examen de resonancia magnética que me habían practicado reveló que una de esas arterias se había roto.

—No es algo que suela ocurrir —continuó el médico—, y menos a alguien de tu edad.

—¿Me voy a morir? —pregunté sin saber muy bien si quería escuchar la respuesta.

—¡Claro que no! —saltó Jimmy—. ¿Cuáles son... son las posibles consecuencias de... de esta... de una...?

—¿De una disección arterial? —lo interrumpió el doctor—. Dentro de las próximas horas podría presentarse un infarto cerebeloso. O un derrame cerebral. O un accidente vascular.

Pude escuchar el estruendo de una sirena acercándose por la calle. ¿O acaso se estaba yendo? Se me había olvidado lo ruidoso que podía ser Nueva York, sobre todo en las inmediaciones de un hospital, y en contraste con el silencioso cuarto de hotel donde hasta podía oír el corazón de Jimmy a punto de salírsele del pecho. Apreté su mano con fuerza.

—Las siguientes horas son cruciales para ver la evolución y la magnitud de la lesión —continuó el hombre—. No hay mucho que hacer por el momento.

—Voy a avisarle a tus padres —dijo Jimmy, siempre con sus dedos entrelazados a los míos—. Estoy seguro de que querrán venir a acompañarte.

—Yo necesito hacerles algunas preguntas antes de dar la orden de subir al paciente a terapia intensiva. ¿Cuál es la relación entre ustedes?

—Es mi esposo —contestó con orgullo.

El médico hizo una pausa para mojarse los labios. O tal vez se mojó los labios para esconder una mueca sarcástica que no quiso que viéramos pero que no fue capaz de controlar. El hecho es que prolongó unos instantes su paréntesis, la vista fija en sus zapatos.

—¿Alguna sensación momentánea de mareo o alteración visual en los últimos días?

Negué dos veces, sin ganas de seguir hablando. El doctor ya no me miraba a los ojos. Era igual a todos.

Idéntico. Por más que hiciera el intento, no podía dominar sus propios prejuicios.

—¿Y cuándo apareció el dolor cervical?

Ante mi falta de respuesta, Jimmy volvió a tomar la palabra.

—Ayer en la tarde. Antes de perder el conocimiento, mi marido dijo que le dolía la cabeza. También el cuello y uno de los hombros.

—Entiendo. ¿Algún movimiento en particular del paciente que pueda haber provocado el aumento del dolor?

—Una gloriosa sesión de sexo oral —contesté furioso mientras sentía un calor ingobernable que me subía por el cuerpo y se quedaba atrapado en mis orejas; las imaginé tan rojas como la rabia que intentaba frenar sin éxito.

—Mauricio —susurró Jimmy con el mismo tono que usaba para pedirle a sus alumnos que apagaran el celular antes de comenzar las clases.

—Le estaba dando una mamada inolvidable a mi marido —seguí sin hacerle caso—. Eso es lo que hacen los recién casados, ¿no, doctor Conway? ¿No era eso lo que quería escuchar?

—Mauricio —insistió Jimmy, ahora subiendo la voz.

—Follábamos como animales porque eso es lo único que sabemos hacer los gais, ¿verdad? ¿No es eso lo que piensa?

El médico no despegó la mirada del suelo mientras avanzó en silencio hacia la puerta. Desde ahí se giró hacia nosotros, aunque en realidad se quedó observando hacia la ventana. Por lo visto, ya no éramos merecedores de su maldita consideración. Ni de su ayuda.

—El tratamiento que le voy a dar consiste en anti-coagulación inicial —dijo con un tono de voz tan insípido como su intento por parecer profesional—, con controles clínicos regulares para determinar el momento de la reca-nalización, y finalmente la retirada de la anticoagulación.

—Gracias —asintió Jimmy, sin soltarme la mano.

—Y voy a dar la orden para que lo suban de in-mediato a cuidados intensivos. Si el paciente produce al-gún tipo de accidente vascular, es imprescindible que se encuentre en el lugar correcto para poder minimizar las consecuencias.

De la ventana volvió a bajar los ojos hacia el impe-cable linóleo del suelo. Iba a salir de inmediato del cuar-to, esas eran sus intenciones. Correr como un cobarde. Lanzar la piedra y esconder la mano. Conocía a la gente como él. Por eso volví a detenerlo.

—¡Espere! —exclamé desde la cama.

Lo vi girarse desde el pasillo con un gesto de moles-tia que esta vez ni siquiera intentó disimular.

—Mi marido puede acompañarme a terapia intensi-va, ¿verdad? —pregunté.

—Solo los familiares directos del paciente —replicó.

—Perfecto, entonces no tenemos problemas —sos-tuve—. Vas a poder subir conmigo, mi amor.

—Familiares —puntualizó—. Dije familiares directos.

—¿Y acaso existe una relación más directa que la de un marido, doctor Conway? —lo enfrenté.

El médico exhaló un fuerte suspiro y regresó hacia el interior de la habitación. Cuando lo vi cerrar, supe que íbamos a tener problemas.

—Yo sé que en algunos estados de este país —co-menzó— la gente como ustedes se puede casar, pero...

—¿La *gente como nosotros*? —lo cortó Jimmy, por fin sumándose a mi bando—. ¿Se puede saber a qué se refiere con eso?

—Pues a la gente como ustedes. ¡Y no me hagan repetirlo, porque me entienden perfectamente!

—No, no entiendo el comentario. Y mucho menos viniendo de un doctor —prosiguió mi esposo—. Por eso quiero que me lo explique. ¡Ahora! Y avíseme desde ya si tengo que llamar a nuestro abogado, porque no me están gustando para nada ni su tono de voz ni sus comentarios.

El hombre por fin alzó los ojos y nos clavó sus pupilas como dos dagas azules, mortales.

—Miren, no quiero tener problemas. No es nada personal, pero este hospital tiene sus normas y...

—¡Estamos casados! —rugió Jimmy.

—Tal vez en un hospital público usted podría acompañar a... a su marido a terapia intensiva —aclaró—. Pero este es un hospital privado. Y mientras el matrimonio de gente como ustedes no sea una ley federal, nosotros nos regimos por nuestros propios códigos y principios.

Le solté la mano a Jimmy para poder incorporarme en la cama.

—Si me muero, la última cara que quiero ver es la de él —dije, señalado a mi esposo—, no la suya, Conway. —El hombre permaneció en silencio—. No voy a permitir que me lleven a un lugar donde él no pueda entrar.

—Mauricio, no. Tú vas a hacer lo que haya que hacer para que puedas salir pronto de aquí.

—¡No voy a subir a terapia intensiva si tú no puedes estar ahí para tomarme la mano! —exclamé, y el eco de ese cuarto blanco y desprovisto de adornos multiplicó mis palabras.

El médico tomó el picaporte con fuerza. Era evidente que deseaba poder escapar pronto de nuestro lado.

—No puedo obligarlo a ingresar a cuidados intensivos —confirmó luego de una pausa—. Y si su voluntad es permanecer aquí...

—No. ¡Es *su* voluntad! —repliqué—. ¡Son sus prejuicios los que me están obligando a tomar esta decisión!

—Muy bien. Voy a pedirle a la enfermera que le haga firmar los papeles necesarios para liberarnos de cualquier responsabilidad resultado de su decisión.

Cuando el médico salió por fin de la habitación, me dejé caer de espaldas hacia la almohada para intentar controlar el desbocado latido de mi corazón que golpeaba frenético dentro de mi pecho, en mis sienes y hasta la base de mi cabeza. Alcancé a ver a Jimmy, que se llevaba ambas manos a la cara y se alejaba hacia la ventana. Cerré los ojos como siempre lo hago, en esta ocasión para escapar de aquel diagnóstico, del posible accidente vascular que ni siquiera sabía bien qué peligros encerraba, de la profunda humillación que sentía luego del enfrentamiento con el cobarde de Conway, y dejé que mi mente se fuera lejos. Lejísimos. Hui de aquel maldito cuarto de hospital para refugiarme dentro de una imagen que llegó a mí sin aviso, sin anunciarse o pedir permiso, pero que se instaló al otro lado de mis párpados y que no quise hacer desaparecer. En ella Jimmy sonreía. Alegre. O más bien aliviado. Con la misma sonrisa con que un montañista llega a la cumbre después de días de esfuerzo e infierno. En sus brazos sostenía a una recién nacida. Una niña. Aunque en apariencia era imposible adivinar el sexo del bebé, porque tenía pocas horas de vida y en esa etapa de su desarrollo se ven todos iguales. Sin embargo, yo tenía la certeza de que se trataba de una niña. La sonrisa de Jimmy lo confirmaba: era una niña que él acunaba entre sus brazos con una delicadeza infinita, al como se protege una frágil escultura de hielo de los rayos del sol. Entonces Jimmy comenzaba a decir mi nombre, Mauricio, Mauricio, primero en susurros. Mauricio. Poco a poco, la fuerza de su voz comenzaba a aumentar. ¡Mauricio! Por lo visto me estaba llamando, pero yo no me encontraba en aquella habitación de hospital. ¿Adónde me había ido? Por alguna extraña razón yo no participaba de esta imagen de mi cabeza. Solo estaban Jimmy y su hija. Porque ahora se le sumaba la certeza de que esa niña que él llevaba en brazos era su hija. Nuestra hija. No, más bien su hija. Solo su hija. Porque yo no existía. Si no hubiese sido porque Jimmy gritaba mi nombre cada vez con más desesperación y urgencia, no hubiera habido ningún rastro de mí en esa escena. Y sus gritos se hicieron rugidos. Y la niña comenzó a llorar. Y en el rostro crispado de Jimmy ya no quedaba ni la huella de la sonrisa inicial. Mi marido giraba la cabeza en todas las direcciones sin poder hallarme en esa imagen que poco a poco se fue llenando de luz, de una luz cada vez más blanca, de una luz cada vez más intensa, que terminó por cubrirlo a él y a la criatura, tal como un mago cubre con una sábana todo aquello que desea hacer desparecer. Todo. Un todo tan blanco y deslumbrante que se tragó hasta la última gota de color.

Cuando abrí los ojos, Jimmy estaba durmiendo hecho un nudo en una silla junto a la cama. Afuera ya se había hecho de noche, y a través de la ventana solo se podían apreciar algunas luces aún encendidas en el edificio de ladrillos en la acera de enfrente. Descubrí que, a mi lado, una enfermera terminaba de revisar que la aguja del suero siguiera firme y clavada en mi brazo. Me hizo un saludo arrugando la nariz y salió tan silenciosa como debió de haber entrado.

Ni siquiera hice el intento por saber qué día era. O cuántas horas llevaba ahí.

Con cierta debilidad, estiré la mano hacia Jimmy y, a tientas, busqué la suya. De inmediato nuestros dedos se entrelazaron, tal como se habían acostumbrado a hacer luego de tantos años juntos. Respiré aliviado. Podía morirme en paz. Si por alguna razón el accidente vascular se decidía a estallar de una buena vez, el contacto de mi mano con la piel de Jimmy borraba de un zarpazo cualquier posibilidad de miedo o angustia. Lo único que lamentaría con mi muerte sería no haberlo podido acompañar en su deseo de adoptar un hijo. Porque si esa noche todo llegaba a su fin, jamás podría verlo con un bebé en brazos. Jamás podría recrear la escena de mi fantasía.

¿Había sido una fantasía o solo un sueño? ¿O una premonición? ¿O solo una imagen fortuita producto de los analgésicos y anticoagulantes que me estaban inyectando?

Durante el siguiente cambio de turno, una enfermera trajo los papeles legales que Conway preparó especialmente para mí. En ellos, yo me hacía responsable de mi decisión de permanecer en aquella habitación y liberaba al hospital de cualquier responsabilidad por no estar en el área de terapia intensiva, como lo sugerían todos los protocolos y recomendaciones médicas.

—No firmes —me rogó Jimmy cuando terminó de leerlos—. Esto no tiene sentido.

—Lo que no tiene sentido es que yo no pueda morirme con mi marido a mi lado —repliqué.

—¡Tú no te vas a morir!

—No tengo intenciones de hacerlo —dije y traté de esbozar una sonrisa—. Pero es un asunto de principios, Jimmy. Pensé que estarías de acuerdo conmigo.

—¡Y lo estoy! —exclamó—. Pero...

Mi marido dejó los papeles sobre la cama. Se frotó los párpados con fuerza. Recién en ese momento me di cuenta de que llevaba ropa diferente a la de los otros días. Sentí alivio de imaginarlo por fin en el hotel, bajo el agua caliente de la ducha, con la posibilidad de recostarse y descansar un par de horas en una cama y no en una silla incómoda.

—Quiero que salgas de aquí, Mauricio —murmuró—. Sano. Y lo antes posible.

—Y así va a ser.

—No si te quedas en este cuarto. En terapia intensiva vas a recibir la atención que necesitas. ¡Si te llegara a ocurrir algo, allá van a poder controlarlo a tiempo!

—Si en Terapia Intensiva no quieren a la gente como nosotros, ¿por qué piensas que yo querría estar ahí?

Jimmy soltó un hondo suspiro.

—Yo también quiero salir de aquí, sano, y ojalá lo más pronto posible. Pero también necesito saber que estás a mi lado. Que puedes tomarme la mano cuando me haga falta. ¿No lo entiendes? Tú, la *gente como tú*, es la que me hace bien —afirmé.

No hubo necesidad de decir más. Mi esposo salió al pasillo y regresó con un bolígrafo que seguro había robado de la estación de enfermeras. Me ayudó a sentarme en la cama para que pudiera firmar los dichosos papeles.

Mauricio Gallardo. Listo. Ahí estaba. Mi propia sentencia de vida. Ahora tenía que ser más fuerte que mi propio
orgullo para evitar así el infarto cerebeloso, o el derrame
cerebral o el accidente vascular que Conway había anun-
ciado. Solo me quedaba aprender a dominar a mis arterias
con la misma habilidad con que había enfrentado los prejuicios de mi médico. Tan difícil no podía ser.

Esa misma tarde llegaron mis padres desde México.
Escuché la potente voz de mi madre apenas salió de los
elevadores, al final del pasillo. La supuse más pálida de
lo normal, algo despeinada por el vuelo de tantas horas,
con un rictus de cansancio marcado en el rostro a causa de la falta de sueño, el infierno de los aeropuertos y
la preocupación por el estado de salud de su único hijo.
Sin necesidad de verla, la pude imaginar caminando muy
erguida, dándole instrucciones a mi padre, enérgica y decidida, igual que cuando yo tenía cinco años. Y nada de
dramas o lamentos, Enrique, mira que suficiente tiene
Mauricio con lo suyo como para más encima tener que
soportar a dos viejos llorones, ¿está claro? Y mi padre
habrá asentido con la cabeza en silencio, como suele hacer cuando a ella le da por regañarlo y decirle lo que tiene
que hacer, cosa que sucede al menos un par de veces cada
día. Y entonces ella, de seguro, habrá abierto su bolso
para rescatar del caos que siempre acarrea consigo su lápiz labial, con el mismo tono de rojo carmesí de toda la
vida, para pintarse los labios con un solo y preciso movimiento. Y, sin que mi padre haya podido evitarlo, ella
se habrá untado las yemas de los dedos en sus propios
labios para luego pellizcarle las mejillas y dejárselas con
algo de color. Así te ves más saludable, Enrique, no vaya
a ser que Mauricio piense que también estás enfermo si te

ve con esa cara de cadáver que traes. ¡Y sonríe, hombre, mira que aquí no se ha muerto nadie y nuestro hijo va a salir de este hospital mucho antes de lo que todos creen!

Cuando entró al cuarto acompañada por Jimmy, que había ido por ellos a Newark, no hubo necesidad de decir nada. Me abrazó durante algunos segundos sin pronunciar una sola palabra. Ya las había dicho todas en el corredor, creyendo que yo no la había oído. Me secó las lágrimas con el dorso de su mano, acomodó las sábanas y las almohadas, abrió las cortinas de lado a lado, revisó el clóset y los cajones de la mesita de noche, y envío a mi padre a comprar flores a la tiendita del hospital.

—¡Las más lindas y coloridas que puedas encontrar, Enrique! —le gritó con medio cuerpo asomado por la puerta—. ¡La idea es que esto no parezca un mausoleo!

Solo entonces pudo sentarse en la silla y dedicarnos unos minutos.

—Quiero saberlo todo —dijo—. Y más vale que se apuren en explicarme, porque no quiero que Enrique escuche. Es demasiado sensible y no quiero tener que internarlo también a él.

Yo me acomodé en la cama y, esgrimiendo mi condición de enfermo, dejé que Jimmy se hiciera cargo de las dudas de mi madre. Por lo demás, la relación entre ellos dos no podía ser más idílica. De una manera que no fui capaz de prever al momento de presentarlos, sus personalidades se complementaron a la perfección desde el primer instante. Les bastó darse una ojeada mutua para saber que estaban hechos el uno para el otro. A ella le encantaba preguntarlo todo, a él le complacía responder cada una de sus inquietudes; ella necesitaba dominar la conversación para sentirse importante, él no tenía problemas en dejarse conducir por las materias más variadas; ella no se quedaba en paz hasta agotar el tema que le inquietaba, él solo podía descansar una vez que su interlocutora se reconocía satisfecha y conforme. Desde mi lugar de privilegio entre las sábanas los vi discutir, interrogarse, e incluso intercambiar un par de lágrimas cuando la conversación se hizo más intensa.

—Sé que va a sonar absurdo —me dijo mi mamá en una pausa—, pero eres el hombre más afortunado del mundo.

—Si te refieres al hecho de que estoy casado con Jimmy, sí, lo soy.

—Exacto, a eso me refiero —puntualizó ella—. Qué tranquila me quedo.

Por desgracia, yo no podía decir lo mismo con relación a la madre de Jimmy. A pesar de llevar juntos más de una década, Sarah y yo habíamos coincidido en apenas dos ocasiones, y en ninguna de ellas hubo química o deseos de volver a vernos.

El primer encuentro fue años atrás, cuando la universidad le otorgó un premio a Jimmy, un reconocimiento al que él no le había dado mucha importancia y que terminó siendo un galardón internacional que ameritaba fiestas, brindis y celebraciones familiares. Solo por eso mi marido se animó a llamar a Sarah quien, luego de varios reclamos y complicaciones, terminó tomando un avión para viajar a Miami desde Chicago y festejar con nosotros la buena noticia. Le molestó el clima, la humedad excesiva, los mosquitos y el soplido incesante del aire acondicionado. Su única preocupación real era encontrar una iglesia católica cerca de nuestra casa, porque no pretendía faltar a misa el domingo por nuestra culpa. No hizo mayores intentos por conocer más del novio de su hijo, el hombre con el que compartía la vida, la cama y el clóset.

La segunda vez que ella y yo coincidimos fue cuando me tocó viajar a Chicago para conocer el Willis Tower y poder fotografiarlo como parte de mi proyecto. Jimmy insistió en que llamara a su madre, al menos para compartir con ella un rápido *brunch* o una cena.

—Va a ser una buena manera de que se conozcan mejor —dijo—. Yo no voy a estar ahí. No van a tener más remedio que conversar.

—Tu mamá me odia —reclamé—. ¿De verdad crees que me va a aceptar una invitación?

Para nuestra sorpresa, Sarah aceptó. Me citó a las siete en punto, como recalcó varias veces durante la plática telefónica, en un pequeño café que quedaba a una cuadra de su apartamento. Ante la posibilidad de llegar tarde y terminar estropeando mi única oportunidad de acercamiento con mi suegra, entré al restaurante media hora antes de nuestra reunión. En las manos llevaba un pequeño ramo de flores que compré en un *deli* que encontré en el camino. Es un lindo detalle, pensé. Sarah tendría que reconocer que no existe mejor yerno en el mundo que yo, aunque su religión y prejuicios no le permitan terminar de aceptar que dos hombres sí pueden amarse con idéntica pasión que una pareja heterosexual y que, por lo mismo, merecen el mismo respeto.

A la hora señalada, la puerta del local se abrió y mi suegra entró enfundada en un grueso abrigo negro que la cubría desde el cuello hasta los pies. Avanzó hacia mí en silencio, sus ojos fijos en los míos, sin siquiera esbozar una sonrisa o un gesto que delatara que estaba contenta de verme o de estar ahí.

—Buenas noches —dijo, y me extendió la mano.

—Qué gusto verla, Sarah —respondí, y le entregué las flores.

La mujer les dedicó un rápido vistazo, de seguro confirmando que era apenas un ramo barato, y se las entregó a un mesero. Como nunca le especificó que las pusiera en agua, imagino que las flores terminaron en un bote de basura en la cocina. Cuando nos pusieron los menús enfrente, ella se excusó diciendo que iba a tomarse solo un té de manzanilla ya que por las noches no cenaba. Comprendí que la reunión iba a durar solo un par de minutos, y ordené un café.

—¿Y qué te trae a mi ciudad? —preguntó sin el menor entusiasmo.

Me sorprendió que se refiriera a Chicago como si fuera de su propiedad. De inmediato, eso me convirtió a mí en el extraño, el recién llegado, y a ella en la dueña absoluta de la situación. Le conté de la beca que me habían otorgado, de mi proyecto para fotografiar los rascacielos más emblemáticos de los Estados Unidos, y que el Wills Tower era parte de la muestra.

—Mi Jimmy vivió durante algunos años a solo un par de cuadras de ese edificio —comentó bebiendo un sorbo de su té.

Mi Jimmy. *Mi* Chicago. Esa elección de palabras no era simple casualidad. Como nunca he creído en coincidencias, supe que Sarah estaba empezando a mostrar su juego y que yo no tenía más remedio que saltar a la cancha o huir de ahí y quedar como el cobarde.

—Siempre creí que mi Jimmy debería haberse quedado ahí —prosiguió—. Era un apartamento monísimo. Muy bien ubicado. No se compara con lo que tiene ahora en Miami.

—Que *tenemos* ahora en Miami —corregí—. Pero lo importante es que su Jimmy... mi Jimmy... es muy feliz ahí.

Le devolví una amplia y falsa sonrisa que, estoy seguro, desde su lugar de la mesa debe haberse visto como una mueca deforme. Pero no me importó. Necesitaba hacerle saber a mi suegra que, si pretendía ser hiriente, yo también podía serlo.

—¿Y cuándo planea volver a ir a vernos? —agregué por cortesía.

—Cuando mi Jimmy gane un nuevo premio —respondió.

—¿O cuando la hagamos abuela? —lancé, consciente de la granada explosiva que acababa de dejar sobre la mesa—. ¿Se imagina? ¿No le hace ilusión?

Sarah se quedó por unos instantes totalmente inmóvil. Levantó la mano y le hizo un gesto al mesero para que le trajera la cuenta. Se volvió a arropar en su abrigo negro y recién en ese momento abrió la boca.

—Ninguna. No creo que me vean por Miami pronto —puntualizó.

—Es una lástima. Estoy seguro de que a Jimmy le gustaría tener más cerca a su madre.

—Pregúntate de quién es la culpa de que no sea así.

—Lo tengo clarísimo, señora —dije, y también me puse de pie—. Supongo que de su Dios, ¿no?

La mujer lanzó un billete sobre la mesa, junto a su taza de té de manzanilla que aún estaba casi llena. El lustroso abrigo le daba la apariencia de un delgado pero feroz cuervo a punto de alzar el vuelo. Estaba seguro de que dentro de su cabeza desfilaban cientos de frases, todas buscando ofenderme y revelarme sus verdaderos sentimientos. La imaginé intentando seleccionar a toda velocidad la correcta, el estacazo final que me dejara agónico en el suelo y la convirtiera a ella en la triunfadora de la batalla. Sin embargo, y para mi sorpresa, solo apretó los labios, inclinó apenas la cabeza a modo de despedida, y salió apurada al frío de Chicago.

Esa noche, cuando Jimmy me llamó al hotel para preguntarme cómo había ido todo, le dije que su madre se había mostrado muy receptiva y que habíamos tenido una linda velada. Mi Jimmy. Tan educado. Nunca volvimos a tocar el tema.

Mi padre regresó de la tienda del hospital con varios ramos de flores porque, a la hora de pagar, no había podido decidirse por ninguno.

—No importa, Enrique, no importa —lo tranquilizó mi mamá—. Es mejor que sobre a que falte. Mauricio, aprieta el timbre y llama a la enfermera. Necesito que nos traigan algo donde acomodar estos ramos. Mira qué lindas estas margaritas blancas. ¡Y las rosas! ¡Un sueño!

A los diez minutos, gracias a la intervención de mi madre, el cuarto parecía la habitación de una mujer recién parida. Con exceso de flores y aroma a lavanda que mi madre se encargó de rociar en todas las esquinas. Organizó los turnos para que todos tuvieran tiempo de estar conmigo, pero también de ir a refrescarse al hotel y dormir un rato. Cuando le correspondió a mi padre quedarse a hacerme compañía, acercó la silla hacia la cama, tomó el periódico y lo desplegó frente a sus ojos.

—Como a tu marido siempre le gusta estar al día de los acontecimientos mundiales —me explicó—, vamos a leer juntos las noticias. Así tú y él tendrán siempre algo de qué hablar. Porque ese es uno de los secretos más importantes para conservar tu matrimonio, Mauricio. Tener siempre algo de qué hablar.

Me hubiera levantado a darle un abrazo y un sonoro beso en la mejilla si la manguerita del suero me lo hubiera permitido. Mi padre. Un gran suegro, según decretó Jimmy a las pocas horas de conocerlo. Un eterno despistado y soñador al que no se le puede dejar solo ni un momento, como siempre lo describía mi madre. El mejor padre del mundo, agregué yo esa tarde.

—Vaya, mataron ayer a Facundo Cabral en Guatemala —exclamó leyendo las páginas de crónica roja—. ¡Con lo mucho que me gustaba! Ay, Mauricio, ¿adónde vamos a ir a parar?

Recordé una canción de Facundo Cabral que mi padre escuchaba cuando yo era un niño, y mi abuelo —su padre— aún vivía. Cada vez que nos subíamos al coche para ir a ver a nuestros abuelos a Cuernavaca, él metía un viejo casete en el radio y le subía al volumen.

> *Viejo, mi querido viejo,*
> *ahora ya camina lerdo*
> *como perdonando*
> *el viento.*
> *Yo soy tu sangre,*
> *mi viejo.*
> *Soy tu silencio*
> *y tu tiempo.*

Al cabo de un par de repeticiones, mi mamá se quejaba de que el tema era muy depresivo y que la voz de Cabral le daba sueño. Y las canciones no están hechas para que a uno le dé sueño, Enrique, al contrario. Uno tendría que sentir deseos de bailar, de mover el esqueleto, no de abrazarse a la almohada y echarse a llorar. Y así era cada viaje, una batalla musical que duraba hasta llegar a la casa de mis abuelos, una construcción cubierta de techo a suelo por una buganvilia púrpura que siempre estaba florida.

Conway me dio de alta a los tres días. Por milagro, como se encargó de puntualizar en al menos tres ocasiones, la disección arterial no generó ningún accidente vascular.

—Claro, mi hijo ni fuma ni toma —agregó mi madre.

—Ni se droga —acotó mi padre.

—¿Qué pensaba? ¿Que no iba a poder ganarle a una simple vena? ¡Como se nota que no conoce a Mauricio!

—Siempre fue un muchacho muy sano.

—¡Sanísimo!

Jimmy y yo cruzamos una mirada cómplice. Si había alguien capaz de dejar acorralado a Conway contra el muro y refregarle en la cara todos sus prejuicios y mala leche, esos eran mis padres. Nosotros, con salir pronto del hospital, ya sentíamos que habíamos ganado la batalla.

La lista de indicaciones y cuidados que me dieron era larga y exhaustiva. Desde tomarme las pastillas a horas específicas hasta usar un collarín cervical todo el día y toda la noche. Pero nada de eso me importó. Quería regresar pronto a nuestra casa en Miami, a nuestra cama, al olor de nuestras sábanas, al reguero de nuestro baño y al sabor del café que Jimmy me preparaba a primera hora. Ya no quería seguir lidiando con el falso optimismo de mi mamá o la mirada de terror de mi padre cada vez que una enfermera entraba a revisarme el suero. Porque a pesar de las flores, del perfume a lavanda, incluso de los globos que mi madre hizo comprar cuando el médico por fin anunció que ya había firmado mi alta médica, el agrio aroma a desinfectante nunca abandonó mi nariz. Estuvo siempre ahí, intacto, listo para recordarme que era un enfermo de gravedad, que la muerte me rondaba, y que yo, por alguna razón, no merecía los privilegios de otros pacientes que sí tenían el honor de subir a terapia intensiva sin que nadie los hiciera sentir culpables o rechazados. Porque si sobreviví a ese derrame que nunca llegó no fue gracias a los anticoagulantes que el equipo médico se encargó de inyectarle con rigurosidad a mi cuerpo. No. Me mantuve vivo gracias a mi rebeldía. A la indignación que me producía el no saberme igual al resto. Al coraje de haber visto el miedo en las pupilas de mi marido al enterarse de que yo no iba a poder recibir las mismas atenciones que los demás pacientes.

Fuck you, Conway.

Ese mismo día, Jimmy llevó a mis padres al aeropuerto. Nos despedimos en el hotel, donde yo iba a quedarme hasta el día siguiente, cuando llegara nuestro turno de subirnos a un avión para regresar a Miami. Mi mamá se fue llorando, hundida en el hombro de mi padre que hizo esfuerzos sobrehumanos por no derramar un par de lágrimas. Se abrazaron con fuerza a mi marido, le besaron ambas mejillas, le hicieron la señal de la cruz en la frente y le juraron amor eterno por cuidar tan bien de mí. A mí me hicieron prometer que jamás haría nada para molestar a Jimmy, mira que ese hombre es un santo, Mauricio, un santo. ¡No se movió de tu lado ni siquiera cuando le correspondía tomar el turno del descanso para irse a dormir a hotel! Hombres así ya no existen, te lo digo yo. Enrique, dile algo. ¡Dile que tú también crees que nuestro Mauricio se ganó la lotería! Y yo les prometí una y otra vez todo lo que querían oír, porque también creía que Jimmy era el mejor premio del mundo, y que se merecía mi total de devoción.

Por eso, cuando horas más tarde llegó desde Newark y se echó junto a mí en la misma cama donde una semana antes celebramos nuestra noche de bodas, supe que no podía posponerlo más y que tenía que comunicarle la decisión que tanto me había costado tomar. Jimmy adivinó que algo me sucedía. Se incorporó de medio lado, se apoyó en el colchón sobre un codo y me miró directo a los ojos. Le tomé la mano y así le dejé saber que estaba temblando.

—Lo siento, mi amor, pero no puedo.

El rostro de mi marido se ensombreció como un eclipse. ¿Tanto me conocía que era incluso capaz de leerme la mente?

—No puedo ser padre —murmuré—. No *voy* a ser padre. No después de lo que acabo de vivir.

Y por fin, después de una semana llena de ambigüedades y máscaras, los dos pudimos empezar a llorar.

Capítulo tres

MANOS A LA OBRA

Jimmy y yo regresamos a Miami con la sensación de que algo más que mi arteria se había roto durante nuestro viaje a Nueva York. Una vez en casa, mi marido se encargó de acomodar las cosas para que yo pudiera guardar las semanas de reposo que los médicos me aconsejaron, fue al supermercado para llenar el refrigerador de comida, me dejó a mano los anticoagulantes y pastillas para la presión arterial que debía seguir tomando al menos un par de meses más, y se encerró en su estudio sin volver a dirigirme la palabra. Desde su despacho salía lo justo y necesario: para alimentarse un par de veces al día, siempre en solitario, para ir a dar sus clases a la universidad o para meterse a la cama a altas horas de la madrugada, cuando yo fingía dormir para así no tener que pedirle explicaciones. Cumplimos dos semanas de casados sin que ninguno de los dos cruzara la más mínima felicitación. Ni siquiera nos miramos a los ojos cuando, por simple equivocación, nos encontramos a mitad del pasillo, yo rumbo a la cocina por un vaso de agua para tomarme las medicinas, él con un sándwich en la mano que, de seguro, era toda su comida del día. Cada uno salió corriendo en dirección contraria, escapando de un silencio que nos convertía en enemigos, como quien huye de una granada a punto de explotar.

Mientras otros recién casados incendiaban las sábanas con arrebatos de incontenible pasión, en nuestro hogar lo único que se oía era el eco de nuestros pasos huérfanos dentro de una casa que cada día se hacía más grande y desolada.

A veces era fácil confundirse y olvidar la razón de por qué se había desatado esta catástrofe. Pero, en este caso, yo tenía muy claros los motivos que nos habían llevado a Jimmy y mí a naufragar en un mar de reproches no dichos. Fueron cinco palabras las que provocaron el cataclismo: *no voy a ser padre*. Cinco palabras que mi marido no me perdonó y que, por lo visto, iban a convertirse en nuestro epitafio si es que yo no hacía algo pronto.

Algo.

Y yo estaba dispuesto a hacerlo. Lo que fuera.

Sin anunciarme, entré a su estudio cerca de la medianoche. Lo sorprendí dormitando ovillado en la silla frente a su escritorio, con un libro abierto sobre las rodillas, rodeado de papeles y una taza de café que de seguro ya estaba fría. Por un instante volví a verlo en esa misma posición a mi lado en el hospital de Nueva York, su mano tibia rozando la mía, sus ojos llenos de angustia tratando de darme ánimo, recordándome a cada segundo por qué era el mejor hombre del mundo.

Ay, Jimmy. Cómo podía quererte tanto. Cómo podía extrañarte tanto.

—¿Podemos hablar? —dije.

El volumen que sostenía cayó al suelo y el ruido terminó por despertarlo. *El libro del buen amor* se leía en su portada. Por un segundo quise aprovecharme de la evidente ironía para hacer un chiste sobre el título del texto que mi marido estaba leyendo, pero preferí callar. Decidí que lo mejor era volver a preguntar:

—¿Podemos hablar?

—Ahora no —respondió frotándose los párpados.

Hizo el intento de robarle un sorbo a su taza de café, pero suspendió en el acto su intención apenas sus labios rozaron el líquido frío.

—Jimmy —insistí.

—No hay nada de qué hablar, Mauricio. Nada. Tú ya tomaste una decisión.

Ahí estaba, por fin. Sin presionarlo mucho, mi marido había lanzado sobre la alfombra la razón de su distanciamiento. Tal como yo lo suponía, no era capaz de perdonarme mi decisión.

—Estuve a punto de morirme en ese hospital —lo confronté—. Vi tu cara de miedo, Jimmy. Vi tu furia cuando Conway no te permitió entrar a terapia intensiva.

—¡¿Y eso qué tiene que ver con nuestros deseos de ser padres?! —rebatió.

—¿De verdad crees que quisiera hacer pasar a un hijo por esa situación?

—O sea que prefieres renunciar a tus sueños, a nuestro sueño, antes que dar la pelea por lo que crees que es justo...

—¿Me lo estás preguntando?

—No, lo estoy afirmando —me lanzó a la cara—. No sabía que eras tan cobarde, Mauricio.

Lleno de coraje se inclinó a recoger el libro. Antes de dejarlo sobre el escritorio, esbozó una sonrisa cargada de sarcasmo. De seguro, la misma broma irónica que había pensado lanzar yo segundos antes acababa de cruzarse por su cabeza.

—Ahora déjame solo, por favor —pidió—. Necesito seguir trabajando.

—No, no estás trabajando.

—Mauricio...

—Cuando entré estabas dormido —acoté—. Tenemos que hablar.

—¡Pero si ya no hay nada más que decirse! —gritó—. Tú no quieres ser padre.

—¡El mundo es un lugar muy difícil para la gente como nosotros!

—¿La gente como nosotros? ¿Ahora tú también vas a hablar como Conway?

—Jimmy, por favor...

—No. ¡No! Quiero que sigas desarrollando tu idea —exclamó exaltado—. Vamos, dime. ¿Cómo es el mundo para la gente como nosotros?

—No me trates como si fuera tu alumno, por favor.

—No, no eres mi alumno. Eres mi esposo y por eso quiero escuchar tus argumentos. Dime, Mauricio. ¿Cómo es el mundo para la gente como nosotros?

—¿De verdad me vas a interrogar?

—Estoy esperando. ¿Cómo es el mundo para la gente como nosotros? —repitió por tercera vez.

—Es... es un mundo donde todavía hay demasiadas luchas que dar...

—Sí, muchísimas —me apoyó.

—Es peligroso...

—Sí, es peligroso —afirmó.

—Y hay tanto prejuicio, Jimmy...

—Cada día más —agregó.

—Estoy tan cansado de pelear.

—Somos dos.

—¡Pero entonces estás de acuerdo conmigo!

—Sí, claro. Siempre lo he estado. Son muchas las peleas que vamos a tener que enfrentar, Mauricio, por más agotados que estemos. Y sí, algunas de esas peleas serán peligrosas. Y la sociedad todavía está llena de prejuicios que solo buscan quitarnos los pocos derechos que hemos podido reclamar. ¿Pero sabes qué? La gente que no es como nosotros también tiene que pasar por sus propias batallas. Y si no me crees —continuó—, pregúntale a un muchacho negro de Alabama si para él el mundo es un sitio amable. O si no está obligado luchar cada segundo contra los prejuicios de los demás. O si para él cada día no representa una batalla que tiene que ganar como sea. Pregúntale, Mauricio, a ver qué te contesta.

Quise rebatir su argumento, pero no supe cómo. Corroboré una vez más que era imposible vencer a Jimmy en el terreno de la lógica y la retórica. En esa arena siempre me ganaba por paliza. Y no solo se encargaba de pulverizar mis argumentos, sino que además me dejaba desnudo, sin herramientas ni armas para seguir. ¿Cómo podía ahora continuar refutando sus palabras si mis razones sonaban frívolas y egoístas cada vez que salían por mi boca?

—Yo veo las cosas justo al revés —dijo, bajando el tono de su voz—. Yo quiero ayudar a provocar un cambio. ¿Y qué mejor manera de hacerlo que dejando como herencia un buen ser humano educado por nosotros...? Un niño que se termine convirtiendo en un adulto responsable y comprometido. Un niño que haga bien las cosas. Un niño del que podamos estar orgullosos.

—Una niña —lo corregí.

Por un brevísimo segundo, un relámpago de ternura iluminó los ojos de Jimmy.

—¿Preferirías una niña? —preguntó.

—¿Tú no?

—Sí. Yo también preferiría una niña —asintió.

Esa noche sellamos nuestra reconciliación y comenzó al fin la luna de miel. Llenos de urgencia caímos desnudos sobre el escritorio, manoteando a ciegas entre papeles y *El libro del buen amor* en busca de un espacio para acomodar nuestros cuerpos que, por fortuna, aún tenían mucho que decirse. Jimmy se encargó de quitarme la ropa a tirones, con un ímpetu que imaginé acumulado a lo largo de semanas de hospital y distancia. Cuando terminó con esa primera tarea, se encargó de recorrerme la piel con sus diez dedos que tan bien conocían mi cuerpo. Cerré los ojos, abandonándome. Ya no había nada más que hacer. La entrega era absoluta. Al ritmo de sus caricias sentí mis articulaciones estirarse como el elástico y la dura superficie del escritorio ceder bajo mi espalda. Y entonces Jimmy entró despacio, con la seguridad que te dan los años y el saber que regresas a un terreno conocido. Sí, Jimmy, quiero más, quiero que no te salgas nunca, quiero cumplir todos tus deseos porque te has encargado de cumplirme los míos. Vamos a tener una hija, aunque esté lleno de dudas. Vamos a ser padres. Quiero regalarte la posibilidad de cumplir tu sueño, porque te lo mereces, porque es lo que deseas. Y con cada empellón mi espalda se despegaba un poco más de la mesa. Y floté. Floté hasta casi chocar con el techo, anclado a la tierra solo a través de su cuerpo que me perforaba, de sus manos que parecían cosidas a mis caderas. Y cuando por fin abrí los ojos pude ver su rostro en éxtasis, con esa vena azul en la frente que se le hinchaba cuando hacía algún esfuerzo, y no tuve más remedio que dejarme guiar, obediente. Me dejé clavar en su despacho, dejé que sus movimientos aumentaran como un maremoto a punto de hacer añicos el continente, dejé que la respiración de Jimmy se convirtiera en un animal salvaje al que le han abierto la jaula para salir de cacería. Llegamos juntos y al interior de un túnel quedaron atrapados todos los sonidos y nuestros cuerpos. Mi hombre. El mejor hombre del mundo. Eso siempre fue Jimmy. El mejor hombre del mundo que esa noche gritó tan fuerte que terminó medio muerto sobre mi pecho, con el corazón a punto de escapársele por la boca, con una sonrisa de niño travieso que por fin ha conseguido salirse con la suya.

—¿Manos a la obra entonces? —jadeó dentro de mi oreja.

Asentí, resbaloso y sudado, con la certeza de que, si la biología jugara a nuestro favor, esa noche hubiéramos engendrado a un hijo. No, a una hija. Una niña, la que ambos queríamos. Una niña, justo como la que él cargaba en mi sueño. La hija de Jimmy y Mauricio. La naturaleza comete errores, pensé mientras recogía mi ropa del suelo. Y graves. De no ser así, un arranque de amor tan noble como el que acabábamos de vivir merecía terminar con un bebé en nuestros brazos. Uno que nos reconociera como padres sin necesidad de trámites, jueces y trabajadoras sociales. Simple y sencillamente un recién nacido que supiera que le pertenecíamos porque llevaba nuestra piel, nuestra sangre, el color de nuestros ojos y el sonido de nuestras voces. El amor es arrebato, pensé. Revolución pura. Y así mismo debería ser la concepción de un bebé: el triunfo de ese amor indomable, ese que no admite errores ni se detiene a juzgar si es alguien del mismo sexo.

A los pocos días, Jimmy regresó a casa antes de la hora habitual. Me sorprendió editando algunas fotografías en el computador. Sin detenerse a saludarme o a preguntarme por mí día me tomó por el brazo y me obligó a levantarme de la silla.

—Necesito que te prepares. Leticia viene a cenar esta noche —exclamó lleno de prisa.

—¿Qué Leticia?

—Mi decana. Tú la conoces, Mauricio. La viste en la última fiesta de Navidad de la universidad.

—¿Y por qué la invitaste? —pregunté, con la certeza de que debía suspender todas mis actividades a partir de ese momento para dedicarme a cocinar algo que estuviera a la altura de la visita.

—Leticia adoptó una hija en China —dijo—. Y está dispuesta a ayudarnos con el proceso.

Decidí preparar un pozole, el único platillo mexicano que mi madre había conseguido enseñarme con cierto éxito, y que de paso iba a ayudar a perfumar nuestra casa con un insuperable aroma festivo. Mientras esperaba que el agua hirviera y ponía en remojo una buena cantidad de chile guajillo me dediqué a seguir los movimientos de Jimmy: lo vi acomodar los cojines del sofá de la sala, estirar la alfombra y enderezar uno a uno los cuadros en los muros. Abrió las cortinas, pero luego de unos instantes de vacilación volvió a cerrarlas para evitar así la vista hacia nuestro patio trasero, tan descuidado y lleno de malezas. Cantaba. Jimmy, el serio profesor universitario, el mismo que tanto temían sus alumnos, tarareaba lleno de entusiasmo canciones que yo ni siquiera sabía que él conocía. Flotaba por sobre el suelo ultimando todos los detalles del escenario perfecto donde ocurriría la conversación que nos iba a cambiar la vida. De pronto entró a la cocina, se robó uno de los rábanos que yo cortaba en rodajas, me dio un beso en la mejilla y volvió a salir llevándose un par de velas que instaló sobre la mesa de centro.

—¡Leticia acaba de llegar! —gritó asomado por la ventana justo cuando yo bajaba la llama del quemador para dejar el pozole cocinarse a fuego lento.

Leticia resultó ser una mujer encantadora. Por más que Jimmy y ella insistieron en que nos conocimos para la última fiesta del decanato, yo no conseguí recordarla. Tengo que aprender a involucrarme más en el mundo de mi marido, pensé, aunque sus conversaciones académicas me parezcan aburridas, anticuadas y en la gran mayoría de los casos inútiles. La mujer nos trajo unos chocolates de regalo y se dedicó a contarnos sobre su marido que andaba de viaje de negocios por Hong Kong.

—Por suerte tengo a Lian —dijo—, o la soledad sería insoportable. Álvaro se la pasa fuera de casa. Y a mí no me gusta estar sola.

—¿Lian? —pregunté.

—Mi hija —respondió—. Y me imagino que es sobre ella que quieren que les hable.

Acto seguido, Leticia sacó de su bolsa un fólder repleto de viejos y ajados papeles, al mismo tiempo que Jimmy tomaba una libreta y un bolígrafo. Profesores, pensé. No pueden vivir sin sus cuadernos, sus apuntes y sus libros de referencia. Para mí, sentarse a hablar de un hijo tenía más que ver con historias de juguetes, pañales y travesuras que con tomar notas como si estuviéramos en un salón de clases.

—Estos son todos los documentos de la agencia —explicó Leticia—. Lo que ven aquí es el resultado de casi tres años de trabajo.

Traté de esconder lo mejor posible mi desilusión al escuchar que el proceso de adopción le había tomado tanto tiempo. Aunque nunca le había prestado mucha atención al tema, por alguna razón sí tenía conciencia de que ese no era un camino muy expedito. Pero tres años... una vida entera cabía dentro de tres años. ¿Iría a sobrevivir intacta la urgencia de Jimmy a lo largo de tres años?

¿Iría a sobrevivir yo?

—Les recomiendo a ojos cerrados la agencia que Álvaro y yo usamos —puntualizó—. La sede central está en Boston, pero tienen una oficina aquí en Miami. Contratarlos fue la mejor decisión que tomamos.

Le extendió a Jimmy un folleto que él recibió con cierta solemnidad. Mi marido se quedó revisándolo en silencio unos minutos. Estiré el cuello por encima de su hombro para echarle también un vistazo. En el tríptico estaban todos los teléfonos de la agencia, algunos testimonios de padres adoptivos y fotografías de niños sonrientes y familias que corrían dichosas por parques y el borde del mar. El cliché de la familia perfecta. Esa que Jimmy estaba empeñado en conseguir.

Leticia nos explicó que luego de casi dos años de trámites, de papeleo, de informes y estudios, recién fueron agregados a una lista de espera. Se decidieron por solicitar una niña china, porque aquel país parecía más flexible y menos engorroso con el proceso final.

—¿Qué edad tiene hoy tu hija? —pregunté.

—Doce años.

—¿Y el trámite sigue siendo el mismo o las cosas han cambiado en todo este tiempo? —quise saber.

—La verdad, no lo sé —contestó—. Lo mejor que pueden hacer es llamar a la agencia y pedir una cita.

De reojo vi a Jimmy anotar sin pausa todo lo que su jefa iba diciendo. Me enterneció su obsesión por dejar escrita hasta la última palabra que pudiera ayudarlo a cumplir con su deseo.

—Recuerdo como si fuera ayer el día en que me llegó la primera foto de Lian —confesó Leticia mientras volvía a guardar el fólder lleno de papeles dentro de su bolso—. Me puse a llorar sin control. Álvaro también estaba de viaje y no tuve con quién compartir el momento. Pero esa noche no me sentí sola, porque Lian estaba ahí, en mi buró. Mi hija existía. Me miraba desde la foto.

Nos contó que la agencia les dio un par de días para tomar la decisión de confirmar, o no, la última etapa de la adopción. Luego de ratificar frente a la trabajadora social que sus intenciones de ser padres seguían intactas, lo siguiente fue atravesar el mundo entero para llegar a China y finalizar allá los trámites.

—Fuimos varias parejas las que viajamos hasta Pekín, todas a lo mismo. Nos acomodaron en un hotel y nos recomendaron tener paciencia, porque la entrega de los bebés podía tardarse más de lo suponíamos.

—¿Y así fue?

—Sí. Y tengo que ser honesta. Esos días fueron una pesadilla —reconoció Leticia—. Imagínense la situación. Álvaro y yo las veinticuatro horas encerrados en la habitación, viendo programas en un idioma que somos incapaces de entender, mirando por la ventana una ciudad tan contaminada que no se alcanzaba a ver la acera de enfrente del hotel, sin noticias de nuestra hija. Yo solo quería regresar a casa con Lian en mis brazos.

—¿Y el proceso siempre es así? —quiso saber Jimmy.

—Siempre. Lo hacen porque quieren estar seguros de que uno no va a renunciar a última hora. Es una manera de probarte.

—Y dentro del grupo que viajó con ustedes a China, ¿había alguna pareja del mismo sexo?

—Éramos siete parejas. Tres eran gais.

La sonrisa de Jimmy iluminó su rostro aún más que las velas que había dejado sobre la mesa de centro. Lo vi escribir algo más en su libreta y soltar un suspiro mezcla de alivio y satisfacción.

—Después de casi dos semanas en el hotel, por fin nos contactaron de la agencia para decirnos que estaban listos para entregarnos a nuestros hijos —prosiguió Leticia.

—¡Dos semanas! —exclamé.

—Sí. ¿Entiendes ahora por qué digo que fue una pesadilla?

Una destartalada van pasó por ellos y los llevó a través de las atestadas y grises calles de Pekín hasta el orfanato estatal donde estaban los niños. Ahí los esperaba un funcionario de la agencia para asegurar que no existieran irregularidades con el proceso y que todos los documentos legales fueran entregados. Leticia nos dijo que la hicieron pasar a un salón casi vacío, sin ventanas, donde apenas había un par de sillas incómodas para sentarse. Ella y Álvaro se entretuvieron mirando las fotografías de líderes chinos que colgaban en los muros, también casi desnudos de todo adorno.

—*Are you the Lazcano family?* —preguntó de pronto un funcionario en un muy mal inglés.

Leticia y Álvaro se tomaron de la mano en un acto reflejo, sintiendo que estaban al borde la puerta abierta de un avión y a punto de lanzarse al vacío con sus paracaídas en la espalda. Lo que les pareció ser una enfermera, vestida entera de blanco y con una mascarilla cubriéndole nariz y boca, entró al lugar con una bebé en brazos. Apenas se alcanzaba a ver el negrísimo cabello de la niña y parte de una oreja asomada por un pliegue de la manta también blanca con la que estaba envuelta.

—Lian —la presentó la enfermera. Y se las entregó.

Leticia estaba segura de que no iba a olvidar, por el resto de su vida, el preciso instante en que llevó el cuerpo de su nueva hija hacia su pecho para dejarla ahí, piel contra piel, dispuesta a que la magia de la naturaleza obrara y juntas se reconocieran como madre e hija. No sabe cuánto tiempo pasó hasta que el funcionario de la agencia de adopción vino por ellas para llevarlas de regreso al hotel.

—Álvaro se hizo cargo de todo —dijo—. Yo solo tenía ojos para Lian. Lo demás... todo el resto... desapareció.

—¿Por qué decidieron conservarle el nombre? —pregunté.

—Me pareció que era la mejor manera de honrar su origen. Tengo una hija china. No podía ponerle María —bromeó.

Yo me puse de pie y, con un gesto de mi mano, señalé hacia el comedor.

—Y la mejor manera de honrar mi origen esta noche es invitarlos a comer el pozole que prepara mi madre —anuncié—. ¿Nos sentamos a la mesa?

Mientras Leticia iba al baño a lavarse las manos y a secarse algunas de las lágrimas que derramó al contarnos la historia de su adopción, Jimmy se acercó a mí y me dio un largo beso en los labios. No fue necesario decir nada. Esa era su manera de agradecer mi participación en la historia que se había comenzado a escribir esa noche, en nuestra casa, al calor de las velas y el aroma que se colaba desde la cocina.

Desperté de madrugada con más frío que de costumbre. Al mirar hacia el otro lado del colchón descubrí que Jimmy no dormía junto a mí. Lo encontré sentado frente a su escritorio, el computador encendido y una serie de papeles a su alrededor. No había sido capaz de cerrar los ojos después de toda la información que nos dio Leticia, y estuvo navegando en internet para conseguir referencias sobre la agencia de adopción que su jefa nos había recomendado y los diferentes países que participaban del programa.

—Ya pedí una cita con la encargada —dijo en medio de un bostezo—. Nos esperan el próximo martes a las tres de la tarde. Vamos a comenzar de inmediato con el proceso.

—¿Vas a ser capaz de esperar tres años? —le pregunté.

—Quiero una hija, Mauricio. Y si se tarda tres años en llegar, yo voy a saber esperar por ella.

—¿Y tu madre? ¿Le vas a decir?

Jimmy se puso de pie y caminó en círculos por su estudio. Se frotó los ojos con energía, en un vano intento por espantar la falta de sueño acumulada a lo largo de la noche en vela.

—No creo —sentenció después de una larga pausa.

Mientras preparaba desayuno para los dos me explicó que no le parecía una buena idea involucrar a la familia —ni la suya ni a mía— en el proceso. No quería preguntas incómodas o presiones extras. De solo imaginar la reacción de mis padres al saber que podían llegar a ser abuelos, confirmé que lo mejor que podíamos hacer era contarles solo cuando faltara poco tiempo para viajar a buscar a nuestra hija. Íbamos a aplicar la política de los hechos consumados. Si no, corríamos el riesgo de que mis padres, en un arrebato de euforia y máxima felicidad, se mudaran a vivir con nosotros y se tomaran por asalto la casa. ¡Mauricio, vamos a pintar el cuarto de la niña!, diría mi madre apenas cruzara. ¡Mauricio, vamos a ordenar el ajuar de mi nieta!, diría al día siguiente. ¡Mauricio, ahora hay que esterilizar toda la ropa de cama! ¡Mauricio! ¡Mauricio! No. Yo todavía no estaba preparado para lidiar con una futura abuela con demasiado tiempo libre y una energía capaz de echar a andar un reactor nuclear. Sin embargo, sabía que su presencia iba a ser importante a la hora de tener que acostumbrarme a compartir mi espacio con una bebé. Una bebé a la que iba a ser necesario alimentar, bañar y hacer dormir. Una bebé que iba a consumir todas nuestras fuerzas y nuestras horas del día.

Sarah, en cambio... bueno, Sarah era un tema aparte. Jimmy no necesitó decirme que la reacción de su madre era una de sus principales preocupaciones. Le leí el miedo en los ojos cuando le pregunté por ella, y no supo qué responder.

—Vamos a mantenerla lo más lejos posible de esto —pidió.

—¿Pero no te parece injusto?

—Tú conoces a mi mamá, Mauricio. Sabes cómo es. ¿De verdad la quieres llamando todos los días para decirnos que estamos cometiendo un pecado y que nos vamos a ir al infierno por desafiar las leyes de Dios?

—A lo mejor lo que a tu madre le hace falta es un nieto. Un niño que le robe el corazón y que la haga olvidarse de tanta pendejada que no la deja ser feliz.

—Tal vez. Pero no la quiero cerca durante el proceso. Esto no lo puede saber nadie, ¿me oyes? —enfatizó—. ¡Nadie!

Asentí sin mucha convicción y le puse en la mano su tazón de café. Sabía que esa era una promesa que iba a romper apenas tuviera la oportunidad, porque pensaba contarle todo a Vanessa. No era capaz de enfrentar esa nueva etapa sin la ayuda de mi mejor amiga. La esperé afuera de su sesión de yoga, un poco envidioso de toda la gente que entraba y salía del salón de ejercicios sin más responsabilidad que mantener el equilibrio durante la clase. Si todo salía como Jimmy quería, en un tiempo más mis obligaciones se iban a multiplicar de tal manera que iba a empezar a envejecer a pasos agigantados hasta quedar convertido en mi propio padre. Sacrificios que se hacen por los hijos, supongo.

Cuando le di la noticia, se echó a llorar. Se me colgó del cuello frente al desconcierto de sus compañeros de yoga que, ante la posibilidad de ser testigos de una mala noticia que les quitara la energía positiva recién adquirida a golpe de esfuerzo y sudor, se fueron corriendo hasta dejarnos solos.

—¡Exijo ser la madrina! —gritó con voz desafinada por el llanto—. No puede ser nadie más. ¡Yo los presenté!

—¡Sí, pero es un secreto! —la amenacé—. Jimmy jamás puede enterarse que te lo conté.

—Soy una tumba. Jamás le voy a decir nada —aseguró—. ¡Van a ser tan buenos padres! ¡Qué suerte va a tener la niña que les entreguen!

Nos fuimos a caminar a la playa de su edificio en Miami Beach, el mismo lugar donde tantas veces me quejé de Jimmy, o le conté mis miedos más ocultos, o le pedí consejo para poder seguir adelante con mi relación. Pero esta vez era distinto. Esta vez todo parecía más serio y trascendental. Más definitivo. Más de vida o muerte.

—¿Y qué van a hacer con tu suegra? —preguntó con cierto temor.

—Jimmy no quiere decirle nada.

—Lo apoyo. Esa mujer es terrible. ¡Es capaz de boicotearles la adopción!

—¿Tú crees?

—Claro que sí, Mauricio. Esa vieja te odia. Para ella, tú eres el culpable de que su hijo sea gay. Me la imagino perfecto llamando a la agencia de adopción para hablar mal de ti o inventarte algún delito. La gente cuando es mala... es capaz de lo que sea.

Ante mi silencio, Vanessa tomó una de mis manos y me clavó una mirada llena de determinación.

—Por tu bien vas a tener que aprender a guardar el secreto —me aconsejó—. Al mundo entero menos a mí, claro. ¡Yo exijo que me vayas contando paso a paso todo lo que hagan!

La semana se me hizo más larga de lo usual hasta que por fin llegó el martes, el día acordado para nuestra junta con la agencia recomendada por Leticia. Jimmy decidió no ir a trabajar para así poder preparar la reunión. Lo vi repasar una y otra vez un largo listado de preguntas ordenadas por tema, importancia y facilidad de solución. Imprimió también una infinidad de material sobre países que consideraban la adopción homoparental, y los pro y contra de la adopción internacional versus la doméstica. Estoy seguro de que mi marido podría haber sido capaz de impartir un seminario sobre el tema con más precisión y dominio que cualquiera que llevara años dedicado a eso. Así es él. El rey de los nerds. Sí, el mejor hombre del mundo.

La oficina quedaba en un hermoso edificio, en el corazón mismo de Coral Gables. Nos costó muchísimo conseguir estacionamiento a esa hora, por lo que cuando subimos al elevador los dos íbamos más nerviosos y agitados de lo que hubiéramos querido. Le busqué la mano a Jimmy, pero él me evitó con cierta torpeza. Por lo visto, estaba más preocupado de mantenerse entero que de ayudarme a calmar mi propia desazón.

—Adelante, bienvenidos —dijo la mujer que nos recibió.

Claire, como se presentó, tenía cerca de sesenta años, el cabello blanquísimo y la sonrisa de una dulce monja que solo se ha dedicado a una vida de recogimiento. Parecía haber sido trasplantada directo desde otro siglo para terminar, sin mucha lógica ni conciencia de cómo había ocurrido, dentro de una oficina donde lucía anacrónica y fuera de sitio.

Hice un segundo intento por tomarle la mano a mi marido, pero él trenzaba sus dedos y también me fue imposible.

—Bueno, los escucho —dijo Claire y dio por iniciada la junta.

Jimmy y yo nos miramos en silencio, preguntándonos quién iba a romper el hielo. Dejé que fuera él. Después de todo, el sueño que nos había arrastrado hasta ese lugar era suyo. ¿Iría a seguir pensando así una vez que la niña ya estuviera viviendo entre nosotros? Que se levante Jimmy a ver por qué llora, total, fue él el de la idea...

Por un instante tuve el impulso de cortar la reunión, pero Jimmy ya había comenzado a hablar y Claire parecía muy interesada en lo que oía.

—No es por desilusionarlos, muchachos —comentó ella cuando por fin pudo tomar la palabra—, pero no son muchos los países que están permitiendo la adopción homosexual.

—Tenemos una amiga que consiguió a su hija en China.

—Sí, China fue un país muy solidario con el tema. Pero ya no entregan niños a parejas gais. India tampoco. Ni siquiera Rusia, que durante muchos años fue nuestro principal aliado. Eso se acabó.

Jimmy se quedó unos instantes en silencio, tratando de reponerse del bofetón que acaba de recibir.

—Mi marido es mexicano —dijo, señalándome—. ¿Eso ayuda en algo?

—Tendríamos que analizarlo con más calma —prosiguió Claire—. Sin embargo, mucho de los hogares y fundaciones en México están dirigidos por organismos religiosos que...

—No aceptan la homosexualidad —terminé yo.

—Exacto. Ese es el problema que tenemos con América Latina. Por eso, en general, siempre tratamos de buscar la adopción en Europa del Este, o incluso en Asia, porque allí la religión no es un obstáculo. Pero cada vez hay menos.

Esta vez fue Jimmy el que buscó mi mano. Sentí su palma húmeda de sudor contra la mía.

—Por otro lado, tenemos que discutir sobre qué tipo de adopción quieren llevar a cabo.

—¿Tipo de adopción? —pregunté con cierto desconcierto—. Pensé que había solo una: la de nosotros queremos un niño y ustedes nos ayudan a encontrarlo.

Ni siquiera ante mi pésima broma Claire perdió su sonrisa de misionera bondadosa. Abrió y cerró un par de cajones hasta que encontró el papel que buscaba. Nos lo extendió.

—Ahí está todo explicado con lujo de detalles —dijo—. Pero lo básico es que hay dos caminos: adopción abierta o cerrada.

Reconozco que mi instinto me aconsejó en ese momento cerrar los ojos y huir lo más lejos posible de esa realidad que comenzaba a oprimirme el pecho como una loza de cemento. Sin embargo, decidí torcerle la voluntad a mi propio impulso y me quedé ahí, presente, escuchando con toda atención la disertación de Claire sobre las dos alternativas a las que nos enfrentábamos: adoptar un niño sin familia y de padres desconocidos o lidiar directo con alguna madre embarazada que estuviera dispuesta a darnos al recién nacido.

—En el primer caso, se exponen a que les entreguen un niño de mayor edad y que ya haya pasado por un orfanato —continuó la mujer—. En el segundo caso, pueden tener acceso a un bebé de días.

—Eso es lo que queremos —afirmó Jimmy.

—Muy bien, pero tengo que aclararles que es ella, la madre, la que selecciona a los futuros padres adoptivos. No al revés.

—No entiendo —murmuró Jimmy sin soltarme la mano.

—Van a tener que preparar una carpeta de presentación de ustedes como pareja. Ahí dentro habrá una carta contando las razones por las cuales quieren ser padres, la historia de cómo se conocieron, qué les gusta hacer, qué países han visitado, cuáles son sus platillos favoritos...

—Pero eso no tiene sentido —exclamó Jimmy ofuscado.

—La idea es que su historia llame la atención de la madre. De nuevo, muchas de ellas vienen de ambientes muy religiosos y...

—¡Odian a los homosexuales! —estalló mi marido, ya sin paciencia.

—Por eso la carpeta tiene que ser lo más atractiva posible. Con muchas fotos que demuestren que son una hermosa pareja.

—Yo soy fotógrafo —me atreví a decir.

—Perfecto. Estoy segura de que será de mucha utilidad.

—Estoy buscando una hija, señora. No una madre —intervino Jimmy con un tono de voz que no lograba esconder muy bien su enfado.

—Lo siento, pero esa es la realidad. Si quieren un recién nacido, vamos a tener que hacer el proceso a través de una adopción abierta. Y, en ese caso, siempre es la madre la que termina eligiendo a los futuros padres de su criatura.

De regreso a casa, ninguno de los dos abrió la boca. Jimmy condujo en total silencio, la vista fija en la carretera frente a nosotros, la piel de las manos tirante de tan aferradas al volante. Durante todo el trayecto intenté encontrar la palabra precisa para calmar a mi marido, pero no di con ella. Supuse que no existía nada capaz de enfrentarse a la enorme ola de desilusión que lo había arrollado, sin anuncio del guardacostas ni de los demás bañistas.

Todas sus notas, la larga lista de preguntas y los artículos impresos no habían servido para nada. Por primera vez se estaba enfrentando a la realidad: el mundo, más allá de los salones de clases y los pasillos de la universidad, podía llegar a ser un lugar muy cruel y hostil. Sobre todo con los que se habían atrevido a pensar distinto.

Claire, antes de dejarnos partir de su oficina, nos dio una serie de *websites* que teníamos que visitar si estábamos dispuestos a iniciar el trámite. Ahí íbamos a encontrar varios formularios que debíamos llenar, firmar y hacer llegar a la agencia lo más pronto posible. También podíamos descargar el listado de todos los documentos que era imprescindible presentar para echar a andar el proceso.

Cuando llegamos, Jimmy se fue directo a su escritorio para entrar a cada uno de los *links* que Claire nos señaló. Desde la recamara escuché la impresora funcionar sin tregua durante muchas horas. No quise intervenir ni interrumpir el febril arrebato de mi marido que, con toda certeza, lo iba a mantener despierto, otra vez, la noche entera.

Y así fue.

A la mañana siguiente, cuando entré a su estudio para llevarle un tazón de café recién hecho, lo encontré sentado frente a montones de papeles que hacían esfuerzo por no caerse del escritorio. Sin siquiera mirarme, los señaló con un gesto de profunda angustia.

—No sé por dónde empezar.

Dejé el café en el suelo, junto a la silla, y avancé hacia la mesa a ver si conseguía ayudarlo en algo. Jimmy había clasificado los documentos según las diferentes finalidades que cada uno tenía: ahí estaban los formularios que exigían información personal de nosotros; en otra pila, los documentos bancarios que probaban que éramos personas solventes; más allá, los currículums de los dos solicitantes.

—Nos exigen al menos ocho cartas de recomendación —dijo en un susurro.

—No entiendo...

—Cartas, Mauricio. Quieren cartas de personas que nos conozcan donde hablen maravillas de nosotros.

—Bueno, eso es fácil. Le pedimos una a Andrea, otra a tu jefa —lo calmé—. A mis padres. ¡Tengo muchos primos a los que puedo llamar!

—No pueden ser familiares —me aclaró.

Vanessa, Leticia... y no supe a quién más nombrar. Por lo visto, nuestro círculo de amistades más íntimas era demasiado reducido para nuestras pretensiones de ser padres. ¿De dónde íbamos a conseguir seis cartas más que avalaran que no estábamos locos, que no íbamos a descuartizar a la criatura y que íbamos a ser aún mejores seres humanos con un niño que nos llamara *papá*?

—Van a venir a revisar la casa —prosiguió sin siquiera darme tiempo a seguir pensando— para asegurarse que sea apta para niños. Nos van a entrevistar a cada uno por separado y después en conjunto, para saber que no estamos mintiendo. Nos van a investigar, Mauricio —gritó—. ¡Van a hurgar hasta por debajo de la cama para asegurarse que merecemos el puto favor que nos van a hacer!

Jimmy golpeó con fuerza el escritorio. Uno de los montones de papeles se deslizó hacia el suelo y ninguno de los dos hizo el intento por levantarlo.

—¿A qué hora pretenden que llene todos estos malditos formularios? —bufó— ¡Son más de trescientas páginas! Quieren saber hasta el año en que nos pusimos la última vacuna... ¡¿Tú crees que yo me acuerdo de eso?!

—Y yo menos —agregué.

—Esto es injusto. ¡Es demasiado injusto!

Salió del cuarto de improviso. En apenas un par de zancadas alcanzó la puerta y dejó tras de sí la estela de su furia, una brisa caliente, tan real y concreta como la tarea que lo había mantenido despierto toda la noche. Tomé uno de los formularios. En él solicitaban que enumeráramos todas las casas, con la dirección completa, donde habíamos vivido por separado durante nuestra infancia, juventud y adultez. En otro teníamos que dar la información detallada de nuestros estudios, con gran énfasis en grados, títulos y licenciaturas. ¿De eso se trataba todo? ¿De impresionar a golpe de información inútil a una madre embarazada para que se apiadara de nosotros y nos regalara a su hijo no deseado?

Escuché el ruido de la regadera abierta. Cuando entré al baño, Jimmy ya se había quitado la ropa y estaba a punto de meterse bajo el potente chorro de la ducha. Lo conozco bien: sé que ese es el único lugar donde se permite llorar.

—Lo vamos a lograr —fue lo primero que se me ocurrió decir.

Me hizo un gesto vago con la mano. Un ademán que se podía interpretar desde un «claro que sí» hasta un «vete de aquí y déjame en paz». El agua comenzó a mojar su cuerpo. Jimmy se quedó en silencio unos instantes, dejando que el calor lo ayudara a relajar sus músculos en permanente tensión.

—Si es necesario que nos sentemos a pensar cuál fue el año en que nos vacunaron de sarampión o el nombre de la calle donde vivimos a los diez, lo vamos a tener que hacer. Va a ser desagradable, sí. Va a ser aburridísimo, también. Pero será solo por una vez, Jimmy. Y lo vamos a hacer juntos. ¿Y sabes por qué? Porque la felicidad de tener una hija nos va a durar para siempre. Piénsalo así.

De manera tácita, y sin ponernos de acuerdo, suspendimos toda conversación sobre el tema a lo largo del fin de semana. Decidimos no salir de casa y quedarnos ahí para ponernos al día con algunas series que no habíamos tenido la posibilidad de comenzar a ver. Ni siquiera pisamos la cocina. Para sobrevivir, nos alimentamos de pizza, sushi y un enorme envase de helado que nos trajeron hasta a la puerta luego de hacer el pedido por teléfono. Jimmy no volvió a entrar a su oficina, donde incluso quedó la taza de café fría y sin tomar hasta el inicio de la siguiente semana. Fue nuestra manera de volver a cargar las baterías para hacerle frente al huracán de trámites, formularios, fichas personales, entrevistas y burocracia que intuíamos que se nos venía encima.

El lunes, muy temprano y con la cabeza fresca después del descanso, mi marido regresó a su despacho y metió todos los documentos en diferentes carpetas. Fiel a su estilo, luego las ordenó por importancia y urgencia. Según su clasificación, debíamos comenzar por lo más básico: llenar toda nuestra información personal. A eso nos dedicaríamos los siguientes días.

—Lo que tú digas, mi amor —asentí.

Esa tarde pasé por el departamento de Vanessa. Necesitaba tener con ella una de nuestras clásicas sesiones de paseo por la orilla del mar, descalzos y con el viento en la cara, donde nos permitíamos hablar sin filtros ni máscaras.

Llamé al timbre, pero nadie me contestó. Le envié un WhatsApp, preguntándole si estaba en casa. Todavía en la oficina, me contestó. No llego antes de dos horas.

Eso me pasa por no llamar antes de atravesar medio Miami, pensé mientras me volvía a subir al coche. Con cierta tristeza asumí que iba a tener que enfrentar y superar por mí mismo esa sensación de incomodidad que comenzaba a hacer nido dentro del pecho. Había algo que aún no terminaba de cuajar en mi interior. Algo con respecto a la adopción, a la prisa con la que estábamos llevando el tema, a la manera de reaccionar de Jimmy frente a las dificultades, que me hacía sentir demasiado incómodo. Fastidiado. Por eso tenía la necesidad de alzar una bandera de alerta y discutir las consecuencias con mi amiga.

Son tres años de calvario, recordé las palabras de Leticia. ¿Sería capaz de soportar tres años más de incertidumbre?

Cuando llegué a casa, encontré un coche desconocido estacionado frente a nuestra puerta. Desde la calle alcancé a ver, a través del enorme ventanal de la sala, a un sonriente Jimmy que se reía a gritos, con ese clásico gesto que tiene cuando a causa de la risa le falta el aire y eso lo obliga a suspender las carcajadas, pero no a cambiar la postura de su cuerpo. A su lado divisé la espalda de un hombre, uno que vestía lo que me pareció era un elegantísimo y desconocido saco de color oscuro. Un hombre que también se reía. Se reían *juntos*.

Fue así, a través de ese primer vistazo, que Orlando llegó a mi vida. Y todo cambió para siempre.

Capítulo cuatro

UNA PARED ROSA

—¡Mauricio, al fin, te estábamos esperando! —exclamó Jimmy apenas me vio entrar a casa—. Ven, te quiero presentar a alguien.

Atravesé la sala, despacio, tomándome todo el tiempo del mundo para llegar hasta ese hombre que me sonreía con un rictus demasiado forzado para ser honesto, y que vestía un traje demasiado caro para ser solo un compañero de trabajo de mi marido. Tenía el pelo negrísimo y lo peinaba, con gran esmero y muchísimo gel, hacia un costado de la cabeza. Un elegante pañuelo de seda color marfil sobresalía lo justo y necesario del bolsillo a la altura de su pecho. De un rápido vistazo determiné, además, que era probable que sus lustrosos zapatos costaran más que el sofá de nuestra estancia.

—Orlando Page —dijo sin perder su aplomo.

Antes de que yo alcanzara a responderle, me extendió su tarjeta de presentación. Palpé la calidad del papel hilado, de grueso gramaje y corte perfecto en las esquinas. En ella pude leer: *Law Office of Orlando Page*. Al ver mi expresión de desconcierto, Mauricio se apuró en aclarar mis dudas.

—Orlando es abogado especialista en adopción —explicó—. Y le pedí que viniera para poder comenzar cuanto antes con el proceso.

—Gusto en conocerte, Mauricio. Me han hablado mucho de ti —agregó—. Y ahora que estamos todos, ¿les parece si comenzamos con nuestra junta?

Tomé asiento sin terminar de entender en qué momento Jimmy había tomado la decisión de contratar a un abogado que, a juzgar por su ropa y el reloj que destellaba a la altura de su muñeca, debía cobrar miles de dólares por cada caso que tomaba. Aun así, decidí que no iba a dejar que mi mente se quedara empantanada en el tema económico, sobre todo porque era Jimmy el que manejaba nuestro dinero. Si él consideraba que el gasto podía hacerse, no iba a contradecirlo. Cuando nos conocimos, yo apenas tenía un par de trabajitos *free lance* con los que a duras penas llegaba a fin de mes, por lo que desde el primer momento él se echó al hombro los gastos más importantes, cosa de la que siempre le estaré agradecido. Eso me permitió poder crecer como fotógrafo sin la urgencia de tener que pagar la renta, la luz y el agua, y pude consolidarme por la madurez de mi talento y no por la prisa de aceptar lo primero que me ofrecieran. Y hoy, a pesar de que los dos ganábamos lo suficiente para vivir sin sobresaltos y poder darnos un par de lujos de vez en cuando, la costumbre de que Jimmy fuera el guardián de las chequeras permanecía sin cuestionamiento ni necesidad de cambio.

Mi Jimmy. El mejor hombre del mundo.

Algo avergonzado por mi arrebato de celos y la frialdad inicial con la que saludé al abogado, dejé que ellos dos dieran por iniciada la plática. Vi que Jimmy tenía en sus manos la misma libreta que ya había inaugurado con la visita de Leticia, y en la cual se podía leer «adopción» escrito en grandes letras mayúsculas sobre la tapa. Eran esos los detalles que me hacían amar a mi marido. No era su atractivo físico, o su inteligencia, o su bondad sin límites. No. El secreto de nuestro amor era mi devoción absoluta a su aire de *nerd* aventajado que, a pesar de él mismo, termina siendo sexy escondido tras sus anteojos de sabelotodo y su ropa algo pasada de moda. Por eso, estaba seguro de que, en el caso eventual de una separación, el gran perdedor iba a ser yo. No solo tendría que dejar ir a un gran amante y compañero, sino que también perdería a la única persona que había conseguido ordenar mis finanzas y que se preocupaba de mi bienestar con más éxito y bondad que ninguna otra persona.

—¿Mauricio? —Jimmy interrumpió de pronto mis reflexiones y me trajo de regreso al salón de nuestra casa donde dos pares de ojos, al parecer, aguardaban por mi respuesta.

—¿Perdón? —balbuceé.

—Jimmy me dijo que la carga de trabajo les resultó excesiva —dijo el abogado, dirigiéndose a mí.

—¿Trabajo? —volví a murmurar, sabiendo que estaba en problemas.

—Sí, así es. —Jimmy salió a mi rescate, obligando a Orlando a girarse hacia él—. Ni Mauricio ni yo tenemos el tiempo para llenar esa enorme cantidad de formularios. Los dos estamos fuera de casa casi todo el día...

—Entiendo. —El abogado asintió y se acomodó el reloj que se asomaba bajo el puño de su impecable camisa blanca—. El proceso inicial puede ser abrumador. Y eso siempre asusta.

—¿Y hay algo que se pueda hacer para agilizar el trámite? —pregunté, tratando de parecer al día en la plática.

—Bueno, por algo estoy aquí, Mauricio —contestó con una sonrisa de oreja a oreja, aunque sus palabras escondieran un evidente «no preguntes pendejadas».

—Contraté a Orlando para que se encargue de todo —me explicó Jimmy dejando por un instante su libreta sobre la mesa de centro—. La idea es que él se entienda con las agencias, se haga cargo de todo el papeleo y burocracia, y más adelante negocie con la madre adoptiva en caso de que aparezca una.

—Claro que va a aparecer una —asintió el aludido—. Ya lo verán. En menos de un año tendrán a un niño corriendo por esta casa.

Estaba seguro de que esa última afirmación hizo a mi marido el hombre más feliz del mundo. A mí, por el contrario, me asustó. No sabía si estaba listo para que el equilibrio de nuestras vidas se viera tan abruptamente alterado. Pero a juzgar por la presencia del abogado, que se encontraba muy cómodo sentado en el sofá de la sala, ya era muy tarde para ese tipo de dudas y vacilaciones. Por lo visto, era solo cosa de esperar doce meses más para que el llanto de un bebé hiciera eco entre las paredes.

Me giré hacia la entrada del largo pasillo que llevaba hacia las recámaras. No necesité hacer un esfuerzo muy grande para imaginarme a Jimmy, de pijama y con una expresión de insomne ojeroso, paseándose de punta a punta del corredor con una bebé gritona entre los brazos, intentando hacerla dormir sin éxito.

—Toma —me diría en tono agónico después de un par de horas—, es tu turno.

Y yo, de seguro, estaría a punto de contestarle que no, que no era mi turno, que el culpable de haber traído a esa bomba de neutrones a casa había sido él. Que ahora él se hiciera responsable de sus actos y se quedara ahí, con la criatura en brazos, hasta que consiguiera que dejara de berrear y pudiéramos todos volver a la cama a descasar. Pero no, jamás me atrevería a decirle algo por el estilo. Yo estiraría los brazos, recibiría a la niña y me quedaría caminando en círculos por la sala maldiciendo mi destino y rogando a los cielos para que cerrara pronto los ojos y la pesadilla terminara. Eso es lo que hacen las verdaderas parejas, ¿no? Se apoyan en momentos de crisis. Construyen juntos un destino, incluso en las peores circunstancias. Y para mí no existía peor circunstancia que pasarse la noche en vela oyendo interminables llantos infantiles.

—Ahora les voy a pedir que me cuenten qué fue lo que hablaron con la persona de la agencia que fueron a ver la semana pasada —dijo Orlando, sacándome de golpe de mi ensoñación.

—Claire —puntualizó Jimmy—. La señora de la agencia se llama Claire.

—Exacto. Claire. Bien, los escucho.

Esta vez decidí que sería yo el que iba a participar de la charla. Eso, además de poner al día a Orlando, le serviría a Jimmy para darse cuenta de que yo también estaba involucrado en el proceso y que, aunque él creyera que yo no prestaba atención, sí estaba más que compenetrado de cada uno de los pasos que habíamos dado hasta ese momento. Sin pausa, hablé de nuestra visita a la oficina de Claire, de todos los *websites* que ella nos había recomendado visitar, de los diferentes tipos de adopción que existían, de la frustración por que cada día eran menos los países que estaban dispuestos a trabajar con parejas del mismo sexo, de la cantidad enorme de aprensiones que teníamos por el hecho de estar obligados a conocer a la madre del hijo adoptado ya que, tal como le habíamos dejado saber a la funcionaria, no buscábamos una madre para nuestra hija, sino solo una hija que nos convirtiera en padres.

Cada tanto, el abogado asentía con la cabeza mientras tamborileaba con sus dedos sobre la rodilla. Jimmy, por su parte, iba tomando nota de cada una de mis palabras.

—Y hay otra cosa para tener en cuenta, que también es importante que discutan entre ustedes. —Orlando retomó la palabra—. No es lo mismo adoptar en Europa del Este, por ejemplo, a adoptar en América Latina. Hay motivos médicos que es imprescindible considerar y en los que muy pocas personas piensan.

Algo me dijo que no me iba a gustar lo que estaba a punto de escuchar. Como siempre, quise cerrar los ojos para irme lo más lejos posible, a un lugar donde no existieran los abogados ni los hijos fueran engendrados en oficinas de burócratas.

—Los niños que provienen de Europa del Este, por lo general, han sido removidos por consumo de drogas y abuso de alcohol por parte de sus padres —siguió—. Y me imagino que no tengo que explicarles lo grave que es para el feto que una madre embarazada consuma heroína o metanfetaminas, ¿verdad?

No, claro que no era necesario que lo hiciera. Vi a Jimmy asentir con la cabeza y frotarse los párpados, en su clásico gesto de preocupación.

—Hay reportes que señalan que muchos de esos niños que han sido dados en adopción desarrollan con el tiempo patologías o conductas sociales conflictivas.

Miré a mi marido, algo mareado de tanto término legal. ¿A qué hora íbamos a empezar a llamar a las cosas como son? Jimmy pareció adivinar mi incomodidad, porque se giró hacia Orlando y lo encaró:

—¿Puedes ser más claro, por favor?

—Por supuesto. Hijos de padres consumidores de droga presentan, en una altísima tasa, problemas de aprendizaje, espasmos musculares e incluso pueden nacer con adicciones. Conozco muchos casos que no han tenido un final feliz.

Jimmy soltó un hondo suspiro y volvió a acomodarse en el cojín del sillón. Esa era su señal para dejarme saber que estaba muy contrariado.

—Y, por otro lado, tenemos las adopciones realizadas en América Latina. Ahí el principal problema es la pobreza, no la droga ni el alcohol. Los niños nacen desnutridos porque sus madres no se alimentaron bien durante la gestación y...

—Entiendo —lo corté de golpe—. Todo es un riesgo. Todo es un problema. ¡Todo se está convirtiendo en elegir el mal menor!

—Mauricio... —susurró Jimmy.

—Lo siento, pero es la verdad. ¡Queremos un hijo, maldita sea, no ganar una guerra de obstáculos! —alcé la voz al tiempo que me puse de pie, incapaz de permanecer un segundo más en la misma posición.

Orlando no perdió su aplomo ni la sonrisa de millón de dólares que, de seguro, se blanqueaba con láser cada tres meses.

—Comprendo perfecto cómo te sientes, Mauricio. Pero...

—¿Ah sí? —lo interrumpí—. ¿Cuántos hijos has adoptado?

El abogado, por un brevísimo y casi imperceptible instante, abandonó su máscara y me dejó ver su verdadero rostro: la sonrisa fue reemplazada por una mueca de desagrado, el brillo de los ojos se convirtió en una mirada de víbora venenosa y su cuerpo adquirió la postura de un boxeador a punto de entrar en combate. Pero, con la misma rapidez, Orlando echó pie atrás en su impulso y volvió a ser el mismo profesional relamido de risita fácil y ademanes estudiados.

—No tienes de qué preocuparte, Mauricio —dijo en un tono de voz que solo invitaba al diálogo—. Para eso estoy yo. Para evitar que ocurra cualquier problema.

—Me vas a disculpar, pero no entiendo —lo encaré—. ¿Tú puedes impedir que en Polonia una madre embarazada se inyecte heroína? ¿Cómo vamos a saber si el niño que nos están dando va a convertirse en un asesino en serie en un par de años más?

—No, no puedo impedirlo, claro. Pero sí puedo exigir un completo informe médico del infante que les vayan a entregar. Y de esa manera vamos a tener por escrito toda la información que necesitamos. Tengo los contactos y los medios para exigir ese reporte. ¿Te deja eso más tranquilo?

Sí, claro que me dejaba más tranquilo. Pero no quise hacérselo saber. Había algo en Orlando Page que no cuadraba. El personaje de abogado implacable, de tiburón blanco de tribunales, temido por sus rivales y aplaudido por sus clientes, me resultaba tan artificial y arquetípico que me parecía haberlo visto en un centenar de malas películas. Pero, si era honesto conmigo mismo, con su última respuesta había logrado reducir casi al mínimo el estrés que me provocaba la incertidumbre a la que nos estábamos enfrentando.

¿Quién era nuestra hija? ¿Dónde aguardaba por nosotros? ¿Cómo iríamos a descubrirla? Leticia había dicho que apenas la enfermera china le puso entre los brazos a Lian el mundo entero había desaparecido a su alrededor, y que a partir de ese instante solo tuvo ojos para su nueva hija. ¿Nos sucedería lo mismo? ¿Nos reconoceríamos todos como una familia al vernos por primera vez?

Ni siquiera me atrevía a confesar el pánico insondable que me producía imaginar la posibilidad de adoptar un hijo y ser incapaz de verlo como mío. De no acostumbrarme a su olor. De no sentir amor por su piel. De rechazar su sangre ajena.

—Tengo otra pregunta para ustedes —siguió el abogado.

Hice el intento por ponerme de pie y escapar hacia la cocina con el pretexto de ir a calentar agua para un café o un té, o inventar cualquier otra excusa que me permitiera arrancar de la siguiente etapa de la conversación, pero Jimmy me retuvo por un brazo. Supongo que estábamos juntos en esto. Pero era más que evidente que el inconsistente ahí era yo.

—¿Han considerado la opción de vientre de alquiler?

Volví a tomar asiento porque ese era un tema que me parecía más atractivo y menos oficinesco que la adopción. Recordé que mientras trabajaba como fotógrafo *freelance* para una revista femenina había leído un reportaje sobre Ricky Martin y su par de mellizos nacidos gracias a una gestación subrogada. Y si mal no recordaba, Sarah Jessica Parker había recurrido al mismo método para poder ser madre de nuevo y así no dejar de trabajar. Pero ellos eran estrellas. Personajes de la farándula internacional. Seres de otra categoría a la que ni Jimmy ni yo pertenecíamos.

—¿Y cuánto vale ese proceso? —pregunté más por curiosidad que por otra cosa.

—Ese no es el punto —me interrumpió mi marido—. Nosotros queremos adoptar. Queremos darle una familia a un niño que la esté buscando. ¡Esa es la idea!

—Y es una idea muy noble —lo apoyó Orlando.

—Con la cantidad de niños abandonados que hay en orfanatos, muertos de hambre y soñando con un poco de amor, no nos vamos a poner a... a... ¡a hacer uno en un laboratorio! Mauricio, estás conmigo, ¿cierto?

Asentí por compromiso y solidaridad. Pero la idea de compartir paternidad con Ricky Martin o con la protagonista de *Sex and the City* —una de mis series favoritas de toda la vida y que con Vanessa habíamos visto hasta el hartazgo— me resultaba demasiado tentadora.

—Pues muy bien, no se hable más del tema. Un posible vientre de alquiler queda descartado —precisó Orlando e hizo con la mano el gesto de dar vuelta la página de un libro imaginario—. Entonces, otra alternativa es la posibilidad de adoptar un grupo de hermanos. Eso incluso los pondría arriba en cualquier lista de espera.

—¿Más de un niño? —exclamé sin poder esconder el tono de alarma en mi voz.

—Así es. Uno de los grandes conflictos por parte de las agencias siempre ha sido separar a mellizos o gemelos.

Por eso privilegian a familias que estén dispuestas a recibirlos juntos.

Jimmy se giró hacia mí y abrió la boca para empezar a hablar. Pero no dijo nada. Lo conozco. Lo conozco demasiado bien, y sé que estaba dispuesto a decirle que sí a Orlando, que no tenía problema alguno en recibir a dos hermanos. Que de esa manera los niños se sentirían aún más acompañados, que era una maravillosa manera de hacer creer la familia, que tenía demasiado amor que dar y que una sola criatura era muy poco desafío para su corazón generoso.

No te atrevas, Jimmy, rogué dentro de mi mente. No te atrevas.

—Piénsenlo y discútanlo entre ustedes —aconsejó Orlando—. Pero es mi deber decirles que cualquier agencia estaría feliz de trabajar con dos padres dispuestos a abrirle las puertas de su hogar a un par hermanos. Eso aceleraría los trámites de una manera considerable.

—¿Antes de un año? —preguntó Jimmy ilusionado.

—Oh, sí. Muchísimo antes de un año. Seis meses como máximo.

Mi marido volvió a mirarme, los ojos brillantes de lágrimas contenidas. Sonrió lleno de alegría y anotó algo en su libreta. El entusiasmo se le escapaba por los poros. Y viéndolo así, en ese estado de conmoción, supe que ya no había marcha atrás. Que, pasara lo que pasara, en muy poco tiempo íbamos a ser capaces de presentarnos como padres frente al resto del mundo. Era cosa de terminar de afinar los detalles, de ponernos de acuerdo de cómo enfrentar algunos pormenores, y ya. La gran decisión estaba tomada.

—Jamás se me pasó por la cabeza que uno pudiera adoptar a más de un hijo —confesó Jimmy, siempre con su sonrisa indeleble—. Y que eso pudiese ayudarnos a apurar las cosas.

—Eso, y un niño con problemas —dijo Orlando.

—¿Qué clase de problemas?

—Sordera, ceguera, algún tipo de minusvalidez... ¿No lo habían considerado?

—¡No! —me apuré en responder.

—Esa también es una resolución que las agencias priorizan —comentó—. Y la apoyan acelerando la causa.

—Pero yo... yo no sería capaz de... —balbuceé.

—No hay urgencia en que me contesten —dictaminó—. Pero les pido que lo consideren. No hay generosidad más grande que acoger a un niño especial que nadie más desea.

Golpe bajo.

—Una pareja como ustedes podría cambiarle para siempre la vida a un menor que necesita amor, cuidados y, sobre todo, buenos médicos.

Tiro de gracia.

—No... no lo habíamos pensado nunca —confesó Jimmy.

—Me lo imagino. Nadie lo piensa, en verdad. Mi experiencia me dice que la fantasía inicial de todos los que se enfrentan a una adopción siempre es la de un niño sonriente, regordete y feliz, que corre hacia los brazos de su nuevo padre. Pero en esa imagen nunca hay un niño en silla de ruedas o con síndrome de Down.

—Creo que ya es muy tarde —dije terminante.

El abogado echó un rápido vistazo a su reloj y se puso de pie. Con un estudiado y teatral gesto se estiró el saco y volvió a acomodarse el nudo de la corbata.

—Muy bien. Si desean proseguir, puedo enviarles mañana mismo la primera factura para así ponerme en acción.

—Sí, deseamos proseguir —dijo Jimmy muy serio.

—Sí, deseamos proseguir —repetí yo, menos convencido pero dispuesto a hacer lo que fuera por cumplirle el sueño a mi marido.

El abogado nos regaló su espléndida sonrisa final, una que incluía incluso un dedo pulgar hacia lo alto como gesto de triunfo, y salió dejando a su paso una estela de perfume de *Duty Free* de aeropuerto. Apenas se oyó el ruido de la puerta al cerrarse, Jimmy se me vino encima y se abrazó con fuerza a mí, con el mismo ímpetu que un náufrago se aferra a una tabla en medio del mar.

—Estamos haciendo lo correcto, ¿verdad? —murmuró directo en mi oreja.

—Sí, creo —contesté, todavía sin estar del todo convencido—. Pero todavía tenemos mucho de qué hablar.

—¿Como qué?

—Bueno, una cosa es adoptar un hijo, y otra muy distinta es convertir esta casa en un hospital o en un albergue de hermanos huérfanos —me atreví a decir.

Jimmy me miró en silencio. No le había gustado mi comentario, eso era un hecho. Pero las cosas ya habían llegado al punto en que o se decían las verdades así, de frente, o se iban directo al bote de la basura junto con el resto de las confesiones nunca dichas.

—No vamos a decidir nada que los dos no aprobemos —me tranquilizó Jimmy—. Y cambia la cara, Mauricio. Que no estamos planeando un funeral.

Al día siguiente, la oficina de Orlando Page nos envió la primera factura de honorarios por sus servicios legales. Cuando vi la cifra pensé que se trataba de un error. Que una despistada secretaria nos había enviado a nosotros, un simple fotógrafo y un profesor universitario, aquel descomunal cobro que parecía dirigido a algún jeque árabe o un multimillonario de Manhattan. Pero no. Ahí estaban nuestros nombres junto a esa cifra de muchos ceros. Muchos ceros que nos prometían un hijo en menos de un año. Muchos ceros que Jimmy me juró que podíamos pagar, aunque íbamos a tener que hacer algunos ajustes en nuestro presupuesto mensual. Muchos ceros que iban a permitir que dentro de doce meses mi marido y yo no pudiéramos volver a dormir a causa de rabietas nocturnas y llantos estridentes.

Jimmy se fue a su escritorio. Desde la puerta lo vi revisar nuestros estados bancarios en línea. Tomó la calculadora. Sumó, restó, anotó diferentes cifras en su libreta de siempre. Por último, hizo un cheque que metió dentro de un sobre. Lo dejó junto a las llaves del coche, para no olvidar llevarlo al correo al día siguiente.

Esa noche, nos acostamos en silencio absoluto. Para ser dos personas que tenían tanto que decirse, y tantas situaciones que resolver en el corto plazo, era obvio que habíamos decidido, sin ponernos de acuerdo, dilatar el momento. Por lo visto, no queríamos seguir pensando. No deseábamos luchar contra nuestra propia culpa al asumir, desde lo más profundo del corazón, que no estábamos listos para adoptar a un niño con capacidades diferentes. O que, en el fondo, preferíamos cancelar todo el proceso antes de recibir a tres hermanos revoltosos que nadie más quería aceptar. Dolía el alma darse cuenta de lo egoístas que podíamos llegar a ser. Dolía mucho. Y lo único que quedaba ante esa relevación era enmudecer, bajar la vista y tratar de dormir pronto para escapar de la voz interior que no paraba de recriminar.

Ni siquiera me atreví a levantarme de la cama e irme a encerrar al baño para llamar por teléfono a Vanessa y contarle de la reunión con Orlando. No estaba dispuesto a repetir las alternativas que él nos había ofrecido ni hablar de las decisiones que tomaríamos Jimmy y yo sin siquiera tener que abrir la boca. ¿Cómo se confesaba, sin hundirse en la miseria, que éramos culpables de tener la posibilidad de salvarle la vida a un niño con problemas y que, por simple comodidad, habíamos preferido salvar al que menos problemas nos diera? Eso, de seguro, debía de tener un castigo. Y uno muy grave.

Vaya mierda de ser humano en el que te has convertido, Mauricio, me dije antes de echarme la almohada por encima de la cara a ver si así conciliaba el sueño. ¿No eras tú el que decías con tanto orgullo que te habías mantenido vivo gracias a tu rebeldía y a la indignación que te producía no saberte igual al resto? Y ahora que tienes la posibilidad real de ayudar a alguien más ¿descartas al diferente? ¿Al distinto? ¿Con qué cara le pides cada noche a la vida que te siga favoreciendo si, a la primera oportunidad, le niegas esa ayuda a un pequeño que no ha hecho nada para estar en la miserable situación en la que se encuentra? Qué patética tu manera de ser un rebelde, Mauricio. Un farsante es lo que eres. Un verdadero tramposo.

Decidí que lo mejor que podía hacer era esconder la basura bajo la alfombra. Si era hora de asumir mi condición de engañador profesional, iba a hacer gala de eso.

A primera hora del sábado, me levanté de un salto y fui a preparar desayuno. Cuando Jimmy entró a la cocina, con expresión no haber dormido bien, lo sorprendí con una mesa llena de frutas, panes, quesos, jamones, huevos recién hechos, una enorme jarra de jugo de naranja y un café recién colado que impregnó con su aroma nuestro amargo despertar.

—¿Y esto? —preguntó con desconcierto.

—Estamos celebrando que vamos a ser padres —dije, y le puse en una de las manos una humeante taza.

Mi marido se sentó a la mesa y se rascó la incipiente barba de la mañana.

—Estuve pensando y no creo que sea una buena idea adoptar un niño con... con problemas, porque... —alcanzó a decir antes de que la culpa y la vergüenza ajena lo obligaran a callar.

—No necesitas decirme nada —murmuré—. En serio. No hace falta.

—Pero es algo que tenemos que discutir, Mauricio —insistió.

—No. Sé lo que quieres decir, y pienso lo mismo. Estoy contigo.

—Mauricio, lo mejor sería que...

—¡No, Jimmy! —lo interrumpí—. No lo digas. No me hagas escucharlo. Es demasiado humillante. Por favor —supliqué.

Asintió en silencio y sopló su café.

Una vez que ambos estuvimos duchados, nos sentamos en la sala con todo el sábado por delante. Jimmy sacó un libro de la biblioteca y se echó en el sofá, dispuesto a leer. Yo tomé de mi estudio un par de revistas recién compradas y me acomodé junto a él para echarles un ojo y ponerme al día. Lo primero que vi, apenas abrí la primera página, fue el anuncio de una conocida marca de artículos para bebés que acababa de abrir una nueva tienda en

Miami. En la foto, una modelo demasiado flaca para ser madre y retocada hasta el cansancio por algún experto en *Photoshop*, abrazaba con estudiado gesto a un regordete bebé que sonría a cámara. Me quedé unos segundos observando la imagen. Fue entonces que me vino la idea.

—Ven, levántate —dije de pronto—. Vamos a salir.

—¿Ahora? ¿Adónde?

—¿Confías en mí?

—Claro que sí.

—Entonces sígueme —le ordené, y tomé las llaves del coche.

Atravesamos parte de la ciudad y, una vez que estuvimos en la carretera, me dirigí directo hacia Sawgrass Mills, el monumental centro comercial al que Jimmy había prometido nunca entrar. Le parecía demasiado grande, demasiado repleto de gente que vagaba por los pasillos sin más intención que gastar un dinero que no tenían, y demasiado alejado de todo lo que él creía que era importante y trascendental en esta vida. Y tal vez tenía razón. Pero yo necesitaba dar un golpe de timón, costara lo que costara, para así poder cambiar ese sentimiento de culpa y profunda derrota que nos embargaba a los dos.

—¿Qué vamos a hacer aquí? —preguntó Jimmy extrañado cuando vio que me metía al estacionamiento del *mall*.

—Ya vas a ver —contesté.

—Mauricio, tú sabes que no soporto este lugar y...

—Por favor, déjate llevar —lo interrumpí con la voz más segura que pude conseguir—. Sé lo que hago.

Pero, la verdad, no tenía ninguna seguridad de que mi arrebato fuera a funcionar. Solo estaba siguiendo un impulso que esperaba que mi marido terminara por aceptar antes de que las cosas se complicaran aún más.

Jimmy caminó a mi lado, con evidente expresión de disgusto, y juntos entramos por un enorme lobby de doble altura. El interior del centro comercial olía a palomitas y a aire acondicionado. Un aire que llevaba demasiado tiempo reciclando el mismo aroma a mantequilla derretida. Un tumulto de compradores ruidosos caminaba apretujado por los pasillos centrales que estaban flanqueados de palmeras plásticas y se desbordaban hacia las secciones laterales de la construcción en busca de nuevas tiendas donde seguir usando sus tarjetas de crédito. Al enfrentarse a aquella marea humana, Jimmy frenó en seco. «Lo siento, pero llego hasta aquí», pareció decir al negarse a dar un paso más.

Le tomé la mano.

—Solo te pido un poco de confianza —le susurré en el oído.

Lo escuché soltar un hondo suspiro cargado de derrota y resignación. Alzó la vista, asintió con la cabeza y echó un vistazo a su reloj.

—Tienes una hora. Ni un minuto más —sentenció.

Sonreí. Si todo salía como pensaba, una hora era más que suficiente para llevar a cabo mi plan. Sin soltarnos las manos, nos dejamos llevar por la corriente humana que nos arrastró pasillo abajo y que nos hizo avanzar a pasos muy cortos.

Little World. Ahí estaba.

En persona, la tienda se apreciaba muchísimo más grande e imponente que en el anuncio de la revista que había visto esa mañana. Un par de enormes carteles, ubicados a cada lado de la puerta de ingreso, anunciaban en grandes letras mayúsculas que estaban recién inaugurados y que todos los productos del local contaban con un descuento especial.

Sin perder un instante, orienté nuestros pasos hacia la tienda.

Antes de que Jimmy pudiera decir algo, entramos a Little World. De inmediato, el barullo del *mall* desapareció y fue reemplazado por una delicada música clásica con ciertos toques de melodía infantil. Incluso el olor a palomitas cambió de golpe por un aroma a recién nacido, de esos que lo obligan a uno a hundir sin pudor alguno la nariz entre los pliegues del cuello de un bebé.

Jimmy me soltó la mano.

Con cierto temor, me giré hacia él. ¿Iría a salir corriendo de regreso al coche? ¿Me recriminaría por haberlo arrastrado desde la paz de nuestra casa hasta el pequeño pero salvaje infierno que era el centro comercial a esa hora del sábado?

Me quedé inmóvil a la espera de su reacción.

Y entonces sucedió lo que yo esperaba: Jimmy sonrió. Las líneas de su expresión se relajaron por completo y sus ojos se iluminaron de ternura cuando se enfrentó a un enorme muro repleto de osos de peluches de todos los tamaños y formas. Lo vi avanzar despacio hacia uno de ellos. Lo tomó del anaquel como si se tratara del objeto más valioso del mundo. Pasó un par de dedos por encima del lazo rosa que le rodeaba el cuello, sintiendo la suavidad de la seda. Lo dejó en el mismo lugar del que lo había sacado y avanzó hacia una mesa donde se alineaban zapatos para niñas, tan pequeños y relucientes como un monedero de charol. Algunos tenían aplicaciones de mariposas de alas abiertas junto a la hebilla y otros una flor de pétalos multicolores.

Mi Jimmy estaba descubriendo un mundo absolutamente nuevo. Un universo del que ya no deseaba salir nunca más.

Se aproximó a un enorme ropero donde colgaban unos primorosos abrigos con grandes botones de madera que hacían juego con bufandas y guantes en los mismos tonos. De ahí avanzó hacia la sección de recién nacidos, donde una hilera de cunas y sillitas plegables llamó su atención.

—¡Mauricio, mira! —gritó para obligarme a que me acercara—. ¿Qué te parece esta?

Me señaló una cama cubierta por un cobertor blanco, bordado y lleno de encajes, sobre la cual caía un vaporoso tul que colgaba desde el alto respaldo. Era la cama de una princesa. Era la cama de la hija más mimada y querida del mundo.

Tuve que hacer un enorme esfuerzo para evitar que los ojos se me llenaran de lágrimas.

—Es preciosa, sí —dije con voz algo desafinada por la emoción—, pero no es la indicada para un recién nacido.

Lo guie hacia el área de cunas y moisés. Se entretuvo durante largo rato analizando cada una de las alternativas. Tocó la consistencia de los colchones. Palpó la suavidad de las maderas. Consideró las diferentes posiciones de las barandas y protecciones según la edad del niño que la iba a usar. Pocas veces lo había visto tan concentrado en una tarea. Ni cuando preparaba los exámenes finales de su cátedra fruncía el ceño con tanta intensidad.

—Me gusta esta —anunció luego de muchas consideraciones—. ¿A ti?

—Sí, me gusta.

—Y podemos pintar un muro rosa del cuarto de la niña, ¿te parece?

—Me encanta la idea.

—¿Lo dices en serio?

—Claro que sí, mi amor. Pintar un muro rosa es una gran idea.

Sonrió con un entusiasmo que no le conocía. Uno que me dejó dar un vistazo a una avalancha de amor que conservaba dentro de su pecho y que mantenía sin uso a la espera del momento precioso. Y ese momento, al parecer, estaba más cerca que nunca. Era un momento que se adivinaba lleno de osos de peluches con lazos de seda alrededor del cuello, camas con olanes y encajes de princesa y, por supuesto, muros rosas para apaciguar sus llantos e invitarla a tener dulces sueños.

Retrocedí un par de pasos y lo dejé que siguiera explorando cada rincón de Little World. Cada tanto lo veía alzar la cabeza entre la mercadería para enseñarme conmovido un pequeño traje de baño que veía acompañado de un coqueto sombrero, o un paraguas que, al abrirlo, se convertía en una margarita de amarilla corola que protegía de la lluvia.

Esa noche, ya de regreso en nuestro hogar, lo sorprendí mirando en silencio, y con el ceño fruncido, el cuarto que se había terminado por convertir en la bodega donde iban a dar todos los muebles que ya no queríamos.

—Podemos instalarla aquí —me dijo cuando me vio entrar.

—¿A quién? —pregunté, aunque sabía de antemano la respuesta.

—A nuestra hija.

Lo abracé y recosté mi cabeza contra su pecho. Escuché su corazón latir a un ritmo más acelerado de lo normal. Y era obvio: Jimmy no estaba viviendo emociones normales, al menos para él. No necesité cerrar los ojos para imaginar la recámara que mi marido tenía en ese momento dentro de su cabeza. Señaló una de las paredes. Asentí.

—Sí, se va a ver preciosa después de que la pintemos —dije.

Esa noche de sábado dormimos abrazados, acunados por el fantasma de un olor a vainilla y talco infantil.

El sonido del celular de Jimmy nos despertó temprano. Era Orlando Page.

—Siento llamar a esta hora —lo oímos decir al otro lado de la línea a través del altavoz—, pero tengo algunas noticias que darles.

El semblante de Jimmy se ensombreció de inmediato. Bastaron solo un par de palabras del abogado para que Little World desapareciera como arrasado por un ciclón. Yo quise escapar hacia la cocina, para preparar el café, pero mi marido no me dejó salir de la cama.

—Estuve haciendo un par de llamadas, y los países que apoyan la adopción homoparental son cada vez menos —explicó Orlando—. Ya lo sabíamos, pero necesitaba confirmarlo. Por desgracia, veo muy poco probable que podamos seguir por camino.

—¿Y entonces? —Jimmy hacía esfuerzos por no sonar alarmado.

—Entonces no tenemos más camino que enfrentar una adopción doméstica —respondió—. Vamos a tener que salir a cazar a alguna madre que no quiera conservar a su hijo luego del parto. Ustedes no se preocupen de nada. Aquí en Estados Unidos hay un par de buenas instituciones que trabajan con mujeres en esta situación.

—Pero esa alternativa nos obliga a mantener una relación de por vida con esa mujer —intervine.

—Exacto —recalcó mi marido—. Recuerda que no estamos buscando una madre para nuestra hija, sino que...

—Su hija necesita de una madre para nacer. Lo siento, pero esa es la realidad.

Los tres nos quedamos en silencio durante unos instantes. Orlando, de seguro, a la espera de nuestra reacción. Yo, alerta ante la siguiente decisión de Jimmy. Y Jimmy... Jimmy hacía esfuerzos por no lanzar el celular para hacerlo añicos contra la pared.

—No se preocupen de nada —insistió él—, que yo me encargo de todo. Ya hablé con Claire, de la agencia, y estuvimos de acuerdo en que lo mejor que podemos hacer es actuar de la manera más agresiva y directa. Vamos a iniciar cuanto antes la elaboración de un *home study*.

—¿Qué es eso?

—Es un completo estudio de su hogar. Ahí estarán todos sus antecedentes familiares, su educación, la descripción de sus empleos, el tipo de crianza que quieren darle a su hijo, la religión que profesan, el vecindario donde viven, sus pasatiempos, sus sentimientos sobre el hecho de querer ser padres adoptivos... ¡Todo!

Jimmy asintió en silencio. Por lo visto, el obediente profesor estaba tomando nota de las tareas que se avecinaban.

—La persona que se hará cargo del estudio se llama Joan Aguilera, y es una de las mejores trabajadoras sociales del mercado —prosiguió—. Van a tener que abrirle la puerta de su casa, contarle sus secretos y ayudarla con lo que ella les pida. ¿Está claro?

—Clarísimo.

—Joan les va a entregar un archivo con una larga lista de documentos que van a tener que entregarnos. Pero les adelanto que vamos a requerir cartas de personas que los conozcan y que confirmen que son la mejor pareja del mundo. Quiero que nos envíen a la brevedad un listado de al menos diez personas, para que Joan y yo las aprobemos, y que de ahí dejemos al menos cinco.

—Entiendo —murmuró Jimmy.

—Y lo más importante —exclamó Orlando al otro lado de la línea—: es imprescindible que comiencen cuanto antes la elaboración de su perfil. No se olviden que a partir de este momento es la madre del futuro bebé la que elige a los padres adoptivos para su hijo. Tienen que ser competitivos. ¡Tienen que ganarse su corazón con el mejor dosier posible!

Hice un esfuerzo por no soltar un molesto suspiro. Aún no eran las diez de la mañana del domingo y ya estaba agotado de escuchar a un abogado que nos trataba como a atletas de alto rendimiento entrenando para su competencia más importante.

—Mauricio —dijo, refiriéndose a mí—, tú eres fotógrafo, ¿no? Bueno, ayuda a Jimmy a preparar un perfil lleno de imágenes. Quiero fotos de ustedes del día que se conocieron, de su boda, de algunas vacaciones en lugares exóticos. Imágenes con sus padres en Navidad, en *Thanksgiving*, en alguna despedida de año. ¡Quiero que se vendan como el mejor de los productos usando todas las artimañas de la publicidad!

Ni siquiera me atreví a mirar a mi marido. Un profundo sentimiento de vergüenza ajena invadió mi cabeza y me enrojeció las orejas.

—¿Qué clase de pareja van a ser? —preguntó.

—No te entiendo —susurró Jimmy.

—Quiero saber qué clase de pareja van a ser frente a la madre adoptiva —aclaró—. ¿Una pareja alegre? ¿Una pareja intelectual? ¿Una pareja de puertas abiertas? ¿Una pareja tradicional? ¿Una pareja aventurera? De eso va a depender el perfil de la mujer que debemos salir a buscar.

Jimmy y yo no tuvimos más remedio que alzar la vista y enfrentar nuestros ojos. Los dos teníamos un enorme signo de interrogación dibujado en el semblante.

—¿Qué pareja son? —insistió Orlando—. ¿Qué historia van a contar al mundo?

Y por primera vez en nuestra relación, ninguno de los dos supo encontrar una respuesta.

Capítulo cinco

TIENE DIEZ SEGUNDOS PARA SALIR
DE MI CASA

—¿Cómo quisieras ponerle? —me dijo Jimmy a quemarropa.

Levanté la vista de mi taza de café, algo sorprendido por la abrupta pregunta, pero convencido de que, de ahora en adelante, de lo único que se hablaría entre nosotros sería sobre ese tema.

—¿Qué nombre te gusta? —insistió.

—No lo sé.

—Pero habrá alguno que te guste.

—Sí, supongo.

—Vamos, dime...

—Todavía no me he puesto a pensar en eso —mentí.

—¿Y por qué no? Si todo sale como Orlando nos prometió, muy pronto vamos a tener que elegir uno.

—Lo sé. Pero, la verdad, me parece muy pronto para perder tiempo con ese tema. ¡Hay tanto que hacer antes!

—Yo había pensado en Isabel —comentó Jimmy—. Pero también tengo otras alternativas. ¿Quieres discutirlas?

Suspendí por unos instantes mi tarea de llenar con perfecta caligrafía el grueso formulario con mis antecedentes, que según el calendario que nos entregó el abogado había que tener terminado y despachado cuanto antes, y me quedé mirando a mi marido con cierta sorpresa. Por lo visto, para él, la llegada de una hija a nuestro hogar involucraba mucho más que un proceso de adopción exitoso. Significaba empezar a bautizar, con nombre y apellido, a la nueva integrante de nuestra familia.

Fue entonces que recordé que una vez, hace muchos años, me colé de sorpresa en una de las clases de Jimmy. Me dejé caer una tarde cualquiera en el campus, y con ayuda de una de las secretarias del decanato conseguí dar con el aula donde estaba. Desde el fondo del gélido salón, camuflado entre las sombras, me entretuve en espiar a mi marido, el respetado profesor universitario, que hablaba de cómo los estudios sobre el lenguaje se habían ido ampliando y profundizando en los últimos años. Con ese tono sereno y pedagógico que siempre lo ha caracterizado, les explicaba a sus alumnos que el ser humano ha buscado poseer y dominar el mundo gracias a la palabra.

—Cada vez que inventamos un nombre para alguien, en el fondo queremos hacerlo nuestro —comentó mientras se paseaba frente al pizarrón—. Eres mío, porque yo te otorgué la vida al nombrarte. Mi *cuchicuchi*, mi osito, mi payasito —dijo, provocando las risas de los presentes—. Antes de mí, no existías. No había forma de llamarte. Por medio de la palabra, el mundo exterior e interior se ordena y deja de ser un caos de sensaciones abstractas. Por eso, la palabra siempre ha tenido un sentido mágico.

Y por lo visto Jimmy, fiel a su teoría, deseaba ahora hacer magia y a través de un nombre invocar con urgencia a una niña a la que llevaba demasiado tiempo esperando.

—¿Te gusta o no Isabel? —insistió.

—Me gustas tú, *cuchicuchi* —sonreí y le dejé saber que aún no me olvidaba de aquella clase.

No tuvo más remedio que devolverme la sonrisa y bajó la cabeza para esconder el súbito rubor de sus mejillas. Era increíble que a pesar de todos los años que llevábamos juntos se siguiera sonrojando cada vez que le regalaba un piropo inesperado.

—Jimmy, ya habrá tiempo para bautizos y listas de nombres. Pero para que ese momento llegue tenemos primero que terminar de llenar todos estos formularios —dije y señalé los cientos de papeles que cubrían la mesa del comedor.

—Lo sé —murmuró derrotado.

—Además, hay que escribir el texto de presentación que nos pidió el abogado.

—También lo sé —asintió—. Es solo que llevo tanto tiempo esperando por esto, Mauricio...

—Y ya queda menos. Te lo prometo.

Asintió con un gesto de cansada resignación y retomó sus labores. Yo me tardé un poco más en volver a lo mío, sorprendido de ver cómo los papeles entre nosotros se habían invertido: ahora era yo quien tranquilizaba al otro y provocaba que las aguas volvieran mansas a su cauce.

—Y sí, me encanta Isabel —dije guiñándole un ojo.

—Aunque parece que me gusta más Alicia... ¿o no?

Un par de días después, Joan Aguilera apareció sin aviso en la puerta de nuestra casa. Antes de que abriera la boca para presentarse, supimos que se trataba de ella. La delató el rictus serio de su boca, que jamás se esforzó en sonreír, y un manoseado bolso de cuero negro que llevaba atravesado en el pecho y del que se asomaban muchísimas carpetas de diferentes colores. Orlando nos había dicho que la mujer tenía apariencia de funcionario público, de esos que aman la burocracia y que se regocijan con el sufrimiento ajeno escondidos detrás de torres de formularios y papeles inútiles. Pero que no nos confundiéramos: Joan no se andaba con rodeos ni palabras edulcoradas. A cambio, tenía un pulso infalible para llevar cada caso de adopción hasta el final, y por algo era la trabajadora social más eficiente que él conocía y que podía recomendarnos. Nos pidió que no nos dejáramos amedrentar por sus modales de sargento, ya que esa era la actitud que necesitábamos de su parte. Tuve que reconocer que, a pesar de las advertencias de Orlando, de todos modos me sentí cohibido por sus ojos de acero, sus palabras precisas y cortantes, y su cabello negro, peinado tan rígido como el arco de sus hombros y el quiebre de sus codos.

Al verla en nuestra sala, Jimmy corrió a buscar su libreta y se sentó frente a ella, cual estudiante aplicado.

— Bueno, antes que nada, muchas gracias por abrirme las puertas de su hogar —dijo escrutándonos con la mirada—. Me imagino que ya saben que tenemos un largo camino que recorrer.

—Sí —asintió mi marido—. ¿Y cómo se ven las posibilidades de adopción para una pareja del mismo sexo?

—Bueno, no es lo ideal —contestó.

—¿Qué no es lo ideal?

—Que sean dos hombres los que firmen la solicitud.

—Pero uno no elige de quien enamorarse, ¿no? —replicó Jimmy algo desconcertado por el giro de la conversación.

—Eso dicen. Por desgracia para ustedes, las cosas han cambiado mucho —soltó sin alterar su tono de voz—. Hay países que durante años autorizaron, incluso apoyaron, la adopción a parejas del mismo sexo. Sin embargo, todo eso cambió.

—Sin embargo... —dije yo.

—¿Sin embargo qué? —Se giró hacia mí con desconcierto.

—¿No era eso lo que iba a decir? ¿Que las cosas no son fáciles para dos padres que quieren adoptar pero que, sin embargo, usted sí va a poder cumplirles su sueño?

—Haré todo lo que esté a mi alcance. Pero no puedo prometerles nada.

No quise voltear hacia Jimmy. Solo alcancé a ver la piel tensa de su mano apretando con fuerza el lápiz entre sus dedos.

Joan extendió varios papeles hacia nosotros.

—Sé que Orlando ya los puso al día de lo que viene. Para el otro miércoles, necesito tener en mi poder las cartas de recomendación y el dosier listo. Me imagino que ya comenzaron a hacerlo —aseveró.

Yo negué con la cabeza, sintiéndome de pronto como un alumno reprobado por su estricta profesora.

—Pensábamos empezar este fin de semana.

—¡Van tarde! ¡Tiene que ser hoy mismo! —me corrigió—. Estamos hablando de un documento de más de cincuenta páginas, donde deben contar su vida completa y además ilustrarla con fotos. Y algo así, con la calidad que necesito, no se hace en dos días.

Asentí y me quedé en silencio, porque ya no supe qué decir. Tuve un violento episodio de envidia por todos esos heterosexuales cuya definición de tener un hijo se limitaba a una buena sesión se sexo. Media hora de placer. Quince minutos. Incluso menos, si el tiempo apremiaba. Me giré a ver la montaña de papeles que se acumulaba sobre la mesa del comedor, y no encontré una imagen más opuesta a un orgasmo que esa ruma de documentos que aguardaban por nosotros. Qué difícil era todo.

Joan se puso de pie. Eso, que se vaya, pensé. Pero no. La visita estaba recién comenzando.

—Ahora necesito inspeccionar la casa —dijo mientras sacaba uno de los fólderes de su bolso—. Es requisito para el informe que tengo que hacer. Y después de eso, vamos a concertar una fecha para una entrevista individual con cada uno de ustedes.

—¿Nos va a interrogar por separado? —preguntó Jimmy—. ¿Para ver si nos contradecimos entre nosotros?

—Exacto.

La Sargento Aguilera acaba de confesarnos, en nuestra propia cara, que necesitaba corroborar que no éramos un par de mentirosos. ¿Qué se respondía ante eso? ¿«Gracias por la confianza»?

¿«Váyase a la mierda»?

—¿Tienen una mascota?

—No —contesté sin saber si eso era bueno o malo.

Ella frunció la nariz en un mohín que no supe interpretar. Y dejó mi duda sin responder.

La seguimos en silencio por toda la casa. Primero examinó la sala y el comedor. Abrió y cerró un par de veces los ventanales que comunicaban con la terraza para comprobar qué tan fácil era salir hacia el exterior. Me imaginé que lo hacía por un tema de seguridad.

—No se preocupe, un niño no es capaz de abrir esas puertas —puntualicé.

Ella ni siquiera se dio el trabajo de mirarme. Hizo un par de anotaciones en un papel y siguió el recorrido.

—¿Alberca?

—No —dijo Jimmy.

Volvió a anotar algo y acto seguido se metió a la cocina. Palpó el granito de la superficie del mesón central y se detuvo en una de las esquinas, corroborando con la punta de sus dedos cuán afiladas eran. De pronto, comprendí con horror que el reporte de Joan iba a revelar que toda nuestra casa, la misma casa que tanto nos había costado construir a Jimmy y a mí, era un campo de batalla mortal para cualquier niño. Todo gritaba peligro bajo ese techo: desde las pesadas puertas vidriadas que abrían hacia la terraza, pasando por los dos peldaños que era necesario subir para desembocar en el pasillo, hasta cada una de las esquinas de mesas, alacenas y repisas que poblaban el lugar. Jamás iban a entregarnos a un hijo si vivíamos en esas condiciones. Éramos dos hombres egoístas e inconscientes que jamás supimos preparar el hogar, como hacen los verdaderos padres, hasta convertirlo en un nido de protección y no de amenazas.

—¿Dónde está el extintor? —preguntó.

—¿Cuál?

—El extintor de incendios.

Jimmy y yo nos miramos, al borde de entrar de manera oficial en el terreno de la desesperación.

—La estufa es a gas, por lo que veo —puntualizó—. En esos casos, la ley requiere que haya un extintor en la cocina.

—No lo sabía —tartamudeó Jimmy mientras anotaba en su libreta.

—Eso dicen todos. Para la inspección final tiene que haber uno aquí, a la vista. ¿Estamos?

Asentí, aunque Joan ni siquiera estaba mirándome. Ella solo parecía dirigirse a mi marido. Él era su interlocutor válido, el dueño de casa, el hombre a cargo de la empresa. Yo, de seguro, no era más que un accesorio inútil para poder jugar a la familia feliz, para cumplir el capricho de querer adoptar un hijo.

—Lo ideal hubiese sido que la estufa fuera eléctrica. Es más fácil de controlar y es menos peligrosa que la de gas —prosiguió la trabajadora social con un ojo puesto en Jimmy y otro en el horno que recién había abierto—. Un niño puede, con facilidad, dejar abierto el paso de gas y...

Dejó su comentario apocalíptico a mitad de camino, quizá para crear un efecto aún más dramático, y salió de nuevo rumbo a la sala. Jimmy no se despegaba de su lado. Yo me fui quedando cada vez más atrás, incapaz de seguirles el paso. No podía dejar de ver todo lo que me rodeaba como la prueba máxima de lo inconscientes que estábamos siendo. ¿En qué cabeza cabía siquiera la posibilidad de que nos iban a entregar un bebé? No solo teníamos en contra el hecho de que éramos dos hombres los que firmábamos la petición, tal como había puntualizado Joan, sino que además nuestra casa lo único que parecía revelar era nuestra incapacidad absoluta para prever lo que era la protección de un recién nacido.

—¿Detectores de humo?

—Sí. Tres, creo —contestó Jimmy con evidente alivio de poder confirmar al menos que en ese aspecto no estábamos tan atrás.

—¿Alarma?

—Está hecha la conexión, pero...

—¿Funciona?

—No. Habría que volver a llamar a la empresa que...

Joan continuó el recorrido. Ingresó hacia el pasillo no sin antes detenerse sobre uno de los peldaños que separaban la sala del corredor y anotar algo en su enorme listado de riesgos atroces que inundaban nuestra residencia.

—¿Han considerado cuál sería el cuarto del infante?

Jimmy la llevó hacia la recámara que habíamos elegido para ese fin. La del muro rosa que aún no pintábamos. Joan se asomó desde la puerta, sin entrar, dando solo un rápido y superficial vistazo.

—No tiene baño —sentenció—. Y queda bastante lejos del cuarto principal. No me parece que sea una buena idea.

¡Ay, la angustia! ¡Otro error! Otro peldaño más hacia el sótano de las posibilidades. Otro puñado de tierra que caía sobre nuestro féretro.

—No... no lo habíamos pensado de esa manera —confesó mi marido, mientras seguía tomando notas en su libreta.

—Lo siento, pero no hay otra manera de verlo. El cuarto del hijo tiene que ser el más cercano al dormitorio de sus padres. Y considerando que tendrán que cambiarle los pañales y bañarlo muchísimas veces al día, lo más conveniente es que esté junto al baño.

—Queremos pintar la pared rosa —dije yo sin tener muy claro por qué había abierto la boca.

Joan por fin se volteó hacia mí. De seguro, mi imagen de hombros caídos y de mirada algo lastimera le provocó aún más rechazo del que ya debía tenerme.

—¿Incluso si es un varón? —quiso saber con cierto desconcierto.

Y por supuesto una vez más no supe qué decir. «No, claro, en ese caso el muro será celeste», era la respuesta lógica. Cualquier persona con un mínimo de sentido común y de dominio sobre sí misma hubiera dicho eso sin el menor titubeo. Pero yo no. Era incapaz de lograr una correcta articulación de mis ideas, sobre todo cuando los ojos de sable de la trabajadora social se posaban sobre los míos.

Se acercó a Jimmy, validándolo una vez más como el dueño del hogar.

—¿Puedo entrar a la recámara principal?

Mi marido asintió y se movió hacia un costado para dejarle libre el paso. La mujer entró y caminó despacio en torno a la cama. Echó un vistazo a la calidad del cobertor, al tapiz artesanal que colgaba en el respaldo, al hermoso grabado que compramos en una edición de Art Basel, al contenido de nuestras mesitas de noche: libros, unos anteojos de lectura y un frasco de ibuprofenos en el de Jimmy; un iPad, una barra de chocolate a medio comer y la última *Vogue* en el mío.

—¿Cómo es su relación con los vecinos? ¿Hay más niños en esta calle? —dijo mientras trataba de mirar hacia el interior del clóset a través de una pequeña abertura.

—Sí, sí —se apuró en contestar Jimmy—. Somos muy buenos amigos de los Goldman, que viven en la casa de al lado. Tienen tres hijos. Unos muchachitos muy bien educados.

—¿Y recuerdan sus nombres?

La expresión de Jimmy se crispó en una mueca que pretendió mantener la sonrisa pero que al instante se desbarrancó y terminó estrellándose en un gesto de pura frustración.

—Puede abrirlo —dije para cambiar de tema.

—¿Qué cosa?

—El clóset. ¿No es eso lo que quiere?

Joan corrió la puerta del armario de un solo y firme movimiento. Fue en ese instante que supe que esa había sido la peor idea de todas. Antes de que pudiera evitarlo, nuestro canasto lleno de condones, un par de botellitas de lubricante y algunos dildos lánguidos por el uso de años quedó expuesto a la vista de nuestra trabajadora social, que fingió mantener su postura profesional a pesar de tener a pocos centímetros de sus ojos toda nuestra vida sexual. Contuve la respiración. Creo que Jimmy hizo lo mismo. Joan carraspeó, hizo un gesto que solo pudo interpretarse como un «ya he visto suficiente» y volvió a cerrar la puerta del clóset con el mismo enérgico y firme movimiento.

Yo hubiese querido estar lejos, muy lejos de ahí. Hubiese querido no haber conocido nunca a Joan Aguilera, ni a Orlando Page, ni haber sentido vergüenza porque una mujer ajena a mi círculo más cercano había encontrado los juguetes que Jimmy y yo a veces usábamos a la hora de hacer el amor. Me sentí invadido en mi privacidad. Violentado. Abusado. Y estaba seguro de que esos sentimientos poco y nada tenían que ver con las ganas de tener un hijo.

—¿Sus padres dónde viven? —preguntó Joan cuando recuperó el tono de su voz.

—Mi madre vive en Chicago. Los padres de Mauricio, en México —explicó mi marido.

—Ah, no están aquí en Miami...

—No. ¿Por qué? ¿Eso es un problema? —Jimmy dio un paso hacia ella.

—Claro que es un problema —intervine yo sabiendo que solo iba a complicar más las cosas—. Todo es un problema. Hasta el consolador que tenemos en el clóset es un problema.

Jimmy se frotó la cara, nervioso, como si quisiera arrancarse la primera capa de piel. La trabajadora social soltó un brusco suspiro y enfiló sus pasos hacia el corredor.

—Es una lástima —sentenció—. Siempre es bueno contar con una red de apoyo cuando un niño llega al hogar. Sobre todo, si es un recién nacido.

—Pero los Goldman nos pueden ayudar —rematé yo—. Estoy seguro de que sus tres hijos sin nombre pueden hacer *babysitting* cada vez que nos haga falta.

Joan avanzó a grandes zancadas hacia la sala, tomó su bolso repleto de papeles, se lo cruzó sobre el pecho y sacó las llaves de su coche, dejándonos muy en claro que la primera visita había llegado a su fin.

—Fue un gusto —mintió con gran profesionalismo—. Les recuerdo que para el miércoles necesito tener en mi poder las cartas de recomendación y el dosier de presentación. ¿Ya decidieron qué tipo de pareja van a ser? ¿Cómo se van a vender en su expediente?

Como una pareja condenada al fracaso, pensé.

Jimmy y yo no volvimos a cruzar palabra esa noche. Y no porque estuviéramos molestos el uno con el otro, solo que ya no supimos qué decirnos. Ninguno fue capaz de cenar. O ver un poco de televisión. O echarse en el sofá a hojear un libro o una revista. Deambulamos como fantasmas errantes algunas horas antes de meternos a la cama, nos acomodamos espalda contra espalda y comenzamos los dos a luchar con un insomnio que insistía en recordarnos el estruendoso descalabro que acabábamos de vivir.

—Me gusta más Isabel... —murmuré en medio de la penumbra de la madrugada.

—¿Qué? —gruñó Jimmy desde su lado del colchón.

—Que me gusta más Isabel que Alicia.

Me imagino que Jimmy habrá analizado varias alternativas de respuesta. Habrá luchado contra sus propios deseos de romper en llanto, de girarse hacia mí y de soltarme un rabioso insulto a quemarropa. O quizá solo le dieron ganas de abrazarme para hundirse entre mis brazos en el oscuro y gélido pozo de la verdadera desesperación. Al final, después de una larga y triste pausa, solo fue capaz de balbucear:

—Gracias.

Al día siguiente, nos levantamos con la misma expresión con que un paciente terminal sale de un largo coma. Siempre en silencio, anduvimos chocando el uno contra el otro en la cocina, mientras nos preparábamos el desayuno. La misma cocina que ahora no podía dejar de ver como una trampa mortal, llena de peligros y amenazas, esquinas filosas, cajones mal cerrados repletos de cuchillos y una estufa de gas con un horno tan mortal como una bomba atómica. Era mi culpa, claro. Todo era mi culpa. Fui yo el que años atrás comenzó a presionar a Jimmy para que nos mudáramos de su apartamento en busca de un espacio más grande donde él pudiera tener su escritorio, y yo un pequeño taller fotográfico.

—Pero un apartamento de cuatro recámaras debe ser carísimo —exclamó él luego de escuchar mi propuesta.

—Bueno, busquemos entonces una casa —contesté.

—Pero si estamos tan bien aquí. La renta es baja, el mantenimiento lo paga la dueña, estamos cerca de todo. ¿Sabes lo caro que es evitar que una casa se vaya deteriorando? Que el jardín, que el techo, que la pintura...

—Yo puedo cortar el pasto, si es lo que te preocupa. Y pintar una vez al año.

—Mauricio, ni tú ni yo somos Doris Day —sentenció.

Pero no me di por vencido. Al poco tiempo volví a desenfundar una serie de argumentos, esta vez con información en mano. Le enseñé a mi marido varias alternativas de propiedades a la venta en los suburbios de la periferia. Imprimí algunos artículos que hablaban sobre las ventajas de comprar en ese momento, donde la oferta era mucha y la demanda poca. A golpe de engaños conseguí subir a Jimmy al coche para llevarlo a pasear por Kendall, Pinecrest y Palmetto Bay —tres barrios recomendados por Vanessa—, a ver si por la vista podía terminar de convencerlo.

Fue así como llegamos a la casa que terminó siendo nuestra.

Lo primero que vimos fue el cartel de «EN VENTA» que se mecía suave con la brisa en un extremo del terreno. Detuve el vehículo, porque fui capaz de sentir el respingo que Jimmy dio en el asiento del copiloto. Se bajó del coche y avanzó un par de pasos, alejándose de mí. El jardín delantero no tenía reja ni muralla: era solo una gran extensión de un pasto tan verde como el de una cancha de fútbol, con un enorme árbol al centro que sombreaba gran parte de la propiedad. Era evidente que la casa llevaba mucho tiempo abandonada, y que las inclemencias del clima habían provocado estragos en ella. Le faltaba la mitad de techo, y la otra mitad que aún existía era una amenaza ante un posible desplome. Pero su espíritu se mantenía intacto. Y eso fue lo que nos cautivó.

—Buenas tardes —oímos a nuestras espaldas.

Eran los Goldman: el padre, la madre y los tres hijos. Se presentaron como la familia de al lado. Fueron ellos los que nos explicaron que los dueños estaban desesperados por vender y que si queríamos comprar era el momento preciso para hacerlo. Nos hablaron también de las bondades del barrio, de las fiestas que una vez al año se hacían en la calle, del parque tan hermoso que quedaba a pocas cuadras, de la tranquilidad del sector y de lo felices que ellos eran de tener un estupendo colegio público donde iban sus tres hijos.

—¿Tienen niños? —nos preguntaron.

Con Jimmy solo esbozamos una sonrisa educada, la clásica sonrisa que en el fondo reemplaza un «ese no es tu problema». Claro, aún ni siquiera habíamos hablado de ese tema.

Cuando ubicamos al agente inmobiliario y pudimos por fin entrar a conocerla por dentro, descubrimos que el interior de la propiedad estaba aún más deteriorado que el exterior. Los baños y la cocina parecían la escenografía de una película de terror, una de esas donde sicópatas enmascarados despellejan y luego cercenan a turistas distraídos que terminan sus días entre baldosas sucias y desagües malolientes. Las recámaras estaban llenas de escombros, ventanas de vidrios rotos y cables eléctricos a la vista.

—Yo no voy a vivir aquí —sentenció Jimmy cuando vio salir una lagartija del grifo de la bañera.

—Vamos a remodelarla —lo tranquilicé—, y así podemos dejarla como la casa que siempre soñamos tener.

—Que siempre soñaste tener —puntualizó.

Era cierto. El sueño de vivir en una hermosa casa, con un exuberante jardín lleno de flores y árboles, era mío. Por eso también la culpa me pertenecía. Una vez más, la razón estaba de parte de Jimmy. Si nos hubiéramos quedado en su apartamento, como él siempre se empeñó en hacer, no nos hubiésemos ganado el título de «mataniños» que de seguro Joan Aguilera nos otorgó en secreto, luego de su primera entrevista. Fui yo el que comandó la remodelación. Fui yo el que seleccionó el granito filoso y mortal que cubría los muebles de la cocina. Fui yo el que eligió las puertas vidriadas que se abrían hacia la terraza. Fui yo el que creó esos dos peldaños que llevaban hacia el corredor de las habitaciones. Fui yo el que eligió la estufa de gas en lugar de una eléctrica. Fui yo, incluso, el que decidió guardar en el clóset nuestros dildos y lubricantes, y no en una discreta cajita bajo la cama como aconsejaba el sentido común.

Los días posteriores a la visita de la trabajadora social los recuerdo algo borrosos, al igual que si hubiéramos estado viviendo bajo el agua y todo a nuestro alrededor fueran solo imágenes líquidas e imprecisas. Y en medio de aquel desorden y caos, vuelvo a ver a Jimmy hablando largas horas con nuestros amigos para solicitarles las cartas de recomendación que tanto urgían. Yo, en cambio, hice lo que mejor sabía hacer: correr al Home Depot y pasarme horas en el pasillo de Childproof Your Home comprando todo lo que encontré. A partir de entonces, fue casi imposible volver a abrir las puertas de las alacenas, la tapa del excusado o las gavetas de las mesitas de noche. De paso, contraté a un albañil que me ayudó a redondear las esquinas del mesón de la cocina, a cubrir con una mullida alfombra los peldaños del pasillo, y a aceitar los ventanales de la sala para que corrieran con el ligero empujón de un dedo meñique. También instalé en cada cuarto detectores de humo y volví a activar el servicio de alarma remota. Debimos acostumbrarnos a poner un código de cuatro números cada vez que entrábamos o salíamos, con la amenaza de saber que si no lo hacíamos en el tiempo correcto llegaría la policía.

Pero no me importó. Estaba dispuesto a hacer lo que fuera necesario para sacudirme la culpa de haber arrastrado a Jimmy a una casa que iba a sepultar sus deseos de ser padre.

Cuando a la semana siguiente Joan regresó para entrevistarme a mí en solitario, se sorprendió de ver el pasillo alfombrado. También me vio apretar el código secreto de la alarma luego de dejarla entrar y antes de despedirla. No dijo nada, pero anotó en sus papeles lo que me imagino fue un «prueba superada» cuando me acompañó a la cocina por un café y fue testigo de los tres minutos que me tomó poder sacar el tarro de azúcar del interior de una alacena reforzada para que un niño no pudiera hurgar dentro de ella. Imagino que lo mismo habrá sucedido cuando volvió un par de días después para encerrarse a solas con Jimmy en su escritorio.

—¿De qué hablaron? —quise saber cuando nos metimos esa noche a la cama.

—Me imagino que de lo mismo que habló contigo —respondió mi marido.

—¿Te preguntó de tu infancia, de tus estudios...? —insistí, tirándole la lengua.

—Y de la relación con mi madre... y de cómo nos conocimos tú y yo... y del ambiente en mi trabajo... y de por qué queríamos adoptar.

—¿Y qué le dijiste?

—Mauricio, ¿de verdad quieres que te repita todo lo que hablé con esa mujer durante dos horas? —exclamó en un bostezo.

—No. Quiero saber qué le contestaste a la pregunta de por qué queríamos adoptar.

—¿También te la hizo a ti?

—Sí. Por eso me interesa escuchar tu respuesta.

Jimmy se sentó en la cama, cosa que solo hacía cuando el tema que se discutía era de su total interés.

—Le dije que durante toda mi vida había hecho lo que creía correcto —comenzó—. Me había preparado para ser un buen profesional y un buen ciudadano. Que cuando te conocí supe que quería formar una familia. Que me casé contigo apenas nos permitieron. Que me sentía orgulloso de lo que hemos formado juntos. Pero que hay un hueco... una pieza que falta. Por más satisfecho que me encuentre en el trabajo, o en mi relación de pareja, siempre hay un vacío que no se llena.

—Jimmy... —murmuré.

Pero no me dejó seguir hablando. Me pidió silencio con un gesto de su mano.

—Le expliqué que puedo impartir clases el resto de mi vida, trabajar en las mejores universidades, escribir libros o hacer un nuevo doctorado. Que tú y yo podemos seguir viajando a través del mundo entero. Pero un instinto es un instinto, y contra eso no hay nada que se pueda hacer. Y yo quiero ser padre. Lo llevo en la sangre. En mis células. Llevo años educando alumnos en un salón de clases. Llegó la hora de educar a mi propio hijo.

—A Isabel —puntualicé.

—Sí, a Isabel —sonrió. Y se emocionó.

—¿Y qué te dijo ella?

—Nada. Solo tomó nota de mis palabras... y ya.

—Perra —lancé molesto.

—No, ese es su trabajo, Mauricio. Ella no está aquí para emitir opiniones o juzgar nuestras intenciones. Lo único que Joan tiene que hacer es un espléndido informe social que nos asegure una adopción y nos entregue un hijo. Porque eso es lo que va a suceder.

—Lo sé —lo apoyé.

—Eso es lo que va a suceder —repitió, tal vez para convencerse a sí mismo. Mi Jimmy. El hombre más bueno del mundo.

Al día siguiente, terminé antes de tiempo con una sesión fotográfica en Brickell para una revista de moda que había contratado mis servicios. El clima no nos favoreció y una inesperada lluvia interrumpió la producción cuando aún nos quedaba mucho por hacer. La directora decidió entonces suspender y retomar cuando las condiciones lo permitieran. Dudé si regresar a casa o ir a ver a Jimmy, ya que su universidad quedaba a pocas cuadras de donde yo estaba.

Lo encontré comiendo su almuerzo directo de un viejo *tupperware*, el mismo que tantas veces le había pedido que lanzara a la basura pero que, por alguna razón, insistía siempre en llevarse al trabajo. Se le iluminó el rostro al verme entrar de improviso.

—¿Qué haces aquí? —exclamó con alegría.

—Ya sabes. La vida del *freelance* —me quejé con falso fastidio—. Suspendieron la sesión de fotos. Seguro que vamos a seguir mañana.

Me dijo que solo le quedaba una breve entrevista con una alumna para la cual supervisaba su tesis, y que después de eso podíamos irnos juntos a casa. O al cine, si yo lo prefería. «Yo me iría al fin del mundo contigo», pensé en decirle, pero decidí controlar mi arrebato amoroso, sobre todo por la cantidad de otros profesores con cara de pocos amigos que circulaban por el decanato. De pronto, el celular de Jimmy interrumpió nuestra plática. Vi cómo su rostro se crispó al leer en el *Caller ID* quién lo llamaba.

—Es Orlando —dijo mientras se ponía de pie.

Me pasó el *tupperware* que todavía tenía restos de pollo y arroz en su interior, y salió de la oficina para poder hablar con calma. Quise seguirlo, pero una vez más decidí controlar mi impulso para no llamar la atención de sus colegas. Fingí leer el primer libro que encontré a mano y le sonreí a la secretaria que, desde su escritorio, me clavó la mirada como preguntándome que qué hacía ahí. Cuando Jimmy entró de regreso traía el rostro revuelto por la conversación telefónica.

—Orlando me acaba de informar que Joan va esta noche a casa. Hay noticias importantes —dijo sin siquiera respirar entre palabra y palabra.

No se terminó de comer el resto del pollo. Tampoco tuvo su cita con la alumna de la tesis. No fuimos al cine ni yo llamé a la directora para saber qué iba a pasar con la sesión fotográfica. Corrimos hacia nuestra casa y nos quedamos ahí, ansiosos y expectantes, esperando que lo que quedaba del día se acabara pronto para que el timbre anunciara la llegada de la trabajadora social.

—Todo va a salir bien —le dije cuando lo escuché soltar un suspiro lleno de impaciencia.

—Lo sé —ratificó—. Vamos a ganar esta batalla.

—No, ¡vamos a ganar la guerra! —le corregí.

Jimmy improvisó una nerviosa sonrisa y se me fue encima en un abrazo que tenía mucho más de supervivencia que de romanticismo. Me besó y pude sentir el sabor amargo de su saliva.

Joan llegó a las nueve en punto.

—En mis treinta años de profesión, nunca había visto cartas de recomendación más hermosas que estas —fue su manera de saludarnos—. Veo que la gente los quiere, y mucho.

Jimmy se aferró a su libreta. Yo ofrecí café, té, algo de alcohol para beber, pero nadie aceptó. Entonces decidí sentarme para, desde mi lugar en el sillón, ver a Joan revisar los papeles que, con toda la calma del mundo, fue extrayendo de una carpeta. Era un fólder viejo, mil veces usado. De seguro, cientos de casos habían sido transportados ahí. Pude imaginar nuestro proceso archivado, los papeles en la basura y un nuevo oficio en su interior. Tampoco requirió mucho esfuerzo imaginar a esa trabajadora social sacando, una y otra vez, esa misma carpeta de su bolso de cuero negro frente a otras parejas que, como nosotros, aguardaban con el corazón en las manos su veredicto. ¡Cuántas salas conocerá ese manoseado bolso! ¡Cuántos rostros expectantes habrá presenciado a lo largo de los años! ¡Qué secretos esconderá en sus bolsillos y compartimentos! ¡Cuántas lágrimas habrá presenciado!

Joan cerró la carpeta y soltó un hondo suspiro. Le clavó la mirada a Jimmy, quien casi había dejado de respirar ante tanta expectación. Lo conozco bien, mejor que nadie, y pude sentir su angustia, una angustia que me llegaba en oleadas desde el otro lado del salón. Luego de una pausa, Joan se giró hacia mí. Ni siquiera hizo el intento de fingir una sonrisa.

—Lo siento —sentenció—. No creo que se vaya a poder.

—¿No se va *a poder*? —Jimmy por fin intervino—. Sea honesta, Joan. ¿No se va *a poder* o no se va *a autorizar*?

—Como les expliqué en nuestra primera junta, las cosas han cambiado mucho. Hay países que durante años autorizaron, incluso apoyaron, la adopción a parejas del mismo sexo. Sin embargo, ahora...

—Sin embargo, *ahora no es así* —la interrumpió mi marido—. Sí, ya lo sabemos. Por eso mismo decidimos contratarla y hacer el informe con usted, que nos prometió buenos resultados. ¿Qué más quieren? Tenemos una casa, trabajo, dinero en el banco... Somos gente de bien. Mauricio y yo hemos formado una familia estable. Ahí están las cartas de referencia que lo respaldan. ¿Cuál es el problema?

El verdadero problema somos nosotros, pensé. Que tú te llamas Jimmy y yo Mauricio. Que cuando nos besamos nuestras barbas nos arañan las mejillas. Que en nuestro clóset no hay brasieres. Ni vestidos. Ni zapatos de tacón. Solo un canasto con condones, dildos y lubricantes. Que somos dos hombres, Jimmy: ese es el problema.

—Bueno, las posibilidades son casi nulas —prosiguió Joan mientras volvía a guardar el fólder dentro de su bolso. De seguro, apenas llegara a su oficina lanzaría a la basura nuestro expediente para llenarlo de inmediato con un nuevo caso que la mantendría ocupada el siguiente semestre—. Además, ya les expliqué que, en la remota posibilidad de que la adopción se aprobara, estarían recibiendo un niño mayor de siete años. Y ustedes han manifestado en todas sus entrevistas que no quieren uno tan grande.

—¡Eso no tiene ningún sentido! —exclamó mi marido al tiempo que se ponía de pie.

Siéntate, Jimmy, pensé. Vuelve a tu lugar y cálmate. Lo menos que necesitamos en ese momento es una confrontación con la trabajadora social que está a cargo de nuestro informe de adopción. Vamos a tratar de solucionar las cosas de manera civilizada, sin gritos ni escaramuzas. Aunque a mi cuerpo ya lo haya arrasado la ola. Aunque yo también tenga ganas de incendiar la casa, el barrio, todo Miami de una buena vez. Aunque no pueda sacar la cabeza del agua y me hunda en un mar gélido que se terminará por convertir en mi tumba. Aunque maldiga el día en que tomamos la decisión de querer ser padres.

—Necesito que me explique las razones —prosiguió Jimmy, atravesando el salón de nuestra casa en apenas tres zancadas—. Todos los estudios que ustedes mismos nos proporcionaron confirman que una pareja del mismo sexo debiera adoptar a un bebé lo más pequeño posible. Para que así crezca y se desarrolle sintiendo que el hecho de tener dos papás, o dos mamás, es su realidad. De ese modo, cuando empiece a hacerse preguntas conflictivas, los lazos afectivos ya estarán creados. ¡Y eso no se puede conseguir con un niño de siete años!

—Lo sé.

—¿Y entonces? —Jimmy subió el tono de voz y se giró hacia mí—. ¡Mauricio, por favor, di algo!

¿Yo? Olvídalo. Yo estaba demasiado ocupado en sobrevivir a mi propio naufragio como para perder tiempo en rebatir los argumentos de una trabajadora social que, a todas luces, se sentía incómoda de estar compartiendo el mismo espacio con dos hombres que habían cometido la atrocidad de quererse y soñar con la posibilidad de tener un hijo. Porque eso éramos nosotros para ella: unos desvergonzados que al haber cruzado tantos límites prohibidos ahora merecíamos un castigo final.

—El niño debe tener sobre siete años. Es la ley.

—No entiendo por qué.

—Porque... —Joan hizo una pausa. Por primera vez la vi bajar la vista hacia la punta de sus zapatos. ¿O estaba admirando con envidia no confesada la calidad de nuestra alfombra, recién comprada la semana anterior?

—¿Joan? —la presionó Jimmy.

—Porque el infante tiene que... ustedes saben, poder hablar y... y discernir ciertos conceptos básicos por... por si... —Volvió a hacer una pausa.

Ay, la desesperación.

—¡Hable!

—El niño... tiene que poder identificar y denunciar si está siendo víctima de algún tipo de abuso por parte de sus padres adoptivos —exclamó la mujer con la misma vehemencia con que un desequilibrado entra a un centro comercial y abre fuego sobre los distraídos visitantes—. ¡Por eso!

Nadie, nunca, está preparado para recibir la ráfaga de una metralleta. Y nadie nunca debería escuchar algo como lo que Joan acababa de decir.

Se produjo un silencio tan denso que por un instante pensé que el hielo mortal había llegado ya a mis tímpanos y los había dejado inutilizados para siempre. Pero no. Era solo que el mundo había enmudecido en espera de nuestra respuesta. Desde mi lugar, vi a Jimmy avanzar hacia la puerta principal y abrirla de un manotazo. Junto con su gesto, la humedad pegajosa de la ciudad entró incontenible hasta chocar con el cuerpo de mi marido.

—Tiene diez segundos para salir de mi casa —dijo Jimmy como pudo.

Joan hizo el intento de comentar algo, pero la mirada de mi marido terminó por disuadirla.

Asintió en silencio, levantó la cabeza y enderezó la espalda. Sus zapatos la llevaron con prisa hacia la puerta abierta, donde la aguardaba Jimmy aferrado del pomo.

—Lo siento —fueron sus palabras finales.

Jimmy cerró y se quedó unos instantes ahí, recostado contra el muro, igual que un boxeador que se levanta apenas para pedir una tregua en la paliza.

—Se acabó. Suspendo en este momento mi intento de ser padre. ¡Todo se acaba de ir a la mismísima mierda!

¿Cómo llegamos hasta este punto?

Bajé los párpados para escapar de la mala noticia, de una nueva frustración que se sumaba ya a las otras tantas, del profundo dolor que significaba que nuestros planes volvieran a derrumbarse, y le di autorización a mi mente para que se fuera lejos. Lo más lejos posible.

Pero el violento portazo de Jimmy al encerrarse en su escritorio me trajo de regreso. Y me dejó saber que habíamos perdido la batalla.

Y quizá la guerra.

Capítulo seis

¿QUIÉN ES LA MADRE?

Vanessa abrió la puerta del refrigerador y sacó el cremoso pastel de cumpleaños que Jimmy había encargado un par de días antes. La cubierta azucarada era de un intenso color verde, con un par de decoraciones también hechas de azúcar, que no supe bien si eran hojas de árboles o pétalos o simples adornos algo rebuscados puestos ahí al azar para que el resultado no se viera tan simplón. Al centro se podía leer con toda claridad «Happy Birthday, Mau», escrito con una caligrafía llena de curvas, mayúsculas exageradas y un par de comillas que, la verdad, no tenían mucho sentido.

Con un arrebato de ternura infinita, imaginé a Jimmy frente al dependiente a la hora de hacer el pedido:

—¿Y va a querer que le pongamos algún mensaje?

—Sí. Escriba *Happy Birthday, Mauricio*, por favor. No, Mauricio no. Mau. Sí, Mau. Es más cariñoso. Y agréguele muchos adornitos. Lo que haga falta para que se vea lindo.

—Por suerte el dueño de la pastelería no apeló a razones religiosas para negarse a hacerlo —dijo Vanessa, señalando la torta frente a ella.

—¿Cómo crees? Eso pasa solo con los pasteles de boda —le corregí.

—El mundo retrocede en vez de avanzar —suspiró sombría—. Que no te extrañe si en un par de años los dueños de pastelerías empiezan también a rechazar pedidos de hombres que celebran el cumpleaños a otros hombres.

—Bueno, cuando eso suceda tendremos que ir a comprar nuestros pasteles a un supermercado.

—Vas a ver, Mau, hasta los supermercados van a empezar a discriminar a sus clientes. ¡Así de jodidas están las cosas! Bueno, Jimmy y tú lo saben mejor que nadie, ¿no? —agregó, desviando la mirada.

Sí. Hasta la propia Vanessa evitaba mirarme a los ojos. Así de frágil imaginaba mi estado de ánimo: me creía tan inestable que una simple mirada podía volver a derrumbarme. Luego del fiasco con Joan y nuestro absurdo sueño de adopción, me enteré de que mis amigos más cercanos habían creado un chat de WhatsApp para intercambiar opiniones de cómo podían ayudarme a salir del «fondo del precipicio», que es como la misma Vanessa describió mi condición, una vez que todos nuestros planes de adopción se desmoronaron. Lo peor de todo es que era cierto. El dolor profundo de ver a Jimmy llorar en silencio y de sentir que nos habíamos estrellado contra la pared al final de un callejón sin salida, me hizo pedir un par de días libres en el trabajo. Hice lo propio: me metí a la cama y no volví a salir de ahí. Así, desde el colchón, vi pasar las horas como un testigo inerte de la luz algo anaranjada del amanecer que iluminaba la ventana de mi recámara, y observé cómo se iba transformando hasta que se teñía de azul con el resplandor de la luna. Eso encendió las alarmas. No sé si fue Jimmy el que llamó a Vanessa y ella llamó a mis padres, o quizá Jimmy fue quien se comunicó con mi madre en un desesperado arrebato de angustia ante mi inactividad... El hecho es que, al cuarto día de estar metido bajo las sábanas, mi celular sonó tantas veces seguidas que no tuve más remedio que contestar.

—¡Mauricio Gallardo, levántate ahora mismo de esa cama, mira que yo no te eduqué con tanto esfuerzo y buena voluntad para que termines convertido en un holgazán! —gritó mi madre al otro lado de la línea.

Por más que intenté evadir su desahogo telefónico no hubo cómo interrumpir el largo monólogo que consumió gran parte de la batería de mi celular. La imaginé atravesando de un lado a otro la sala de su casa en México, tan erguida como siempre, hablando conmigo y con mi padre al mismo tiempo, porque «escúchame bien, Mauricio, y tú también, Enrique, nunca me han gustado los dramas y los lamentos, ¿está claro? ¡Y no me mires con esa cara, Enrique! A una madre a veces le toca hablar claro, y eso es lo que estoy haciendo en este momento. ¿O tú quieres que el niño se quede acostado el resto de sus días, quién sabe por qué razones? ¡No, señor, claro que no! ¡La depresión es un invento de los médicos, y cuando uno decide hacerles caso, lo único que consigue es cavar su propia tumba! ¿Me escuchaste, Mauricio? Métete a la regadera, aféitate, que estarás con una barba espantosa, igual que tu padre que decidió ahora andar como hippie por la vida. Hazlo de inmediato, y me llamas cuando estés en la calle haciendo lo que tengas que hacer». Y, claro, mi padre habrá asentido con la cabeza en silencio, como suele hacer cuando a ella le da por decirle al resto de la familia lo que tiene que hacer a golpe de órdenes y mandatos.

Antes de colgar, me hizo una última pregunta que, sin que ella se diera cuenta, volvió a cambiar el curso de los acontecimientos.

—Dime, ¿qué vas a hacer para tu cumpleaños?

Había olvidado por completo que en un par de días celebraba una nueva vuelta alrededor del sol. Y una vez más, no supe si fue ella la que luego de sermonearme se comunicó con Jimmy, o si Vanessa la llamó para saber cómo había estado la conversación conmigo, o si lo acordaron de manera unánime en el infame grupo de WhatsApp. El hecho fue que, al día siguiente de hablar con mi madre, Jimmy anunció que lo mejor que podíamos hacer era celebrar mi cumpleaños a lo grande.

—Un poco de música y buenos amigos es lo que necesitamos —dijo, en lo que me pareció un diálogo aprendido de memoria o dictado por alguien más.

Porque seamos honestos: Jimmy nunca ha sido ni de escuchar música ni de invitar amigos a casa ni de salir a comprar pasteles con mucha azúcar y adornos. Esa es mi labor. Soy yo el que aporta esos aspectos festivos a la relación.

El sábado siguiente, a las nueve de la noche, nuestra sala se llenó de conocidos. La verdad, fue una gran idea y una estupenda excusa para pensar en otra cosa, para volver a abrir las cortinas del cuarto, darme una ducha más larga, afeitarme con especial esmero, rociarme un poco de perfume, elegir algo que ponerme y sentir que las cosas podían retomar su curso normal después de la sacudida que habíamos atravesado. Jimmy encargó aquel carísimo y horripilante pastel verde, que yo celebré con la mejor de mis falsas sonrisas, e hizo una selección en iTunes de música que sabía no iba a defraudar ni al festejado ni a los invitados.

—¡Yo me hago cargo de todo! —exclamó Vanessa cuando llegó puntual a la hora del evento—. Ustedes solo preocúpense de pasársela bien.

Cerca de la medianoche mi marido entró a la cocina y Vanessa apagó las luces. A los pocos segundos, Jimmy volvió a aparecer en la sala, pero, esta vez, con el pastel en las manos y un puñado de velas encendidas.

Al instante todos comenzaron a cantar:

> *Happy birthday to you,*
> *happy birthday to you,*
> *happy birthday dear Mauricio,*
> *happy birthday to you...*

Recordé que mi abuela me enseñó, cuando yo era apenas un niño, que cada vez que fuera a apagar una vela pidiera un deseo: el más secreto e imposible que tuviera escondido por ahí. Desde entonces así lo he hecho. Por eso ahora, a punto de celebrar un nuevo año de vida, cerré los ojos y pensé en Jimmy. En mí. En las terribles últimas semanas que habíamos vivido. En esa herida que aún no tenía cura ni cicatriz. En los planes frustrados y las esperanzas fallidas. No necesité reflexionar mucho para saber lo que iba a encomendar al sortilegio que se supone producía aquella llamita al extinguirse de golpe cuando la soplara.

Inhalé. «Esto va por ti, mi amor», me dije con los ojos aún cerrados y los labios juntos como si fuera a dar un beso.

Algunos de los invitados aún no terminaban de cantarme un «Happy Birthday» lleno de notas desafinadas cuando soplé con todas mis fuerzas las velas del pastel de cumpleaños que Jimmy sostenía frente a mí.

—¡Te estás haciendo viejo! —me gritó Vanessa de lado a lado de la sala, sacudiendo los brazos y haciendo sonar todas sus pulseras.

Cuando todos se fueron, y lo único que quedaba de la fiesta eran platos y vasos sucios arrumbados en la cocina, Jimmy me tomó de la mano y me sacó hacia la terraza. Afuera, el escándalo de grillos y mosquitos convertían la noche de Miami en un espectáculo tropical lleno de humedad y zumbidos pegajosos. Pensé que mi marido iba a darme su regalo en privado, fuera de los ojos curiosos de los amigos que nos visitaron. No podía ser de otra forma: Jimmy siempre había sido muy discreto, y no le gustaba ni alardear de su amor ni hacer muestras públicas de cariño. ¿Habría organizado un viaje sorpresa para los dos? ¿Quizá una escapada a Las Vegas para ver algún espectáculo? ¿Un fin de semana en Key West para, por fin, conocer la casa de Ernest Hemingway?

Después de un largo silencio supe que no, que no había ni regalo ni viajes sorpresa. Solo un anuncio que, una vez hecho, dejó mudos hasta a los grillos del jardín:

—Hablé con Orlando y todavía nos queda un camino que podemos explorar.

Tuve que hacer el esfuerzo por recordar quién era Orlando.

—Orlando, Orlando Page, nuestro abogado —Jimmy debió ver mi expresión de desconcierto y por eso se apuró en aclarar—. Aún no tenemos que tirar la toalla.

—No sé de qué estás hablando.

—De nuestro plan, Mauricio. De nuestro sueño. Que es muy pronto para renunciar a él.

—¿Ah sí? ¿Y cuál es tu idea? —exclamé molesto—. ¿Seguir abriéndole la puerta de nuestra casa a gente que solo quiere humillarnos y recordarnos que somos ciudadanos de segunda categoría? Qué digo segunda... ¡tercera categoría!

—Por eso mismo quiero taparles la boca a esas personas.

—¡Pensé que querías tener un hijo, no vengarte de la sociedad! —grité—. ¿Por eso estás haciendo todo esto? ¿Por venganza? Lo siento, Jimmy, pero no cuentes conmigo.

Me metí de nuevo a la casa, con los ojos enrojecidos por las lágrimas retenidas y las sienes latiéndome desbocadas. Escuché los pasos de Jimmy más atrás.

—Orlando me consiguió los datos de una agencia de vientres de alquiler —lo oí decir. Me giré, furioso.

—¡Pero si fuiste tú el que desechó esa idea! —lo enfrenté—. Aquí mismo, en esta misma sala, dijiste que tú solo querías adoptar. Que lo que deseabas era darle una familia a un niño que la estuviera buscando.

—Lo sé —confirmó.

—Recuerdo perfecto tus palabras, Jimmy. Cada una de ellas. ¿Y sabes por qué? ¡Porque a mí lo del vientre de alquiler me pareció una oportunidad interesante! Pero tú, con esa superioridad moral que se te sale por los poros, sentenciaste que con la cantidad de niños abandonados que hay en orfanatos, muertos de hambre y soñando con un poco de amor, no nos íbamos a poner a hacer uno en un laboratorio. ¡Esas fueron tus palabras exactas! —bufé.

—Lo sé —repitió.

Se produjo un silencio que duró más de lo necesario. Cuando se hizo insoportable, tuve que intervenir.

—¿Y qué pasó que cambiaste de opinión?

—Quiero ser padre —susurró mi marido—. Eso es todo. Quiero que tú y yo seamos padres. ¿Es tan difícil de entender?

Se dejó caer en el sofá aún desordenado por las huellas de la fiesta. Lo vi cubrirse la cara con ambas manos y frotarse los ojos. ¿Iba a ponerse a llorar? ¿Jimmy? ¿Mi Jimmy? Algo arrepentido de mi arrebato de furia, me senté a su lado.

—A ver, dime, ¿qué te dijo Orlando? —pedí.

Me explicó que el abogado le confesó que luego de nuestro fracaso con Joan se puso a investigar diferentes agencias de vientres de alquiler, programas de subrogación gestacional y madres gestantes. Luego de hacer una exhaustiva selección, llegó a la conclusión de que Heaven Surrogacy era el lugar perfecto para cumplir nuestro deseo.

—La oficina central está en Boston.

—¿Vamos a tener que viajar hasta allá?

—No hace falta. Podemos hacer todo por teléfono o por Skype —agregó, siempre mirándose la punta de los zapatos.

—¿Y... y eso cuánto vale?

—No lo sé. Pero creo que vale la pena que lo averigüemos. No tenemos otra alternativa, Mauricio. Ya no nos quedan más opciones —dijo en un suspiro lleno de frustración.

Esa noche prácticamente no dormí. Durante los breves momentos que conseguí cerrar los ojos para entregarme al cansancio soñé que Ricky Martin y Sarah Jessica Parker llegaban a verme rodeados de niños gritones que convertían la casa en un caos imposible de frenar. Y cuando buscaba a Jimmy para que me ayudara a controlar el desorden que amenazaba con volverme loco, lo encontraba en una esquina de la sala riéndose a gritos de felicidad con un recién nacido en brazos.

—Te la presento. ¡Es nuestra hija!

Desperté mucho antes de que sonara el despertador. Y cuando me giré hacia el otro lado del colchón descubrí que mi marido también había pasado la noche en vela, porque ya no estaba en la cama y las sábanas ni siquiera tenían la huella de su cuerpo. Lo encontré en su estudio frente al computador, rodeado de sus libretas llenas de anotaciones.

—Ya les envié un email —me dijo apenas me vio entrar—. Ahora es cosa que me respondan para que organicemos una primera cita.

No, eso no era posible. Esa etapa ya se había cerrado. Ya dejamos atrás las esperanzas frustradas, los planes abortados, las tristezas por no haber podido alcanzar el éxito. Celebramos mi cumpleaños, invitamos amigos, subimos el volumen de la música y bebimos hasta exorcizar los fantasmas.

No era justo empezar de cero. No de nuevo. No otra vez.

—No quiero volver a ilusionarme, Jimmy —advertí.

—Cuando te niegan tus derechos, la ilusión es lo único que te queda —me respondió—. Y no voy a renunciar a eso.

El resto del día traté de concentrarme en todo el trabajo atrasado que tenía luego de pasarme casi una semana en cama, y así quitarme de la cabeza la imagen de una avalancha de niños gritones entrando en tropel a mi sala, derribando adornos, lámparas y muebles a su paso, que me perseguía incansable desde la noche anterior. Me junté a almorzar con Vanessa en Miami Beach. Cuando la tuve enfrente dudé si contarle sobre nuestros planes con Heaven Surrogacy. Pero ella, suspicaz como nadie, no necesitó más que darme un rápido vistazo para exclamar:

—Empieza ahora mismo a contarme qué te tiene con esa cara de circunstancias. ¿Es grave? ¿Necesito tener un trago en la mano para escucharte o no?

—Pide el trago —respondí categórico.

No tuve más remedio que confesarle la verdad. Vanessa me escuchó en total silencio. Cuando terminé de repetirle lo que había discutido con Jimmy, ella frunció el ceño y sacudió la cabeza como tratando de poner en orden mis palabras.

—Pero ¿quién es la madre del niño? —preguntó.

Abrí la boca para responderle, pero no supe qué decir.

—Porque, ¿esa criatura tendrá una mamá? —agregó, aunque ya no supe si me lo decía a mí o era una reflexión en voz alta—. ¿De dónde la van a sacar?

—Supongo que la agencia nos asignará una —contesté lleno de dudas.

—¿Asignar? ¿Así como quien reparte naipes en una mesa de póker?

—Creo...

—¿Y esa mujer se va a ir a vivir con ustedes?

—Pues, no lo sé...

—Y después de que el niño nazca ¿va a tener que seguir en contacto con ustedes? ¿Su nombre va a aparecer en el certificado de nacimiento?

—No hemos tenido todavía la reunión con la gente de la agencia.

—¿La van a tener que invitar para los cumpleaños?

—Te digo que no sé...

—¿Y para Navidad vas a comprarle un regalo? ¿O ponerle un lugar en la mesa de *Thanksgiving*?

—Vanessa...

—Ten mucho cuidado, Mauricio. Una vez que esa mujer haya parido a tu hijo, no vas a poder quitártela de encima nunca más. Lo sabes, ¿verdad?

—Sí.

—¿Y entonces? ¿Estás dispuesto a amarrarte de por vida a alguien que no conoces y que no tiene nada que ver contigo?

Reconozco que estuve a punto de gritarle que, si tenía tantas preguntas, no era yo la persona indicada para respondérselas. Que hablara con Jimmy, que parecía muy entusiasmado con su nuevo plan. Que yo solo quería apoyarlo en su felicidad. Pero que, en el fondo, tenía un millón de dudas. Tampoco deseaba hacer familia con la participación de una extraña asignada por una fundación. No buscábamos una madre para nuestra hija, sino solo una hija que nos convirtiera en padres. Se lo repetimos tantas veces a Orlando, a Joan y todo aquel que nos cruzamos en este proceso, que terminé por creérmelo. Y esto del vientre de alquiler desafiaba y contradecía por completo ese argumento.

¿Y cuánto vale esto del vientre de alquiler? —quiso saber Vanessa con voz de chisme.

—Ni idea.

—A mí me suena que es carísimo, carísimo —agregó—. ¿Tienen el dinero ahorrado o van a pedir un préstamo bancario?

Decidí que lo mejor que podía hacer era suspender la plática y regresar a casa. Al menos ahí no tendría que enfrentarme a un pelotón de fusilamiento y a su arsenal de preguntas inclementes. Vanessa podía ser insoportable cuando deseaba llegar al fondo de algo. Sé que lo hacía porque me quería y no deseaba que nada malo me ocurriera. ¿Pero cómo podía ella ayudarme si ni yo mismo era capaz de terminar de entender aquello a lo que Jimmy me estaba arrastrando?

Cuando llegué a casa, mi marido estaba en la cocina terminando de prepararse un té de manzanilla. De inmediato supe que estaba en problemas, porque solo bebía té de manzanilla en dos ocasiones: cuando su madre anunciaba visita o cuando se encontraba al borde del abismo.

—¿Qué pasa? —pregunté alarmado.

—Contestaron el email —dijo con la taza humeante en la mano—. Llegaste justo a tiempo para un Skype con la agencia.

Se echó a caminar a grandes zancadas hacia su estudio dejando un intenso rastro a manzanilla tras de sí. Por lo visto, la junta con Heaven Surrogacy lo tenía muy nervioso. Al mismo nivel que una visita de su madre, lo que era mucho decir.

Me senté a su lado y lo vi manipular con manos temblorosas el computador.

—La mujer con la que vamos a hablar se llama Elaine Turner.

—Jimmy, tengo tantas preguntas...

—Este es el momento de hacerlas —me dijo—. Toma. Anótalas para que no se te olviden —agregó y me extendió una de sus libretas.

Cinco minutos después, la ventana abierta de Skype anunció la entrada de una llamada. Con solo un clic, Jimmy dejó a la vista la imagen de una mujer sonriente sentada frente a un escritorio. Era rubia oxigenada y me bastó verla solo un segundo para saber que se había operado la nariz y el mentón. Tras ella se podían apreciar algunos diplomas y un enorme poster de la agencia.

—Encantada de conocerlos, chicos —exclamó Elaine y su voz resonó en las bocinas de la computadora—. Estoy tan emocionada como ustedes por esta conversación.

Me la imaginé repitiendo una y otra vez la misma mentira a lo largo de un sinfín de llamadas, llegando a su casa con las mandíbulas adoloridas de tanto fingir aquella amplia sonrisa durante todo el día, todos los días.

—¿Cómo se enteraron de Heaven Surrogacy? —quiso saber.

—A través de nuestro abogado. Su nombre es Orlando Page —contestó Jimmy.

—Orlando Page —repitió ella mientras anotaba algo en un papel—. Habrá que enviarle una botella de champaña al señor Page, por lo visto. ¡Hace mucho que nadie nos refería a una pareja tan atractiva como ustedes!

No alcancé a saber si el comentario fue una broma de mal gusto, un piropo bienintencionado o solo un comentario algo fuera de sitio, porque mi marido hizo caso omiso a sus palabras y avanzó directo al grano:

—Estamos interesados en tener una hija —sentenció—. ¿Qué tenemos que hacer?

—Pues solo darnos la orden y nosotros haremos todo por ustedes —dijo Elaine y forzó tanto la sonrisa que incluso sus orejas se movieron de sitio.

Escuché el suspiro de alivio de Jimmy a mi lado. Soltó el lápiz que apretaba con todas sus fuerzas entre los dedos y se apoyó en el respaldo de la silla. Fue su manera de bajar los escudos y de prepararse para recibir toda la información posible.

—En Heaven Surrogacy entendemos lo difícil que es para parejas del mismo sexo poder ampliar su familia. Por eso hemos diseñado un paquete que, estoy segura, va a solucionar todos sus problemas.

Y sin que tuviéramos tiempo de colar alguna inquietud en su discurso continuó explicándonos que, luego de firmar un contrato con ellos, se nos asignaría de inmediato un equipo de trabajo.

Dicho grupo estaría conformado por un administrador, un coordinador, un abogado y un contable.

—Yo seré su administradora o mánager a lo largo de este proceso —exclamó con entusiasmo—. Eso significa que seré la encargada de contestar todas sus preguntas, el día y a la hora que sea, y de ponerlos en contacto con el resto del grupo de trabajo.

Siguió detallando paso a paso la función de cada uno de los involucrados. Al ver que Jimmy no pensaba tomar nota de nada y que se limitaba a mirar fascinado a Elaine en la pantalla, decidí que lo mejor que podía hacer era escribir yo lo que la mujer iba diciéndonos.

—El coordinador estará a cargo de todo lo que involucre a la donante de óvulos y a la madre gestante. Con el abogado revisarán hasta el último detalle de los contratos, el que firmarán con nosotros y los que firmen con las dos mujeres.

—¿Qué dos mujeres? —inquirí.

—La donante de óvulos y la mujer que rente su vientre —explicó nuestra mánager.

—Pero ¿quién es la madre?

—Nadie. El niño no tiene madre, solo dos padres. Ustedes —sentenció.

Me quedé con el bolígrafo a mitad de camino, sin saber cómo resumir ni escribir lo que acababa de oír.

—Así es como funciona esto, chicos —dijo ella acercándose a la cámara—. La mujer que vende sus óvulos no puede ser la misma mujer que renta su útero. De esa manera, nos aseguramos de que la que da a luz al niño no comparte material genético con la criatura. Por lo tanto, no es la madre legal ni puede reclamarlo.

Jimmy volvió a despegar la espalda del respaldo de la silla.

—El coordinador se encargará, en un primer momento, de enviarles un enlace con cientos de donantes de óvulos. Les sugiero que se tomen un día entero para revisar sus perfiles, analizar las fotos, y así seleccionar un par que les interesen...

—Como si fuera un concurso de belleza —ironicé.

—Exacto —exclamó Elaine, sin entender el sarcasmo de mi voz—. Solo que no estarán evaluando únicamente el físico de las candidatas, sino también su historial médico, el de su familia, su coeficiente intelectual...

La mujer prosiguió:

—Tengan siempre en mente que el impacto de la donante de óvulos en su vida será para siempre. Ella aportará parte del material genético de su hijo.

—Hija —aclaró Jimmy.

—Hija —repitió ella.

—Isabel.

—Hermoso nombre —dijo—. Por el futuro de Isabel es muy necesario que consideren el ambiente de la donante, sus estudios, sus ambiciones. Toda esa información la van a encontrar en las fichas individuales de la base de datos que el coordinador les hará llegar.

De pronto, me sentí parte de un capítulo de *Black Mirror*, aquella serie de ciencia ficción que Jimmy se empeñaba en ver durante los fines de semana y que después de cada capítulo me dejaba con un profundo pesimismo con respecto al futuro de la humanidad.

—Ustedes no tienen de qué preocuparse. Las donantes de óvulos tienen también un equipo de apoyo que no las deja solas y que las guía a lo largo de todo el proceso. Todas sus necesidades están cubiertas.

—¿Y esa mujer se vendría a vivir con nosotros? —dije, recordando la conversación con Vanessa

—¿Cuál de las dos mujeres? —Elaine me regresó la pregunta, sorprendida.

—No lo sé... las dos...

—No, claro que no. La donante de óvulo y la madre gestante pueden vivir en diferentes estados del país, de hecho. Muchas de ellas ya tienen su propia familia.

—Y después de que el niño nazca, ¿van a tener que seguir en contacto con nosotros?

—No, si ustedes no lo desean.

—¿Y sus nombres van a aparecer en el certificado de nacimiento?

—Como les decía, los únicos padres legales de la criatura que nazca serán ustedes, nadie más. El certificado de nacimiento solo tendrá sus nombres.

—¿Tendremos que invitarlas para los cumpleaños de nuestra hija? ¿Para *Thanksgiving*?

—Mauricio, ya basta —me cortó Jimmy en seco.

—La respuesta a todas esas preguntas es no —prosiguió Elaine acomodándose en la silla—. No tienen de qué preocuparse. Lo mejor será que ahora les explique de las distintas etapas del proceso.

A partir de ese momento Jimmy continuó tomando notas y yo permanecí en silencio tratando de descubrir qué emoción me producía la conversación que estábamos teniendo. ¿Me alegraba de saber que íbamos a usar a dos mujeres distintas, con las que no tendríamos más contacto que un simple contrato legal, para poder por fin ser padres? ¿O, por el contrario, me sentía miserable de tener que fabricar en un laboratorio a un hijo sabiendo que allá afuera miles de niños esperaban impacientes ser adoptados para así dejar atrás su miserable vida de orfanatos y refugios?

—Como les dije, el primer paso será firmar un acuerdo legal entre Heaven Surrogacy y ustedes —continuó la mujer con voz profesional—. Apenas estén todas las firmas requeridas, el coordinador les hará llegar la base de datos con las donantes de óvulos y las madres gestantes. Una vez que hayan seleccionado a cada una, se les hace un nuevo y completo análisis tanto sicológico como médico y económico a las dos candidatas. Solo cuando todos estemos en verdad seguros de que son las indicadas para seguir adelante con el proceso, el abogado de la agencia se pone en contacto con ellas para firmar los contratos necesarios.

—¿Contratos? —la interrumpió Jimmy.

—Sí. Se deja por escrito que ellas renuncian a cualquier derecho legal sobre el niño.

No, ya no me sentía en un capítulo de *Black Mirror*. Ahora me parecía estar viviendo en un episodio de *The Handmaid's Tale*, en donde las mujeres capaces de dar a luz son separadas del resto y deben cumplir una miserable vida llena de embarazos ajenos.

¿Cómo llegamos a este momento?

¿Cómo?

—Cuando dichos contratos ya estén aprobados por nuestro departamento legal, ustedes tendrán que acudir a alguna de las clínicas de fertilidad con las que tenemos convenio para así dejar su muestra de semen, con el que se fecundará el óvulo de la donante. ¿Han decidido cuál de los dos será el padre biológico de la criatura?

Jimmy se giró hacia mí, con una expresión de desconcierto. Era evidente que no habíamos tenido esa conversación y que ni siquiera habíamos imaginado enfrentarnos a esa pregunta. Todos nuestros esfuerzos habían estado orientados en tener éxito con una adopción, donde todas estas consideraciones quedaban fuera. Óvulos, semen, útero eran palabras que solo bocas heterosexuales podían pronunciar a la hora de soñar con hijos. Nosotros, los que vivíamos en el tercer mundo de los derechos civiles, a lo más podíamos aspirar a conseguir un niño de siete años que supiera hablar para que pudiera denunciarlos cuando nuestros instintos perversos salieran a flote. Volví a sentir la misma ira al recordar las palabras de la trabajadora social. Solté un profundo suspiro e hice el intento de concentrarme en la mujer que continuaba hablando en el monitor del computador.

—Cuando hayan decidido quién de los dos será el padre biológico, procederemos a crear un par de embriones. Para entonces, la madre gestante ya estará lista para la implantación del embrión seleccionado. Y si todo sale bien, al cabo de unas semanas ya estaremos en presencia de un embarazo.

—Un embarazo —repitió Jimmy para sí.

—A la décima semana hacemos un ultrasonido para corroborar que todo vaya bien. Y a partir de ese momento organizamos un encuentro entre ustedes y la madre gestante, para que se conozcan y compartan un par de horas. Lo ideal será que ustedes viajen a la ciudad donde ella vive. Es importante que se involucren en el proceso y que pongan los límites según sus propias necesidades.

—¿Cuánto dura todo el proceso?

—Bueno —dijo Elaine—, calculamos unos tres meses para la selección de la donante de óvulos y la mujer que rentará su vientre. Sumemos a eso unos dos meses más de papeleos y revisión de contratos. Un mes extra para preparar el útero de la madre gestante y la implantación del embrión. Y nueve meses de embarazo...

—Alrededor de quince meses —terminó Jimmy.

Por más que hice el intento no fui capaz de imaginar a Ricky Martin o Sarah Jessica Parker en esta misma situación que, por donde se mirara, no tenía nada de glamorosa o sofisticada. Por el contrario, cada palabra de nuestra manager generaba cientos de preguntas dentro de mi cabeza y me hacía sentir más desconcierto que ilusión. Pero si las celebridades elegían ese camino para ampliar sus familias, tan equivocados no podíamos estar.

¿O sí?

—¿Cuánto cuesta el proceso completo? —interrumpí, mirando directo a la cámara.

—Bueno, tenemos diversos costos, dependiendo del camino que decidan seguir —acotó Elaine y su voz adquirió un tono más serio—. La subrogación por sí sola tiene un valor ya establecido. A eso hay que sumarle el proceso llevado a cabo por la clínica de fertilización. Los seguros. Los previstos. Pero para su conveniencia y tranquilidad también ofrecemos un paquete completo, un poco más caro, pero que les permite realizar el proceso todas las veces que sea necesario en caso de que las cosas no funcionen como pensamos.

Descubrí que la taza de té se había enfriado a un costado del computador. Por lo visto, Jimmy había dado prioridad a seguir atento cada palabra de la mujer antes que optar por calmar sus nervios y ansiedad. Los escuché acordar que Heaven Surrogacy nos enviaría, lo antes posible, el presupuesto final para nuestra aprobación.

Cuando el monitor volvió a quedar a oscuras y la voz de Elaine terminó de esfumarse en los parlantes, Jimmy me puso una mano en el hombro.

—¿Qué te pareció?

¿Que qué me parecía? No era capaz de poner en palabras el huracán de emociones que en ese preciso instante libraban una batalla dentro de mí. Por un lado, no dejaba de sorprenderme que la ciencia hubiera evolucionado hasta el punto de poder ofrecer estas alternativas para parejas infértiles o del mismo sexo, pero, por otro lado, había algo tan poco natural y orgánico en el proceso que me hacía sentir parte de una película de ciencia ficción donde yo me convertía en un villano poco ético y manipulador. Un Frankenstein cualquiera que «armaba» un hijo gracias a pedazos ajenos conseguidos de mujeres desconocidas.

Y ya todos sabemos cómo terminó el doctor Frankenstein.

Al menos ya tengo algunas respuestas que darle a Vanessa, pensé esa noche mientras me ponía el pijama. La pregunta ahora era cuál iba a ser la reacción de mi amiga al darse cuenta de todos los límites que Jimmy y yo estábamos dispuestos a cruzar con tal de cumplir nuestro sueño.

Me dormí temprano, sabiendo que debía madrugar para acudir a una sesión fotográfica que me tocaba dirigir en el puerto de Miami. Una disquera me había contratado para que realizara todo el arte del disco de una nueva cantante que estaban a punto de lanzar. Por lo mismo, tenía la certeza de que me iba a encontrar con más incertidumbre y nervios de los que estaba dispuesto a tolerar.

Y así fue. Al día siguiente, cuando llegué al lugar que habíamos acordado, me encontré con un equipo lleno de líderes y nadie dispuesto a obedecer lo que los demás decían. En una esquina discutían a gritos el manager de la cantante y el ejecutivo de la disquera. El equipo técnico se paseaba errante de una esquina a otra del puerto, sin saber dónde instalar los focos de iluminación y las pantallas reflectantes. La maquillista había decidido encerrarse en el tráiler en espera de que alguien le diera la orden de entrar en acción. Y, al centro de todo, la cantante novata miraba llena de angustia el campo de batalla en que se había convertido su primer *shooting* profesional.

—Todavía no se ponen de acuerdo en el concepto —me dijo llena de congoja cuando me acerqué a saludarla—. Mi mánager quiere subirme arriba de un *container* del puerto, para darle un aspecto más industrial a la portada. Pero el de la disquera quiere algo más urbano y preferiría que nos fuéramos a Wynwood y que yo posara frente a uno de los grafitis.

La invité a que se subiera conmigo al coche. Que se pelearan los demás. Sugerí que escucháramos el disco una y otra vez, a ver si así conseguía encontrar un punto en común entre lo industrial y lo urbano que tenía a todo el mundo en pie de guerra. La muchacha conectó su iPhone al Bluetooth de mi auto, apretó *play* y la música inundó el vehículo. Al instante, una suave balada se tomó por asalto los parlantes e hizo desaparecer el exterior al otro lado de los cristales, allá donde la humedad y el calor derretían el asfalto del puerto. Me quedé en silencio, dejándome llevar por la melodía y los versos de la canción:

> *Y ahora te vas,*
> *te llevas mi ilusión,*
> *mi amor sin dueño,*
> *y no tengo más remedio*
> *que hacerte esta canción.*
> *Y me dejas sola,*
> *sin más que llorar,*
> *encerrada en tu cuarto*
> *vestida de luz*
> *hasta imaginarte regresar.*

—Es hermosa —confesé.

—Gracias. Yo soy la autora —dijo con una sonrisa algo triste.

—Tienes que haber estado muy enamorada para escribir algo así.

—Profundamente —asintió—. Tan enamorada como no creo que lo vuelva a estar jamás.

La miré con cierta confusión. ¿Por qué una muchacha tan joven diría algo tan categórico como eso?

—Si estás pensando que el verdadero amor llega solo una vez en la vida, te puedo asegurar que no es así —puntualicé con una sonrisa algo burlona.

—Esta canción la escribí para un hijo que perdí —murmuró mirándome directo a los ojos—. Fue una complicación durante el embarazo... Tuvieron que quitarme el útero. Ya no podré volver a ser madre.

En la radio, los acordes finales de la canción, que incluían violines y teclados clásicos, arreciaron con fuerza. El dolor de la música se quedó haciendo eco entre nosotros. No pude evitar pensar en Jimmy. En mi Jimmy. *Te llevas mi ilusión / mi amor sin dueño.* Dos versos que resumían nuestros últimos meses, donde apenas habíamos sobrevivido. Me froté los ojos.

—No te preocupes. Vamos a encontrar el mejor lugar para hacer esta sesión de fotos —la consolé—. Pero no va a ser ni arriba de un *container* ni frente a una pared con un grafiti.

Me bajé del coche y cancelé la actividad. Ni el ejecutivo de la disquera ni el mánager se tomaron muy bien mis palabras en un primer momento. Pero cuando les prometí que solo necesitaba una pantalla blanca para entregarles la mejor portada de la historia, accedieron a volver a programar la sesión.

—Voy a vestirla de luz, nada más —les dije mientras regresaba a mi coche—. Será una mujer desnuda, cubierta apenas por un sutil resplandor blanco, en una habitación vacía. Nada más simple y poderoso.

Aceleré a fondo para llegar a casa antes que Jimmy. Pero cuando me estacioné vi el coche de mi marido frente a nuestra puerta. Por lo visto, él también había decidido terminar antes de tiempo sus actividades en la universidad. Como yo, de seguro no tenía intenciones de quedarse esperando que la decisión de llenar una habitación de risas y amor dependiera de la buena voluntad de otras personas. No iba a permitir que termináramos una vez más sin ilusiones, llorando por un hijo que no alcanzamos a conocer. Era hora de decirle que estaba dispuesto a hacer realidad el sueño. Que no pretendía quedarme de brazos cruzados. Nuestra historia no iba a terminar convertida en una canción triste en los altavoces de un coche ajeno. No. La nuestra iba a terminar con el llanto de un recién nacido en una sala de partos de un hospital. Y eso sería apenas el comienzo de todo.

—¡¿Jimmy?! —grité apenas abrí la puerta.

Una ráfaga de manzanilla salió a mi encuentro. Me bastó seguir su rastro hasta encontrar a mi marido, sentado en la cama, con la vista algo perdida y un papel sobre sus rodillas.

—¿Qué pasó?

Sin decir una sola palabra, me extendió el papel que recibí apurado. Alcancé a leer «presupuesto» en la parte más alta. Mis ojos avanzaron veloces entre palabras que no fui entendiendo hasta llegar a una cifra que, por la urgencia, no alcancé a procesar.

—Esto... esto tiene que ser un... un error —titubeé.

—No. Llamé a Elaine para corroborar que esté correcto —dijo apenas—. Eso es lo que vale nuestra hija.

—Pero no es posible. Jimmy, el proceso cuesta casi lo mismo que esta casa. ¡Es una locura!

—Lo sé.

—¿Y entonces? ¿Qué vamos a hacer ahora? —Me senté a su lado—. ¿Vas a hablarle a Orlando para tratar de retomar la adopción?

Jimmy se puso de pie de un salto y me clavó una mirada cargada de determinación.

—¡No! Ya me puse en contacto con el banco...

—¡Jimmy! —exclamé lleno de sobresalto.

—Tenemos algunos ahorros... y si a eso le sumamos un préstamo que estoy seguro de que nos van a dar...

—¡Es una locura!

—Y además voy a vender mi coche. ¡Está casi nuevo!

—¿Y cómo te vas a ir a la universidad? ¡Esto no tiene sentido!

—Una colega vive por aquí cerca. La profesora Evans. Una vez te la presenté. Estoy seguro de que puedo coordinar para irme con ella algunos días de la semana. ¡No va a tener problemas!

—Jimmy...

—Si es necesario rehipotecar esta casa, lo voy a hacer.

—Jimmy... —insistí en vano.

—Además voy a hablar con Elaine para que nos cobren el plan básico, el que solo contempla una fertilización y ya.

—Pero ella misma nos dijo que existe una altísima posibilidad de que el embarazo no funcione a la primera y que sea necesario repetir el proceso.

—Sí, eso voy a hacer —siguió su monólogo—. Voy a llamar ahora mismo a Elaine. Tú no te preocupes, Mauricio. ¡No te preocupes por nada, porque todo va a salir bien!

Ya no estaba escuchando. Se paseaba de esquina a esquina, sacudiendo la hoja de papel como una bandera blanca en tiempos de guerra.

—Voy a juntar hasta el último peso. Te lo juro. Y tú sabes que no prometo nada que no pueda cumplir.

—¿Qué vas a hacer? ¿Le vas a pedir prestado a tu mamá? —me atreví a preguntar, a pesar de saber de antemano la respuesta.

Detuvo sus frenéticos pasos y se llevó las manos a la cintura.

—¿Lo dices en serio? —gruñó.

—Disculpa, fue una mala broma —dije, arrepentido.

—Mi madre no tiene ningún papel en esta historia, y lo sabes. No vuelvas a nombrarla.

—¿Eso quiere decir que nunca le vas a contar lo que estamos haciendo?

—¡No quiero hablar de ella! —gritó exasperado.

—¿Entonces quieres que les pregunte a los míos?

—¡No! ¡No! ¡Una pareja heterosexual no le pide ayuda a sus padres para poder engendrar un hijo, ¿cierto?! Bueno, nosotros tampoco lo vamos a hacer. Yo lo voy a solucionar.

Y salió del cuarto sin esperar una respuesta. A lo lejos, escuché el ruido de la puerta de su estudio al cerrarse con violencia. Porque eso era todo lo que se oía en casa esos últimos meses: portazos, silencios forzados y el crujido de las profundas grietas que se abrían implacables entre nosotros.

Capítulo siete

LA FAMILIA QUE NO ES

—A ver —dijo Elaine en altavoz al otro lado de la línea telefónica—, ¿ya abrieron el archivo?

—Sí —contestó Jimmy con la vista fija en el monitor de la computadora portátil.

Desde la pantalla pudimos leer: «Resultados de la aplicación de donantes de óvulos» en el nuevo documento que se desplegó desde el *website* de Heaven Surrogacy.

—Ya está —confirmó mi marido.

Estiré el cuello por encima de su hombro para poder leer mejor la ficha con toda la información de la candidata que habíamos seleccionado.

—Estamos hablando de Christina, ¿cierto? —preguntó Elaine.

—La misma. La donante 46729.

—Muy bien. —Nuestra administradora hizo una pausa, para luego proseguir—. Vamos entonces a revisar sus respuestas, por si surge alguna duda.

Jimmy me hizo un gesto para que le acercara una de sus libretas. Obedecí. Reconozco que estuve a punto de dejarlo solo con la llamada telefónica e irme a ver televisión. O a pensar en la portada de la cantante novata. O a dormir. O a realizar cualquier actividad que no implicara formar parte de aquella discusión que tenía por finalidad diseñar hasta el último detalle de un ser humano.

—Bueno —continuó Elaine—. La donante de óvulos que seleccionaron tiene veintidós años y nació un 19 de agosto.

—Es una niña —me sorprendí.

—¿Quién dijo eso? ¿Mauricio?

—Hola, Elaine —no tuve más remedio que formar parte de la conversación—. Aquí estoy, escuchando todo lo que estaban hablando.

—Me alegro —dijo la mujer—. Esta es la etapa más importante de todas. Seleccionar una buena donante de óvulos es la clave para tener éxito durante el embarazo. Y mientras más joven sea la elegida, de mejor calidad será el material.

Claro. *El material.* El aporte de una madre quedaba reducido a la categoría de un simple material. Un elemento cualquiera. Un vulgar ingrediente de una receta de cocina que otros iban a gozar. Qué situación tan triste.

—Christina vive en el estado de Texas. Mide un metro con cincuenta y cuatro centímetros, y pesa cuarenta y nueve kilos. ¿Están siguiendo esta información en la ficha?

—Sí —confirmó Jimmy con los ojos clavados en su computadora.

—Si abren el link azul, ahí, a la derecha del texto, ¿lo ven?, van a poder ver diferentes imágenes de la donante. Siempre les pedimos que incluyan fotos de cuando eran pequeñas, para que así los clientes tengan una idea de cómo podría llegar a verse su bebé...

Mi marido me señaló con el dedo una fotografía de una sonriente Christina, en la playa, con un traje de baño amarillo y el cabello revuelto de agua y viento. Tenía la piel algo enrojecida, por lo que supuse que se había dejado retratar luego de un largo día de vacaciones y sol. En efecto, era una niña. Una niña que por alguna razón necesitaba vender sus óvulos. Una niña que iba a ayudarnos, sin saberlo, a cumplir nuestro sueño de tener también una niña.

—Avanza ahora hasta la pregunta tres —le pidió Elaine a Jimmy—. ¿Ya la encontraste?

—Sí. «Señale el tipo de padres con los que está dispuesta a trabajar» —leyó mi esposo.

—Exacto. Tienen suerte. Christina está dispuesta a trabajar tanto para padres heterosexuales como homosexuales.

—¿No siempre es así? —quise saber yo.

—No, no siempre es así. Hay algunas donantes que por razones religiosas no quieren trabajar con parejas del mismo sexo.

Claro, porque su Dios les permite andar vendiendo sus óvulos como quien vende un par de calcetines, pero el pecado surge si el que compra esos óvulos se acuesta con alguien a quien ese mismo Dios no aprueba. Curiosa manera de ver la vida. Qué fácil es siempre culpar a otro de los pecados propios.

—Hipócritas —susurré.

—¿Cómo? —reaccionó la voz de Elaine al otro lado de la línea.

—Nada —me apuré en decir—. ¡Nada!

Jimmy, que sí había alcanzado a oírme, me dedicó una mirada cargada de reproches. No necesitó abrir la boca para hacerme sentir miserable por culpa de mi comentario. ¿Pero qué pretendía que hiciera? ¿Qué me sentara ahí, de brazos cruzados, con los labios apretados para no dejar escapar ni la más mínima observación? Yo también iba a ser padre de la criatura que él y Elaine estaban diseccionando como si se tratara de una ecuación matemática. Óvulo más esperma más laboratorio más miles de dólares más un útero alquilado más un tropel de abogados y muchos contratos es igual a recién nacido.

—Como ustedes saben, Heaven Surrogacy ofrece tres alternativas en la donación de óvulos —prosiguió la mujer—. La donación abierta, la semiabierta y la anónima. ¿Tienen claras las condiciones de cada una?

Jimmy se volvió hacia mí, interrogándome con la mirada. Pero ante la posibilidad de volver a incomodarlo, me limité a subir de hombros y permanecí en silencio. ¿En qué momento la relación con mi marido se había convertido en un agotador tira y afloja? ¿Desde cuándo debíamos cuidar hasta lo que pensábamos para así no romper aquel frágil equilibrio que nos mantenía en vilo el día entero?

—La donación abierta consiste en que la identidad de todos los involucrados es pública —explicó Elaine luego de nuestra pausa de silencio—. La donante tiene la oportunidad de comunicarse con los futuros padres para conocerse y establecer así una relación.

Continuó diciendo que en el caso de la semiabierta solo el nombre y el área general de la residencia de la mujer se divulgaban. Puntualizó que era posible que la donante tuviera la oportunidad de comunicarse de forma limitada con nosotros, pero que jamás se compartiría ningún dato de contacto.

—Y la donación anónima de óvulos, como imaginarán, es cuando no se divulga ninguna información y no hay comunicación entre ustedes y la candidata seleccionada. Todo se hace a través de Heaven Surrogacy.

—Elegimos la tercera opción —señaló Jimmy, sin considerar mi opinión.

Ni siquiera me moví en la silla, para no atraer su mirada. Cerré un instante los ojos para escapar de la humillación que sentí. ¿Cómo aportaba yo? ¿Para qué servía mi presencia en el proyecto que aquella administradora y mi marido construían con gran celeridad, sin involucrar a nadie más que no fuera uno de ellos?

¿Para qué me necesitaba Jimmy a su lado?

¿Qué clase de familia iba a ser la nuestra?

—Queremos que todo se haga de la manera más anónima posible —demandó—. Mauricio y yo no deseamos tener ningún contacto ni con la donante del óvulo ni con la mujer que nos rente su vientre.

—Muy bien, así será —aseguró Elaine.

¿Queremos? ¿Deseamos? ¿En qué momento Jimmy había decidido incluirme en su discurso?

¿Quién le había dicho lo que yo sí quería o no deseaba? Y si acaso me lo preguntaba, ¿sería capaz de confesarle lo que en realidad pensaba de todo aquel proceso que estábamos viviendo?

—No tienen de qué preocuparse —garantizó la mujer—. Haremos todo de manera anónima y a través del coordinador de la agencia.

—Gracias. Eso nos deja mucho más tranquilos. ¿No es cierto, Mauricio?

Esta vez Jimmy sí se giró hacia mí y se quedó a la espera de una respuesta que no llegó. Al darse cuenta de que no pensaba responderle, frunció el ceño y chasqueó con los labios, en ese clásico gesto suyo que era una mezcla entre mohín de molestia y arrogancia. De seguro así mismo miraba a sus alumnos cuando los descubría copiando en un examen, o cuando lo desilusionaban con un argumento que no estaba a su nivel intelectual. Con la diferencia que yo no era su alumno. Yo era, se supone, el hombre con el que quería pasar el resto de su vida. Era el hombre con el que pretendía criar y educar a una hija. Y, por lo visto, hoy no estaba a la altura de las circunstancias.

—Apenas los abogados hayan dejado todo resuelto y tengamos el contrato firmado con Christina, enviaremos el segundo cobro. Al igual que con el primero, tendrán diez días para hacernos llegar el cheque.

—Muy bien —asintió mi esposo, decidido.

—Y apenas tengamos eso finiquitado, el coordinador se pondrá en contacto con ustedes para organizar el viaje a Los Ángeles.

—¿Qué viaje a Los Ángeles? —intervine yo, incapaz de soportar un segundo más la cantidad de temas que se discutían frente a mí sin que yo tuviera la más mínima información al respecto.

—Jimmy, ¿no le comentaste a Mauricio lo que hablamos ayer? —preguntó Elaine.

—No tuve tiempo —se defendió Jimmy con un argumento que ambos sabíamos no era cierto—. Casi no nos vimos.

Bajé la vista hacia las baldosas para escapar de los ojos de mi esposo. La mirada que adquieren los mentirosos toda la vida me ha producido una infinita lástima porque, por más que intenten esconderla, siempre terminan revelando la profunda vergüenza que les produce saber que no cuentan con más herramientas que engañar al resto para salirse con la suya. Y eso nunca es motivo de orgullo.

Fue justo en ese momento que me enteré de que Jimmy, por consejo de Elaine, había seleccionado una clínica de fertilidad en Los Ángeles. Hasta allá íbamos a tener que ir los dos para masturbarnos en un vasito plástico y así poder seguir adelante con el proceso. Por medio de técnicas que imagino son de última generación, los médicos iban a hacer una suerte de *milkshake* con nuestro semen. De esa manera, ambos tendríamos las mismas posibilidades de ser el padre biológico de Isabel y nos evitaba la discusión de enfrentarnos por el título. Supongo que era cosa de esperar a que la niña creciera para descubrir qué genes traía: si poseía un ojo artístico y le gustaba bailar, sería mía. Si, por el contrario, desarrollaba una personalidad taciturna y algo solitaria, no tendríamos duda de que sería hija de Jimmy.

—Y no se preocupen por nada —exclamó Elaine aún al otro lado de la línea—. Todos los gastos del médico y de la clínica están incluidos en el segundo pago. Nosotros nos ocupamos de eso. Ustedes solo tienen que encargarse de estar ahí puntuales a la hora que los citen.

Bueno, tal vez un viaje que no estaba en los planes era una buena idea después de todo. Quizá podíamos aprovechar para tomarnos libres un par de días extras y hacer por fin ese paseo por la carretera entre Los Ángeles y San Francisco que tantas veces habíamos soñado realizar. Era cosa de rentar un coche, un descapotable y con una buena radio, y enfilar directo hacia la aventura por la Pacific Coast Highway. La sola idea de ir en un auto con Jimmy a mi lado, cantando a voz en cuello, y con la costa escarpada del Pacífico al otro lado del parabrisas, me hizo sonreír y olvidar de golpe todos los desencuentros de los últimos días. Incluso, si de verdad se concretaba el plan, podía llevar mi cámara y hacer fotos del trayecto para después venderlas a algún blog de viajes y así recuperar el dinero de los boletos de avión y del alquiler del coche.

Era perfecto.

—Y entonces ¿cuándo tenemos que ir a Los Ángeles? —volví a preguntar.

—El coordinador se va a poner en contacto con ustedes. No te preocupes por nada.

—¿Pero es cosa de días? ¿Semanas? —insistí, intentando calcular cuánto tiempo tenía para organizar mi paseo californiano.

—Elaine ya dijo que el coordinador nos va a dar esa información —me cortó Jimmy—. ¿Nos permites seguir adelante con lo nuestro?

La canción ochentera que aún sonaba en los parlantes del convertible, que corría intrépido por la carretera rumbo a San Francisco, se cortó de golpe al interior de mi cabeza. La Pacific Coast Highway se esfumó de inmediato, al igual que mis deseos de aventura y mis ganas de seguir sentado ahí, junto a alguien que no era capaz de incluirme ni en la más aburrida de las conversaciones. Después de todo, mi nombre también estaba escrito en todos los formularios que se le habían enviado a Elaine. El primer cheque que cursamos para pagar a Heaven Surrogacy se completó gracias a que echamos mano de parte de nuestros ahorros, ahorros a los que yo también aporté con mi trabajo de fotógrafo.

—Solo me queda un último punto, y ya con esto termino —dijo la mujer—. Necesito que vean con su abogado el tema del testamento.

No me atreví a preguntar cuál era la razón para dejar por escrito nuestra herencia, porque no quería provocar un nuevo desencuentro. Pero no le vi la lógica a ese requisito. Jimmy y yo estábamos casados por la ley. Si uno de los dos moría, el otro de inmediato quedaba como dueño de los bienes sin necesidad de trámites o arreglos judiciales.

—El testamento que les pido no tiene que ver con su patrimonio o sus rentas —explicó Elaine como leyendo mis pensamientos—. Si por alguna razón, Dios no lo quiera, ustedes fallecen durante el transcurso del embarazo de la madre gestante ¿quién se haría cargo del niño luego de su nacimiento?

Me sorprendió por completo. Pero claro, Elaine tenía razón. Ese era un punto que jamás habíamos considerado en nuestro intento de manipular a la naturaleza. Nuestra hija no iba a tener madre. Ni la donante de óvulos ni la mujer que la iba a llevar en su vientre tenían derechos sobre ella. La primera, porque un simple óvulo no es aún un ser humano. La segunda, porque solo iba a incubar en su útero un embrión con el cual no compartía ningún tipo de material genético. Íbamos a ser padres de una hija sin madre. Íbamos a ser padres de una hija a la que había que buscarle a la fuerza una familia a través de un testamento. ¿Qué clase de familia íbamos a ser?

¿Una familia que no era tal? ¿Podríamos en verdad un día llegar a llamarnos una familia?

Esa noche, Jimmy llegó a la cama con una de sus libretas en la mano. Se sentó a mi lado y, sin mirarme a los ojos, carraspeó nervioso.

—Estuve pensando en posibles personas que... que podrían llegar a hacerse cargo de Isabel si... si... tú ya sabes —dijo.

—¿Y por qué hiciste eso sin consultarme? ¿No te parece que es algo que deberíamos haber discutido juntos? —lo enfrenté.

—Quise avanzar, Mauricio. Ya oíste a Elaine. Estamos contra el tiempo y... y ella necesita ese testamento lo antes posible.

—¡Pensé que este era un proyecto que íbamos a enfrentar como pareja! —alcé la voz—. Pero no. Me equivoqué.

—No empieces. Y déjame contarte a quiénes seleccioné para que así me ayudes a... —comentó, antes de que yo volviera a interrumpirlo.

—¿Tan poco confías en mí? ¿Es eso?

—¡Mauricio, por favor! Necesito dejar resuelto esto esta misma noche para mañana a primera hora hablar con el abogado. No es el momento para discutir.

—¡No me interesa hablar del tema! —mentí. Jimmy acusó el golpe poniéndose de pie.

—Eso no es cierto —murmuró.

Entonces yo lancé hacia atrás las sábanas de un manotazo y también salté fuera del colchón. Mi marido, sorprendido por mi arrebato, retrocedió un par de pasos como si buscara protegerse de mi ímpetu rabioso.

—¡Claro que es cierto! —bufé—. ¿Y sabes por qué? ¡Porque estoy cansado, Jimmy! ¡Estoy cansadísimo de recibir golpes y sentir que estoy solo!

—¿Y quién te dijo que estás solo?

—¡Tú! ¡Tú me lo dejas saber cada vez que te encierras en tu maldito estudio a solucionar cada uno de los problemas que deberíamos estar enfrentando como una pareja! —grité—. Porque eso es lo que somos, te recuerdo. ¡Una pareja! ¡Una pareja que decidió dar este paso!

Jimmy hizo el amago de salir de nuestra recámara, pero yo cerré de golpe la puerta.

—¿Por qué consideraste que era una buena idea hacer ese listado sin consultar mi opinión? ¡¿Por qué creíste que yo no tenía nada que decir al respecto?!

—Porque... porque tú estabas aquí tranquilo, descansando y... y no quise molestarte... —trató de justificarse.

—Eso no es cierto. ¡Todavía no me perdonas que haya remodelado esta casa como una trampa mortal para niños, y que por eso la trabajadora social no haya podido hacer un buen informe de adopción!

—¡Claro que no!

—¿Tan mal te parece que hago las cosas? ¿Hasta cuándo vas a castigarme por habernos hecho una casa peligrosa y por no tener una red de amigos confiable junto a mí?

—¿De qué mierda estás hablando, Mauricio?

—Di la verdad, Jimmy. Decidiste excluirme porque en el fondo piensas que no tengo a nadie cerca que esté a la altura de criar a tu hija si es que algo nos pasa.

—Nuestra hija —me corrigió.

—No. Tu hija. ¡La hija que tú solo estás fabricando en un laboratorio!

El puño de Jimmy golpeó con tanta fuerza la puerta de madera del clóset que la sacó de sus goznes y se quedó colgando apenas del riel superior. Esta vez fui yo el que retrocedió un par de pasos, impresionado del arrebato de violencia de mi marido a quien nunca, a lo largo de nuestra relación, había visto tan alterado.

Intenté decir algo para tranquilizarlo. Pero no pude.

Solo pude preguntarme cómo habíamos llegado hasta este punto.

—¡No sabes lo que estás diciendo! —rugió con el puño enrojecido a causa del golpe—. ¿Sabes por qué demonios no quise hacer este listado contigo? ¡Porque descubrí que estoy muy avergonzado de no poder aportar con nadie!

Los ojos se le llenaron de lágrimas que vinieron a magnificar como una lupa sus pupilas dilatadas por el coraje.

—Eso no es verdad —me atreví a opinar.

—¡Dime a alguien de mi familia que podría hacerse cargo de Isabel! —me desafió—. Vamos, nómbrame a una persona.

Entonces entendí cuál era la verdadera causa de su enojo: no tenía nada que ver conmigo, o con mis errores a la hora de la remodelación. La furia tenía su origen en él mismo. En su familia disfuncional. En lo solo que se encontraba.

—¿Mi madre? —exclamó con tono irónico—. ¿Ella? ¡Mi madre es capaz de hacerle un exorcismo a Isabel, porque de seguro va a pensar que es una hija del diablo cuando se entere!

Buen punto. No era absurdo pensar que cuando mi suegra supiera la verdad sobre la concepción de su nieta, ¡de su primera nieta, para peor!, iba a poner el grito en el cielo. No necesité hacer mucho esfuerzo para verla aullándonos en plena cara que habíamos desafiado a Dios, burlándonos de sus reglas al manipular a la sagrada naturaleza.

Bajé la vista, arrepentido de haber abierto la boca.

—¿Quién más? ¡Dime! ¡Dime alguien más que podría quedarse con ella! —siguió encarándome—. No tengo amigos cercanos. ¿Mi jefa? ¿La profesora Evans? ¡¿Crees que me siento orgulloso de ser un fracaso como padre?!

—Ay, Jimmy, no exageres...

—¡No pude pensar en nadie, Mauricio! —sollozó rabioso—. ¿Quieres saber quiénes son las personas que incluí en mi lista? Tus padres... tu amiga Vanessa. ¡Ellos!

Se dejó caer sobre la cama y se cubrió el rostro con ambas manos. Yo sabía que era mi turno de acercarme y ponerle una mano en el hombro para demostrarle así que no estaba solo, que aún éramos un equipo, que su dolor era también mi dolor, que mi fuerza era también su fuerza. ¿Pero lo era?

Sin embargo, no hice nada. Me limité a observarlo llorar en silencio, al otro lado de mi trinchera, en la esquina opuesta de nuestro dormitorio convertido ahora en campo de batalla.

—A veces pienso que no te merezco —confesó entre lágrimas—. Y eso me asusta. Y la única manera que tengo de solucionar ese problema es hacer algo estúpido para herirte, para que así vivas lo que estoy viviendo... para sentirme menos solo.

Quise responder algo inteligente y que estuviera a la altura de su confesión. Pero una vez más preferí callar y desviar la mirada.

—Hacer este maldito listado contigo solo me iba a recordar que soy un fracasado, un cero a la izquierda que no sabe relacionarse. ¡La gente como yo no merece ser padre! —se lamentó.

—¿La gente como tú? Estás hablando igual que el doctor Conway.

—Pero ¡cómo puedo pretender ser padre, si ni siquiera soy capaz de tener amigos cercanos!

—Vanessa es tu amiga...

—No. Vanessa es *tu* amiga, Mauricio. Si tú y yo nos divorciamos, ella jamás volvería a hablarme. Es parte de *tu* equipo. Y sabes que es así...

De nuevo el silencio tomó por asalto la recámara. Vamos, Mauricio, me dije. Esta vez tienes que hacer algo. Tu marido acaba de abrir su corazón de la manera más honesta que existe y tú no puedes quedarte así, mirándote la punta de los pies, ajeno por completo a su tristeza. Hice un esfuerzo. Me acerqué a él. Me senté a su lado y pude percibir el calor que su piel expelía. Con delicadeza puse una mano sobre su muslo y le di un par de palmaditas que buscaban ser cómplices y cariñosas. Me asustó la vibración casi eléctrica que percibí bajo su piel.

—Recibí un email de nuestro coordinador —dijo—. Tenemos que estar en Los Ángeles el próximo lunes. Me advirtió que debemos tener, al menos, tres días de abstinencia para que las cosas funcionen.

Como si eso hiciera falta, pensé. ¿Hace cuánto que no teníamos relaciones?

—Muy bien. Ahí vamos a estar —asentí, seguro de que eso iba a tranquilizarlo—. Es más, tengo una idea con respecto a ese viaje. ¿Quieres escucharla?

Jimmy se giró hacia mí, desconcertado. Entonces me tomé todo el tiempo del mundo para contarle mis planes. Le expliqué que volaríamos directo de Miami a Los Ángeles. A primera hora del lunes llegaríamos a la consulta del médico, dispuestos a cumplir con nuestra parte del proceso en un baño con olor a desinfectante. Luego de eso, iríamos a rentar un coche. Sí, el modelo que Jimmy decidiera, le dejaba a él esa tarea, aunque en mi fantasía yo insistía en verlo como un descapotable rojo con asientos de piel. Una vez arriba del auto, y sin que nadie nos esperara, nos lanzaríamos a recorrer la Pacific Coast Highway deteniéndonos en lugares específicos para gozar del espectacular paisaje y de la música que seleccionaríamos con especial cuidado. Una vez en San Francisco, buscaríamos un lindo hotel con vistas a la bahía o cerca de Fisherman's Wharf para estar en el epicentro del entretenimiento. Así tendríamos a mano los mejores restaurantes de la zona, las mejores vistas a la hora del atardecer y fácil acceso al ferry que nos llevaría a visitar Alcatraz. Porque no podíamos pasar por San Francisco sin ir a darnos una vuelta por la famosa cárcel. Luego gozaríamos un par de apasionados días de descanso, porque haríamos el amor en cada rincón del cuarto del hotel, como cuando apenas nos estábamos conociendo. Finalmente volveríamos renovados y felices a nuestra casa en Miami para poder seguir adelante con el resto del proceso del vientre de alquiler. Era un plan perfecto.

—¿Te volviste loco? —me espetó Jimmy cuando terminé con el relato—. ¿Y con qué piensas pagar ese viaje? ¡No tenemos un peso, Mauricio! ¿O ya se te olvidó que mandé el primer cheque a la agencia?

—Lo sé —respondí frustrado—, pero ¿qué tanto pueden costar un coche alquilado y un par de noches en un hotel de tres estrellas?

—No tengo idea. Pero lo que sea, lo necesitamos para poder pagar la segunda cuota. Lo siento —dijo—, pero lo que planteas no es ni siquiera una posibilidad remota.

Se levantó y caminó hacia la puerta.

—¿Adónde vas? —exclamé.

—A mi estudio. Voy a enviarle un email al abogado para que haga el testamento nombrando a Vanessa como la responsable legal de Isabel en caso de que nosotros no estemos. Si quieres mañana puedes llamarla y darle la noticia. De seguro se pondrá feliz.

—Llámala tú. Así es cómo se cultiva la amistad, por si todavía no te has dado cuenta...

Jimmy salió sin reaccionar a mi estúpido e inútil comentario. ¿Por qué me había empeñado en quedarme yo con la última palabra, y más aún a través de una sarcástica observación que poco y nada aportaba a nuestra situación? Tal vez porque, en el fondo, albergaba la ilusión de poder terminar el día con una buena sesión de sexo entre las sábanas, como una manera de ponerle punto final a nuestras desavenencias, y al verlo partir sin siquiera darme las buenas noches comprendí que iba a tener que volver solo a un cuarto que cada vez se enfriaba más. Hacía ya tantas semanas que Jimmy y yo no teníamos un momento de placer. Y no estaba pidiendo una maratón nocturna de sudor y orgasmos. Me bastaba con una tranquila dosis de besos, abrazos y su piel al alcance de mis manos. No pedía nada más.

Pero, al parecer, para él era más importante enviar un correo electrónico. Y después volver a revisar los estados bancarios para hacer malabarismos financieros y poder cubrir los cheques enviados a Heaven Surrogacy. Y después, de seguro, Jimmy consideraría que lo mejor que podía hacer era esperar la madrugada encerrado en su estudio para así no despertarme cuando regresara a meterse a nuestra cama. ¿Cómo explicarle que lo único que deseaba era que él me despertara, a la hora que fuera, para sentirlo cerca y poder enfrentar las pesadillas que me acechaban en soledad?

La mañana del domingo nos sorprendió a los dos cerrando todos nuestros pendientes antes de que tuviéramos que salir hacia el aeropuerto. Jimmy había hecho su maleta la noche anterior, para así tener tiempo de repasar con toda calma la lista de papeles y certificados que debíamos presentar en la oficina del doctor de fertilidad. Mientras lo escuchaba circular por la casa, colgado del teléfono para asegurarse de que hubieran enviado los resultados de nuestros exámenes que probaban que no teníamos zika ni ningún otro tipo de enfermedad, yo terminaba de llenar de ropa un bolso, con evidente mal humor. Todavía me pesaba el hecho de que mi marido hubiera descartado de manera tan categórica mi propuesta de tomarnos unos días de vacaciones para intentar solucionar las cosas entre nosotros. Llevábamos tanto tiempo girando en torno a Isabel, y a los miles de trámites y papeleos que ella implicaba, que nos olvidamos de que éramos una pareja, que también existíamos y que hacía mucho tiempo que no habíamos hecho nada por alimentar el amor ni el cariño.

Me percaté de Jimmy también estaba de mal genio porque incluso desde nuestra recámara lo oí discutir al teléfono. Algo sucedía con los exámenes del laboratorio, me pareció alcanzar a escuchar. De pronto, entró al cuarto con el celular contra la oreja, con una expresión de urgencia y de que algo no andaba bien. Lo vi avanzar hacia un portafolios repleto de papeles.

—¡No, señorita, yo no lo tengo! —gritó molesto—. ¡Me consta que se los envié hace más de cuatro días!

Lo miré con expresión de «¿te puedo ayudar en algo?», pero me hizo un gesto para que me mantuviera fuera de su pelea. Molesto, cortó la llamada y se quedó en silencio unos instantes, mientras volvía a guardar los papeles al interior del portafolios.

—Parece que perdieron los resultados de nuestros exámenes, y sin ellos no podemos llegar mañana a la consulta del médico —dijo lleno de frustración.

—¿Y qué se puede hacer?

—Voy a ir al laboratorio a buscar una copia.

—Jimmy, es domingo. ¡Y tenemos que irnos pronto al aeropuerto! —señalé.

—Regreso enseguida —fue su respuesta.

Antes de que tuviera tiempo de decir algo y de hacerle ver que era una locura lanzarse a la calle, un azotón de puerta puso fin a toda posibilidad de diálogo.

¿Ir al laboratorio? ¿Acaso estaba abierto?

Terminé de hacer mi maleta y dejé el pasaporte junto al de mi marido. Revisé que estuvieran impresos los dos boletos de embarque. También comprobé que tuviéramos la dirección de la clínica de fertilidad a la que teníamos que ir a primera hora del día siguiente. ¿Qué más podía hacer para facilitar las cosas? Fue entonces que llegó un email de Elaine, confirmándonos que habían llegado a un acuerdo con la candidata a convertirse en la madre gestante de nuestra hija. Sus abogados habían terminado de negociar las condiciones del contrato con los abogados de Heaven Surrogacy y por fin había firmado. ¡Era una estupenda noticia!

El correo electrónico traía un enlace que, al abrir, desplegó un documento titulado «Resultados de la aplicación de madre gestante». Lo primero que leí fue su nombre: Muriel. Acababa de cumplir veintiséis años y, para suerte nuestra, también vivía en Florida. Luego de un largo listado con su excelente historial médico, encontré una sección de preguntas a las que había dado respuesta.

¿Cómo describiría su infancia?
Muy animada y entretenida. Fui siempre una niña sana, curiosa. Viajé mucho, gracias al trabajo de mi papá. Tengo una amplia familia extendida.

Por un instante tuve el impulso de apagar el teléfono y suspender la lectura. Me sentí profanando el diario de una extraña con la que jamás me hubiera cruzado si no fuera porque ella necesitaba rentar su vientre, y porque a Jimmy y a nos urgía conseguir un útero en el cual implantar un embrión. Supuse que eso me daba permiso para seguir adelante y continuar revisando la información.

Por favor, dé una breve descripción de su personalidad. Incluya cualquier cualidad que crea que es única y especial para usted.
Soy compasiva, intelectual y tengo muy buen humor. También soy creativa, empática, positiva, generosa. Me gusta investigar lo que no sé, y eso me hace una persona curiosa. Soy cariñosa con mi familia y amigos, leal, y una gran conversadora.

Muriel. Esa era Muriel. Una muchacha de casi veintiséis años que, por alguna misteriosa razón, deseaba alquilar su vientre para que una pareja de hombres pudiera por fin cumplir su sueño. Y mientras Muriel hacía planes con el dinero que la agencia iba a pagarle por sus servicios, Christina, la donante de óvulos, se sometía al tratamiento para estimular su producción y así poder conseguir más de los necesarios porque, según nos explicaron en Heaven Surrogacy, muchos se perdían por el camino. El niño no tiene madre, solo dos padres. Recordé que eso había dicho Elaine la primera vez que hablamos con ella. Y también recordé que mi primera impresión había sido preguntarme qué clase de familia iba a ser la nuestra: una familia que no es familia. ¿O acaso se podía ser una verdadera familia en estas condiciones?

Una hora después Jimmy entró corriendo, mojado de pies a cabeza por el sudor de la prisa y la temperatura de infierno que azotaba a Miami. Mientras jadeaba intentado recuperar la respiración y pedía un Uber en su teléfono, me explicó que habían abierto el laboratorio solo para él y le habían entregado una copia de nuestros exámenes médicos. Estábamos listos para viajar a Los Ángeles y cumplir con nuestra parte del proceso. De modo literal, íbamos a entregar nuestra semilla para así poner la primera piedra de nuestro futuro como padres.

Ya en el avión, seguí leyendo la ficha de información de Muriel. Si el implante del embrión tenía éxito, ella pasaría a ser la mujer más importante para Jimmy y para mí por los próximos nueves meses. Era lógico que intentara saber lo más posible sobre su vida.

¿Qué habilidades o talentos posee? Enumere cualquier premio o reconocimiento que haya recibido por estas habilidades o talentos.

Soy una escritora con bastante talento, me gusta escribir poesía y espero algún día poder publicar un libro. Gracias al trabajo de mi padre, he viajado por el mundo durante más de ocho años. Estuve en todos los continentes antes de cumplir los veinticinco años. Mi empatía y conciencia me han convertido en una gran cuidadora de niños y de animales. Soy una lectora ávida. También me encanta bailar, desde swing hasta ballet. Donde hay música, ahí estoy yo moviéndome.

La habitación del hotel en Santa Mónica resultó ser enorme, con dos camas separadas por una mesita de noche, cada una con una cabecera de madera clara y cobertores en tonos verdosos. Me recosté en una de las camas, porque me costaba respirar. Y no era por culpa de la contaminación, de eso estaba seguro. Era por culpa de los nervios que sentía, por la presión de lo que ocurriría al día siguiente en la consulta de ese médico. Además, una energía extraña me llegaba desde el cuerpo de Jimmy. Y no se trataba de esa mudez habitual en él cuando quería concentrarse. Era algo distinto. Iba y venía sin siquiera levantar la vista, con una prisa impuesta por él mismo, como si cada uno de sus gestos estuviera comandado por una urgencia que convertía cada instante en un asunto de vida o muerte. Y claro, estaba agotado. Exhausto de luchar contra su propia celeridad. Decidí que lo mejor que podía hacer era tomar una ducha para quitarme de encima las seis horas de avión. Abrí la llave. Desde el baño vi a Jimmy quitarse la ropa a manotazos y con premura. ¿Iría a meterse bajo el chorro del agua conmigo? Tal vez necesitaba un poco de pasión para calmar aquella ansiedad que aumentaba por minuto. Pero recordé que debíamos tener una abstinencia de tres días antes de poder cumplir con nuestra obligación en la clínica de fertilidad. Mi marido se dejó caer sobre el cobertor con un suspiro de desaliento.

—Isabel está en alguna parte esperándome —dijo desde la cama con una voz distinta a la habitual—. Lo sé. Y me parte el alma no poder encontrarme con ella lo antes posible. ¡Mi hija está sola allá afuera y no puedo hacer nada!

Me metí bajo la ducha y me quedé ahí hasta que mis músculos soltaron por fin el cansancio de tantas horas de aeropuertos, vuelos y traslados. Cuando salí del baño, Jimmy se había quedado dormido sobre la cama. Me quedé ahí, envuelto en la toalla, aún goteando, admirándolo en silencio. Era tan atractivo, incluso más que cuando lo conocí. Su pecho subía y bajaba plácido al compás de su sueño. Me acerqué sin hacer ruido, dejando mis huellas mojadas en la alfombra, y le pasé la mano por una de sus mejillas. Mi marido protestó despacio, ronroneando como un enorme gato. Entonces mi excitación creció de golpe, como un estallido fulminante que tuvo su epicentro bajo la toalla que aún me envolvía la cintura. Bajé la mano por su cuello. La respiración de Jimmy se aceleró, pero no hizo nada por frenar a mis dedos que siguieron su camino rumbo al ombligo. Tres días de abstinencia. Tres días. No dejé que aquella estúpida sentencia detuviera mi impulso. Hacía tanto que no acariciaba a mi marido. Era lo menos que nos merecíamos. Así se hacen los hijos, ¿no?, pensé. Con sudor. Con quejidos. Con cuerpos trenzados en un abrazo resbaloso. No en un laboratorio gélido con olor a químicos y a guantes de látex.

El siguiente paso era aferrarme a su sexo en reposo, pero Jimmy abrió los ojos de golpe y su expresión de furia me convirtió en piedra.

—¡¿Qué haces?! —exclamó, aún instalado del lado del sueño.

Traté de articular alguna respuesta convincente, pero la evidente erección que se alzaba bajo la toalla y mi expresión de niño sorprendido en mitad de una travesura me dejaron sin argumentos. Mi esposo se sentó como un resorte y me encaró.

—¡¿Cuál era tu idea, Mauricio?! ¿Echarlo todo a perder? ¡¿Eso es lo que quieres?! ¿Boicotear mis planes? —gruñó.

—¡No! ¡Claro que no!

—¿Y entonces? Sabes que no podemos hacer nada hasta mañana. ¡Los de la clínica de fertilidad fueron muy claros con sus indicaciones!

—Perdón —murmuré—. Perdón. Pero te extraño, Jimmy. ¡Te extraño porque siento que estamos más lejos que nunca!

Sin decir una sola palabra más, se metió bajo las sábanas y me dio la espalda. Comprendí que la discusión había terminado de forma abrupta, a pesar de que yo aún tenía tanto que decir. ¿Acaso Jimmy no sentía también la ausencia de cariño entre nosotros como un tercer cuerpo intruso y arrogante que no nos dejaba solos ni a sol ni a sombra? Por lo visto, para mi marido este enorme desierto que solo sabía crecer y tragarse nuestra relación no era un problema del que valiera la pena sentarse a hablar. ¿Se sentiría cómodo con la distancia? ¿No sería capaz de ver que nuestro matrimonio encallaba y que mientras más ignoráramos el hecho peor iban a ser las consecuencias del naufragio?

La clínica de fertilidad resultó ser un moderno edificio en pleno Wilshire Blvd. Subimos hasta el piso 10 y nos anunciamos con una secretaria tan fría como la decoración del lugar. Me sudaban las manos. Nunca había estado en una situación como esa y, para ser honesto, esperaba nunca más tener que repetirla. Jimmy respiraba con fuerza por la boca, cosa que hace cuando está a punto de hiperventilar. Quise tomarlo de la mano para al menos sentir que no estaba solo, pero él rechazó con suavidad mis cinco dedos que lo buscaban.

Lo único que pude hacer para dejar pasar el tiempo fue permitir que mis ojos se entretuvieran en recorrer palmo a palmo la sala de espera, llena de orquídeas de diferentes colores, reproducciones de cuadros famosos en los muros y sillas metálicas de diseñador. Concluí que era el lugar perfecto para organizar una sesión fotográfica, por la simpleza de la decoración y por los rayos de sol que entraban por los enormes ventanales que miraban hacia la avenida.

> *Y me dejas sola,*
> *sin más que*
> *llorar,*
> *encerrada en tu cuarto*
> *vestida de luz*
> *hasta imaginarte*
> *regresar.*

Recordé algunos de los versos de la canción que había escuchado en el coche, junto a su intérprete. Así me sentí: solo en un cuarto vestido de luz. Pero, siendo honesto, no esperaba el regreso de una hija que viniera a llenar mi soledad, sino que aguardaba por Jimmy, mi marido, para que volviera pronto desde ese lejano estado de mutismo y obsesión en el que se encontraba y que me había relegado a la esquina opuesta de su mundo.

—Matrimonio Stone-Gallardo —dijo de pronto una enfermera que apareció frente a nosotros sin que alcanzara a darme cuenta.

El doctor a cargo de nuestro caso resultó ser un hombre bonachón y sonriente, del todo distinto al científico insensible y gélido que yo había imaginado. Nos recibió con todo tipo de felicitaciones por el proceso que estábamos iniciando y nos prometió que muy pronto tendríamos a un hijo en nuestros brazos.

—Hija —lo corrigió Jimmy—. Queremos una hija.

La sonrisa del médico creció aún más.

—¡No saben lo refrescante que es escuchar eso! —exclamó con júbilo—. Casi todo el mundo me pide siempre hijos varones. Me encanta que ustedes deseen tener una hija.

—Isabel —agregó mi marido, con la voz quebrada.

El doctor asintió contento y llamó a una secretaria para que iniciaran cuanto antes el procedimiento. Lo primero que iban a hacer era sacarnos sangre. Luego, examinarnos durante unos minutos para asegurase que el pulso, la temperatura y la oxigenación fueran las adecuadas. Una vez que todo estuviera listo, recién entonces tendríamos que encerrarnos en alguna oficina a cumplir con nuestras labores de padres y aportar así el semen con el espermatozoide que fecundaría el óvulo ganador.

Nos separaron para apurar el trámite. Un asistente de laboratorio, tan mudo e inexpresivo como el resto del personal de la clínica, fue el encargado de extraerme la sangre en diferentes tubos que etiquetó, organizó y guardó con gran pericia y con apenas una mano, mientras que con la otra terminaba de sacarme la aguja de la vena. Luego de eso, una mujer que supuse era la asistente personal de nuestro médico, entró al pequeño consultorio donde me hicieron pasar para auscultarme con un estetoscopio, revisar que mis reflejos estuvieran óptimos y ponerme un termómetro bajo la lengua. Me interrogó sobre mis hábitos sexuales y posibles enfermedades tratadas en el pasado. Antes de que terminara de responderle, puso un pequeño vasito plástico en una de mis manos.

—Necesito que eyacule aquí dentro —dijo con la misma voz monótona con la que me había saludado al entrar—. La enfermera lo va a llevar al privado. Cuando termine, tiene que llenar el formulario que ella misma le va a entregar.

Por alguna razón, sentí que las orejas se me enrojecían y que una nube de pudor me cubría los ojos. Tal como la mujer lo anunció, una enfermera entró para guiarme hacia una pequeña salita donde un enorme televisor me dio la bienvenida. A su lado había una silla cubierta de plástico, varias revistas con mujeres de abultados pechos en la portada y un recipiente con guantes plásticos y toallitas húmedas. La enfermera tomó el control remoto y encendió la pantalla. Al instante, una película pornográfica llenó de gemidos y cuerpos impúdicos el breve espacio de la estancia. Antes de salir, me extendió un papel y un lápiz y me urgió a no olvidar completar la ficha apenas terminara con mi trabajo.

Cerró la puerta. Me tarde unos instantes en recordar por qué estaba ahí y qué era lo que tenía que hacer a continuación. En el televisor, una mujer era penetrada por dos hombres al borde de una piscina y a juzgar por su rostro no supe si estaba disfrutando el hecho o si lo estaba pasando mal. ¿Y ahora? ¿Cómo empezar?

Lo primero que hice fue apagar la película. Era claro que yo no era la audiencia adecuada para *Verano ardiente*, según pude leer en la carátula del manoseado DVD que estaba junto al control remoto. Me solté el cinturón y desabroché mi pantalón.

¿Y Jimmy? ¿Ya habría acabado con su sesión? ¿Estaría en un cuarto similar al que yo me encontraba? Seguro que sí. Su capacidad de concentración siempre había sido envidiable. Bastaba que una idea se le metiera entre ceja y ceja para que no descansara hasta concluirla. Yo no. No sabía por dónde empezar.

Cerré los ojos y traté de echar mano a alguna fantasía que estimulara mis sentidos. Una, la que fuera. Pero el olor a cloro me trajo de regreso. Y no solo el olor a cloro. También la imagen del linóleo mil veces trapeado acabó con toda posibilidad de sentirme excitado. ¿Qué hacer para escapar de ahí? ¿Cómo encontrar refugio en algún recuerdo con la suficiente potencia para encender los motores del deseo? Jimmy. Mi Jimmy. De seguro él tenía la respuesta. Y por toda contestación recibí la imagen de mi esposo hacía ya muchos años, de pie en una esquina, esperando a que un taxi cruzara por la calle. Acabábamos de salir del apartamento de Vanessa. Era de noche. Y no era cualquier noche: era la noche que nos conocimos. Jimmy olía a jabón. Me concentré y pude volver a apreciar el intenso aroma de un jabón poco perfumado adherido a su piel. La piel de Jimmy. La tibia piel de Jimmy. Mi mano bajó con urgencia hasta mi sexo endurecido y comenzó a frotarlo. El sube y baja me lanzó de bruces hacia otro recuerdo, un par de días más tarde, los dos tumbados en la cama de Jimmy. Su espalda siempre me pareció el postre perfecto. Una espalda amplia como una isla. Una espalda suave como un pedazo de seda hecho carne. Una espalda que yo pensaba acariciar y lamer hasta el hartazgo. Y sus manos. Sus manos tibias que me tomaron tan bien por la cintura desde la primera vez. Un quejido salió por mi boca mientras un profundo cosquilleo hacía nido en mi vientre. Volví a sentir el calor de nuestra primera noche juntos, cuando mi lengua se perdió más allá de sus muslos, cuando Jimmy me levantó en vilo, me giró, acomodó un par de almohadas bajo mi vientre y tomó el control de los movimientos. Su carne se hundió dentro de mi propia carne y un quejido, que ya no supe si era suyo o mío, se elevó hacia el techo hasta reventar como una burbuja. Y un nuevo quejido se escapó ahora de mi boca e hizo eco en esos muros blancos con olor a desinfectante. La muerte. Ahí estaba. A punto de sacudir mi cuerpo. La pequeña muerte, absoluta, gracias a mi mano que no detuvo nunca su ritmo furioso. El vasito plástico recibió la primera descarga y yo pude por fin volver a abrir los ojos. Ya era hora de descansar de tanta presión. Misión cumplida. Qué alivio. ¡Lo logré, Jimmy! Gracias a todos los recuerdos que me has regalado durante nuestros años juntos logré cumplir con mi parte. Isabel estaba más cerca que nunca. Ahora solo faltaba que el doctor hiciera su magia, que los astros se alinearan en nuestro honor y que la vida conspirara para que todo siguiera el camino del éxito.

Y eso mismo iba a suceder. Estaba seguro. El nuestro iba a ser un final feliz.

Pero qué equivocado estaba. Solo que, para ese entonces, no tenía cómo saberlo. Y salí de aquel cuarto sonriente y deseando reunirme con mi Jimmy cuanto antes.

Capítulo ocho

LA NOCHE OSCURA DEL ALMA

La gente como yo no tiene derecho a soñar. Esa es una verdad del tamaño de una catedral. Lo descubrí a la fuerza. Y a pesar de todas las veces que yo mismo lo he dicho y que he escuchado que me lo lanzan a la cara, todavía no descubro qué significa «gente como yo». Pero a partir de mi propia experiencia tengo la certeza de que los de mi especie, los que comparten mis miedos, mis angustias, mis querencias, incluso mis sueños, no gozan del privilegio de anhelar una vida mejor. Yo deseaba querer a Jimmy con todo mi corazón. Yo me ilusioné de verdad con la idea de ser padres. Yo ansiaba envejecer a su lado. Yo anhelaba con el alma seguir formando parte de sus días. Pero no funcionó. No fue posible. La gente como yo ni siquiera tiene el regalo de una oportunidad, por más mínima que sea. Para nosotros, no es no, a lo mejor es nunca, tal vez es jamás y la esperanza se parece demasiado al desaliento.

La vida es muy distinta para esa otra gente, la que no se parece a mí.

Si tuviera que elegir el preciso momento en donde todo se fue por la borda, diría que fue después de la visita a la clínica de fertilidad, en Los Ángeles. Después de dejar nuestra muestra de semen y de firmar una cantidad absurda de papeles regresamos al hotel a pasar el resto del día, ya que el avión para Miami no despegaría sino hasta la noche. Yo tenía la ilusión de celebrar con mi marido el enorme y decisivo paso que habíamos dado. Nuestros espermatozoides ya nadaban juntos en algún tubo de ensayo de un laboratorio. Claro, no era una trompa de Falopio, pero era lo más parecido a lo que una pareja como la nuestra podía aspirar. Eso era algo que festejar. Y como llevábamos larguísimas semanas de abstinencia, tanto voluntaria como impuesta, pensé que la mejor manera de conmemorar el hecho era con una sabrosa sesión de sexo que nos devolviera la sonrisa y nos dejara medio muertos sobre el colchón. Un *round* como los de antaño. Como los que inauguraron nuestra relación. Había dos camas, un pequeño sofá e incluso una amplia tina de baño a la cual echar mano. ¿Acaso no es eso lo que hacían las parejas cuando deseaban embarazarse? Por eso, si nosotros hacíamos el amor tan pronto cruzáramos la puerta del cuarto, al menos en mi mente la concepción de Isabel iba a quedar ligada a una cogida épica en un hotel de Los Ángeles y no a una desabrida masturbación en un vasito de plástico en una sala sin ventanas y con olor a cloro.

Por eso, apenas Jimmy se sentó en la cama para revisar por décima vez en el día que los pasaportes estuvieran en su sitio y para guardar los certificados y recibos que nos habían dado en la clínica, yo me dejé caer a su lado. Lo vi girar hacia mí con desconcierto ante la abrupta cercanía. Iba a preguntarme algo, pero no lo dejé hablar. Me lancé directo a su boca, con una urgencia acumulada a golpe de semanas de sequía y separación. Jimmy dudó unos instantes, pero sentí el momento preciso en que renunció a su idea de detener mi arrebato. Él y yo íbamos a hacer el amor. Por fin. Éramos dos enamorados en un hotel, dos hombres que se deseaban y que se amaban a pesar de todo. Íbamos a ser padres. Sobraban las razones para incendiar nuestros cuerpos. Me quité la camisa y me trepé encima de mi marido, que no tuvo más remedio que recostarse sobre el colchón. Sentí sus manos bajar hasta mis caderas, abiertas a horcajadas. Me concentré en seguir devorando su boca de labios delgados, para refrescar con su saliva las enormes ganas acumuladas que le tenía. Mis nalgas presionaron su sexo que aún no despertaba. Jimmy cerró los ojos y yo asumí que tenía carta blanca sobre su cuerpo. Pero me equivoqué. Cuando bajé con la intención de quitarle el pantalón, me di cuenta de que los músculos de Jimmy se tensaron de golpe en abierto rechazo. Y me bastó esa fracción de segundo para asumir mi fracaso y sentir lástima de mi propia imagen de mendigo desesperado por robar a la fuerza un poco de placer ajeno. Me enderecé y busqué los ojos de Jimmy. No lo reconocí cuando dijo:

—¿Qué crees que estás haciendo?

Ahora toda mi carne estaba tan flácida como su sexo, que jamás despertó ante el ataque de mis manos. Mi marido se levantó con prisa. ¿De qué estaba escapando? ¿De mí?

—Mauricio, no es el momento —murmuró.

—Claro que lo es —me defendí, aunque sabía que ya no venía al caso—. ¡Estamos cada vez más cerca de cumplir nuestro sueño! ¿Qué tiene de malo que celebremos que vamos a ser padres?

—¡Eso mismo! ¡Que todavía es un sueño y no una realidad! —exclamó.

¿Entonces de eso se trataba? ¿Su actitud escurridiza se debía al hecho de que estaba muerto de pánico de haber llegado tan lejos, y que el miedo a que los planes no resultaran como él deseaba lo habían convertido en un distante y resbaladizo cobarde?

—Ven a la cama, Jimmy —pedí a pesar de mi pisoteada dignidad.

—¡No quiero ilusionarme, Mauricio!

—¿Y por eso me vas a castigar?

—¡Esto no se trata de ti! —gritó lleno de rencor—. No puedo creer lo egoísta que eres. Te estoy confesando que estoy aterrado de que las cosas no funcionen con Muriel, después de todo lo que hemos hecho, y tú en lo único que puedes pensar es en acostarte conmigo. ¡No soporto a la gente como tú!

Ahí estaba, una vez más: *la gente como yo.* Y esta vez, en boca de mi propio marido.

—¿A qué hora pedimos el taxi para el aeropuerto? —preguntó rumbo a la puerta.

—A las seis.

Asintió, de seguro en una conversación interna consigo mismo, y salió de la recámara.

Sí, yo deseaba con todo mi corazón querer a Jimmy, pero cada vez se me hacía más difícil. Y la duda que me atormentaba era si la llegada de Isabel acentuaría esa dificultad o, por el contrario, solucionaría todos nuestros problemas.

Lo mejor siempre ha sido no hacerse preguntas cuyas respuestas no estés dispuesto a escuchar.

Al final, pedí *room service* y comí solo en el cuarto del hotel. Le di un par de mordiscos a una hamburguesa que a duras penas conseguí tragar. Encendí el televisor.

Aburrido, lo apagué. Y aún más aburrido, lo volví a encender a los pocos minutos. El reloj luminoso de una de las mesitas de noche marcaba un cuarto para las seis de la tarde cuando Jimmy regresó, la vista gacha, el pelo revuelto de seguro por la brisa de Los Ángeles, y cansado de vagar por las calles. Pasó por mi lado, directo hacia su maleta, y me dio una palmadita casi imperceptible en un hombro. Era su forma de decirme que aún rondaba por ahí, y que me pedía disculpas por la pelea. Y yo, una vez más, pasé por encima de mi propia voluntad para perdonarlo.

Al día siguiente, ya en Miami, despertamos con un email de Elaine en nuestro buzón de mensajes. En él, nuestra administradora nos felicitaba por el decisivo paso que habíamos dado al haber completado el proceso gracias a nuestra visita a la clínica de fertilidad, y nos aseguraba que todo iba por muy buen camino. Dentro de las próximas horas iban a fertilizar ocho óvulos que ya habían sido examinados y testeados, para así monitorear su desarrollo. Una vez creados los embriones, se elegiría el mejor, el más sano, el con más posibilidades de sobrevivir al torbellino de un embarazo, y que además fuera de sexo femenino. «Con toda certeza, puedo decirles que Isabel está más cerca que nunca», aseguraba en el correo electrónico. Y esa frase bastó para que Jimmy recuperara la sonrisa y su alegría de vivir.

Elaine además nos recomendaba que iniciáramos pronto el contacto con Muriel, la mujer que llevaría en su vientre a nuestra hija. «En Heaven Surrogacy fomentamos activamente que los futuros padres tengan algún tipo de relación con la madre gestante, no con el fin de que terminen desarrollando una amistad, pero sí para asegurarle a ella que el compromiso es real».

Apenas Jimmy terminó de leer el email, imprimió la ficha de información de Muriel y me la extendió.

—Toma —me dijo—. Sería bueno que la leyeras otra vez, para que puedas preguntarle algo de su vida cuando hablemos con ella por Skype.

—¿Yo? ¿Por qué yo? ¿Tú no vas a estar ahí conmigo?

—Sí, claro —contestó—. Pero tú eres el simpático. El que sabe qué decirle a los demás para hacerlos sentir bien. Yo no tengo ese talento, Mauricio. Por eso te necesito...

Jimmy. Mi Jimmy. El hombre más bueno del mundo. Tuve el impulso de abrazarlo con todas mis fuerzas y de susurrarle al oído que era el marido más tierno que alguien podía soñar, pero me frené en seco.

—No te preocupes —lo calmé—. La voy a hacer sentir tan acogida que va a quedar convencida de que somos la mejor pareja del mundo.

A través de la pantalla de la computadora, Muriel se veía demasiado distinta a las fotos que nos había enviado Heaven Surrogacy. Su rostro no concordaba con la apariencia de una muchacha de veintidós años. Por el contrario, lucía muchísimo mayor. No pude evitar compararla con la cantante que me había tocado fotografiar un par de semanas antes: a pesar de que eran contemporáneas, Muriel parecía una avejentada hermana mayor. Se había teñido el cabello y ahora su melena era tan oscura como la de Pocahontas. Respiraba nerviosa frente a la cámara y hacía esfuerzos sobrehumanos para que no nos diéramos cuenta de que estaba a punto de comenzar a hiperventilar a causa de la ansiedad que el encuentro le producía. Lo primero que llamó mi atención, sin embargo, no fue su apariencia, sino que el desorden a su alrededor. Al fondo, en segundo plano, se alcanzaba a ver una cama de sábanas revueltas que, a juzgar por su color, parecían no haber sido cambiadas en semanas. Una toalla yacía en el suelo, arrugada y era probable que además húmeda por el uso. Las cortinas que cubrían la única ventana que se podía apreciar colgaban raídas y sucias de una delgada barra metálica, algo inclinada por el paso del tiempo. Había torres de revistas en una esquina, periódicos y algunas bolsas. Sobre la mesita de noche se acumulaban varios vasos, un par de tazas, más revistas y un bote de helado del que sobresalía una cuchara. De pronto, un gato con evidente sobrepeso entró a cuadro, se restregó contra el brazo de Muriel, exigiendo su atención, y volvió a desaparecer tan indiferente como llegó. Recién en ese momento me percaté de que tenía un enorme tatuaje en el antebrazo derecho, algo que tampoco se alcanzaba a apreciar en las fotos. No pude ver bien de qué dibujo se trataba, pero me pareció que era una mezcla de flores, una cruz, algunas letras góticas y el rostro de alguien.

—Ahora no, Chanel —regañó al animal—. Mamá está ocupada.

Jimmy ni siquiera pestañeaba, tenía los ojos fijos en el monitor de la computadora. Parecía tan impactado como curioso de toda la situación.

—Así es que naciste el 19 de agosto —dije, forzando al máximo la simpatía en mi tono de voz—. Entonces eres Leo.

—Sí —asintió ella y aprovechó de respirar hondo para disimular su creciente desasosiego—. ¿Sabes algo de astrología?

—No mucho —confesé—. ¿Por qué no aprovechas y nos cuentas cómo eres?

Muriel permaneció unos instantes en silencio, con la vista fija en algo frente a ella. En un primer momento pensé que observaba al gato o que estaba pensando qué respuesta darme. Pero cuando escuché por las bocinas que una puerta se abría y se cerraba, comprendí que la joven se había quedado mirando a alguien que acababa de entrar a la habitación donde ella se encontraba.

—Las mujeres Leo somos muy seguras, perfeccionistas, apasionadas y creativas —dijo, y sonó a una frase mil veces repetida—. Nacimos para ser líderes.

Por alguna razón, la descripción que hacía de sí misma no me cuadraba en lo más mínimo con los evidentes nervios que presentaba, ni con la descuidada escenografía que la rodeaba. Noté que sus ojos seguían con especial atención mirando hacia un punto específico. ¿Tal vez a la persona que acababa de entrar?

—En tu ficha leí que te gusta escribir y viajar —intervino Jimmy, de seguro para cambiar el tema y alejarnos lo más posible de la astrología—. Háblanos de eso.

Pero Muriel no contestó. Su cuerpo se había tensado como el lomo de un gato a punto de dar un brinco. Toda su atención estaba ahora dirigida hacia algo que ocurría fuera del alcance de la cámara. Alcanzamos a escuchar el sonido de unos zapatos avanzado por el suelo de madera.

—Te pedí que no vinieras —murmuró, pero el micrófono reprodujo con total claridad sus palabras.

—Esta también es mi casa —le contestó la voz de un hombre que aún permanecía fuera de cuadro.

—Un momento —nos dijo y se levantó.

Con enorme sorpresa la vimos desaparecer de la pantalla. Sin su cuerpo en primer plano, pudimos apreciar con mayor claridad la habitación. Vi que había un par de maletas abiertas en el suelo, aún llenas de ropas, donde Chanel se fue a echar con lánguida y perezosa expresión. Un bulto negro se movió entre las sábanas de la cama: resultó ser otro gato que de un brinco cayó al suelo y se trepó en uno de los montones de bolsas plásticas.

—¿Qué está pasando? —murmuró Jimmy con incomodidad.

—Parece que llegaron visitas inesperadas —contesté.

Hice el esfuerzo por tratar de escuchar algo en las bocinas del monitor, pero solo conseguí oír un lejano cuchicheo de voces. De pronto, el sonido de la puerta al cerrarse con violencia estalló como un trueno y Muriel volvió a aparecer frente a la cámara con la expresión algo revuelta.

—Perdón. Era Harry. Mi novio —explicó mientras tomaba asiento—. Le pedí que me dejara sola mientras tenía la plática con ustedes, pero... pero... —Hizo una larga pausa que dejó en evidencia que buscaba con desesperación alguna mentira a la cual echar mano—. ¡Pero se le olvidó! Es muy distraído. ¿Dónde nos quedamos?

—¿Tienes novio? —se sorprendió Jimmy.

—Sí. Vamos a cumplir un año —dijo, no supe si con orgullo o agobio.

—¿Y está de acuerdo con lo que vas a hacer?

—Por supuesto —afirmó—. De hecho, fue él quien leyó no sé dónde que algunas mujeres rentaban su útero para ganarse la vida. Yo le pedí que hiciera las averiguaciones y que me ayudara con el proceso. Y bueno... aquí estamos.

—Aquí estamos —repitió Jimmy, y tampoco supe si lo decía con orgullo o agobio.

—Bueno, Muriel, cuéntanos de tu vida en Texas —fue mi turno ahora de cambiar el tema.

La muchacha nos explicó que había nacido en Las Vegas, Nevada. Que allá estaba toda su familia, a la que extrañaba con dolor cada segundo del día. Nos dijo que una vez que se embarazara pretendía viajar a pasar largas temporadas con ellos, que la iban a cuidar y mimar como si fuera una princesa. Su madre sabía de primeros auxilios y eso le daba confianza y seguridad. Reconozco que la imagen de Muriel atravesando el país con nuestra hija en su vientre me puso nervioso por anticipado, y estoy seguro de que fue lo mismo que le sucedió a Jimmy porque vi su rostro ensombrecerse. Era algo que debíamos hablar con Elaine. ¿Teníamos la facultad de exigirle a la madre gestante que se expusiera lo menos posible a situaciones de peligro o de riesgo? ¿El hecho de ser los padres de la criatura que ella llevaba en su útero nos daba permiso para controlar su vida a nuestro antojo y bajo nuestro propio criterio?

Muriel siguió contándonos que fue justo en Las Vegas donde conoció a Harry, que había ido a pasar el fin de semana del 4 de julio con unos amigos. El flechazo fue inmediato. Él le pidió que se mudara con ella a Texas, y ella aceptó. Casi un año después de ese encuentro, ella trabajaba medio día como secretaria en la consulta de un dentista y el resto de la jornada hacía planes para escapar de ahí junto a su novio y poder recorrer el mundo.

—Me gusta viajar —confesó—, pero desde que estoy aquí no he podido hacerlo. El dinero no sobra ahora que somos dos...

—¿Y a qué se dedica tu novio? —quise saber.

—¡Hace de todo! —contestó ella con una sonrisa de satisfacción—. En este momento ayuda a un amigo a administrar un taller mecánico.

—Y dices que te apoya con tu decisión —insistí.

—Sí. Yo siempre he querido ser madre, pero claro... ahora no es el momento. ¿Cómo podría yo criar a un hijo en este lugar? Es imposible... —Se tomó un segundo para mirar a su alrededor con un gesto de cansancio—. Esos dólares nos van a venir bien. Voy a poder volver a viajar.

Un par de horas después recibimos un nuevo correo electrónico de Elaine contándonos que luego de nuestra entrevista por Skype, Muriel la telefoneó para decirle que «éramos los mejores tipos del planeta». Al parecer le resultamos divertidos y relajados. Le confió que estaba feliz de poder ayudarnos a cumplir nuestro sueño. «Sé que van a hacer muy feliz a su hija. Esa niña va a ser muy afortunada», remató antes de cortar.

En el mensaje, Elaine también nos detallaba cómo continuaba el proceso: lo siguiente era esperar a que Muriel comenzara su nuevo ciclo menstrual para activar el tratamiento de inyecciones que ella tenía que aplicarse por dos semanas. Luego de eso, Heaven Surrogacy iba a llevarla a Los Ángeles para realizarle la inseminación artificial en la misma clínica donde nosotros habíamos estado apenas unos días atrás. Y una vez que el embrión diera signos de haberse adherido a las paredes del útero, debíamos cruzar los dedos y esperar a que todo siguiera su curso.

Esa noche soñé que Muriel llegaba a nuestra casa con una maleta en una mano y una enorme barriga de embarazo. Jimmy y yo la hacíamos entrar. Nos decía que Harry se había ido de vacaciones a Las Vegas y que, al verse sola y con tiempo libre, había decidido tomar un avión para pasarse con nosotros unos días.

—¡Nos hubieras llamado para ir a buscarte al aeropuerto! —la regañábamos al unísono—. Es peligroso que hagas esfuerzos en tu estado.

Pero a ella parecían no importarle las quejas. Se entretenía recorriendo una por una las habitaciones, husmeando con urgencia en nuestras pertenencias, abriendo y cerrando gavetas, sacando los libros de Jimmy de los anaqueles y escarbando entre mis revistas y archivos fotográficos.

—Elaine dice que por contrato tiene derecho a entrometerse en nuestras vidas todo lo que quiera —me decía Jimmy con una sorprendente calma cuando iba a pedirle que me ayudara a controlar a la recién llegada—. Es más, si decide quedarse a vivir aquí no tenemos cómo impedirlo. ¡Así es la ley!

Entonces, a partir de ese momento, el sueño se hacía confuso y poco preciso y adquiría la naturaleza descabellada de las pesadillas. Porque ya no era Muriel la embarazada. No, de pronto y sin razón alguna, era Vanessa la que tenía un vientre de nueve meses y la que se recostaba en nuestra cama para anunciar que a partir de ese momento iba a dormir ahí. Jimmy aplaudía la noticia y yo trataba de oponerme, pero por más que abría la boca no conseguía emitir ni un solo sonido. Y Vanessa comenzaba a reírse fuerte, porque estaba feliz, porque había conseguido escaparse de Harry que, no sé cómo, ya se había enterado de que su novia estaba viviendo en Miami con los futuros padres de su hija. «¡Yo soy la madre!», gritaba Vanessa, y Jimmy seguía aplaudiéndola. Y yo forzaba aún más la garganta para ver si lograba detener por fin la locura que veían mis ojos. Pero los gritos de triunfo de Vanessa cambiaban de pronto por desgarradores gritos de dolor. Con cada chillido se llevaba las manos a la barriga que se movía bajo la tela de su vestido como un globo lleno de agua a punto de reventar.

—¡Isabel va a nacer! —anunciaba Jimmy muy serio, con una de sus libretas en una mano—. ¿Le puedes avisar a Elaine? —me pedía.

Yo era incapaz de moverme. Vanessa estaba ahora bajo las sábanas de la cama y solo podíamos ver su silueta que se sacudía sin descanso, hasta que la tela se teñía de rojo y un alarido final nos dejaba saber que todo había acabado. Y cuando Jimmy lanzaba los cobertores hacia atrás, para ver a nuestra hija, un enorme gato negro, recién parido, saltaba sobre mí y me clavaba las uñas en el pecho.

Desperté con la sensación de haber envejecido una década. Tuve que irme a la sala para no despertar a Jimmy, que continuaba durmiendo a mi lado, y así poder calmar el tambor desorbitado en que se había convertido mi corazón. Por primera vez deseé con todas mis fuerzas que nada de lo que estábamos viviendo fuera cierto. Que Muriel no hubiera entrado en nuestras vidas, aunque solo fuera a través de la pantalla de una computadora. Quise recuperar mi plácida vida con Jimmy, la calma de los fines de semana, la rutina que hacía que cada paso que dábamos se sintiera firme y seguro, la egoísta complicidad compartida que habíamos logrado armar después de tantos años de relación.

Si yo hubiera prestado atención, en ese momento habría comprendido que ese sueño no solo era premonitorio, sino que además era la pieza que le faltaba al rompecabezas de mi vida. En él estaban todos los elementos necesarios para que yo hubiera podido darme cuenta de cómo iban a terminar las cosas. No supe verlo. O tal vez no quise. Quién sabe. Pero ya era muy tarde para recriminaciones. No me quedaba más que maldecir el momento en que aceptamos que Orlando, Joan, Elaine, Christina y Muriel tomaran el control de nuestras vidas.

Un par de días después, recibimos un nuevo email de Elaine. Por lo visto nuestra administradora no pensaba detenerse en su obligación de informarnos paso a paso hasta el último detalle de lo que estaba sucediendo. Desde el sofá, donde yo estaba recostado con una revista en las manos, vi a Jimmy abrir el correo en su celular camino a la cocina. De inmediato, su rostro acusó un brusco interés ante lo que estaba leyendo. En lugar de contarme en voz alta lo que ocurría, se alejó veloz rumbo a su escritorio. Desde la sala lo escuché cerrar la puerta. Frustrado, no me quedó más remedio que tomar mi propio teléfono y buscar el correo en la bandeja de entrada.

Ahí estaba la noticia oficial:

Adjunto está el calendario del tratamiento de Muriel, que ya comenzó su período menstrual y las inyecciones de Estradiol valerato, que se aplicará cada 3 días hasta la prueba de embarazo (10 días después de la transferencia del embrión). Si está embarazada, el Estradiol valerato continuará hasta la décima semana del embarazo. Además, se le administrarán otros dos medicamentos: una vitamina prenatal diaria y progesterona para ayudar a solidificar el revestimiento del útero y sostener un embarazo. Otro tipo de progesterona, un supositorio vaginal, se agregará a su régimen a partir del día de la transferencia del embrión. En un par de días más, Muriel tendrá un examen de ultrasonido para verificar el grosor de su revestimiento uterino, junto con un análisis de sangre. Una vez que hayamos recibido el informe de ultrasonido, avanzaremos para programar la transferencia el día 15 de este mes. Felicidades, chicos. ¡Estas son buenas noticias! Si tienen alguna pregunta, por favor avíseme.

Sabía que, ante un informe como este, que habíamos esperado tanto tiempo, mi reacción lógica debería haber sido gritar de alegría y triunfo y, luego de eso, correr hacia el estudio de Jimmy, abrir la puerta de un empellón y lanzarme a sus brazos con los ojos arrasados de lágrimas. Sin embargo, fui incapaz de moverme. Un frío glacial me convirtió las venas en hielo. Cerré los ojos para escapar de ahí. Irme lejos. Al pasado, a otro tiempo. A un lugar donde no existieran ni Muriel, ni esas inyecciones de hormonas, ni peleas con Jimmy, ni emails de buenas noticias que yo no sabía cómo procesar. Tuve la sensación de que el suelo se convertía en agua bajo mis pies. Una sacudida de vértigo me obligó a sentarme de nuevo en el sofá.

En un par de días iban a transferirle un embrión a Muriel. En un par de días Isabel iba a comenzar su cuenta regresiva para llegar por fin a nuestros brazos.

Escuché a Jimmy salir de su estudio. El sonido precipitado de sus pasos acercándose a la sala me confirmó que también había leído el email. Por lo visto, él sí había reaccionado de la manera prevista. Como un verdadero padre.

—¡¿Ya viste el mensaje de Elaine?! —gritó eufórico.

Asentí, todavía intentando recuperar el movimiento. Jimmy se me vino encima, dichoso.

—¡Estamos tan cerca, Mauricio!

—Lo sé.

—Y no quiero hacerme ilusiones —dijo—. Pero... pero es imposible no pensar, no imaginarme... ¿Te das cuenta? En solo nueve meses más...

—Vamos a tener a nuestra hija en casa —terminé.

—¡Por fin!

Mi esposo se alejó unos pasos. Se frotó la cara con ambas manos, como si quisiera asegurarse de estar despierto para poder alegrarse con toda propiedad.

—No quiero hacerme ilusiones —repitió—. Por favor dime que no va a haber ningún problema...

—Jimmy...

—¡Mauricio, por favor dime que todo va a estar bien! ¡Es lo que necesito escuchar! Hice una pausa. Y no tuve más remedio que decir:

—Todo va a estar bien.

¿Pero en verdad lo pensaba? ¿De verdad era así cómo creía que iba a terminar todo?

Los días siguientes transcurrieron, al menos para mí, como si el mundo estuviera oculto tras una densa bruma que no me permitía apreciar nada a mi alrededor. No era capaz de concentrarme, ni siquiera podía entablar una conversación. Vanessa se dedicó a perseguirme a través del WhatsApp y de mensajes de texto, preocupada de que una recaída de mi depresión me enviara de regreso a la cama, tal como ya había sucedido. Pero yo no podía hablar con ella. No era capaz ni de mirarme al espejo, asustado de que la imagen de Muriel con su barriga de nueve meses se me volviera a aparecer al interior de la cabeza. Por eso decidí que lo mejor que podía hacer era dejarme envolver por la neblina de mi propia insensatez: ese lugar donde no se piensa, no se cuestiona, no se sufre, no se vive.

Cada tanto escuchaba a Jimmy hablar por teléfono desde su estudio. Discutía con su agente bancario, presionándolo para que el trámite de un nuevo préstamo estuviera resuelto lo antes posible. De seguro ya era hora de enviar a Heaven Surrogacy el segundo pago y eso estaba volviendo loco a mi marido. Pero en el espacio de profunda irresponsabilidad donde yo me encontraba nada de eso podía afectarme. Apenas se activaba en mí la alerta de un nuevo problema, la bruma se hacía presente y todo quedaba oculto tras el velo de la imprecisión. Por eso ni siquiera volví a preguntarle cómo iba todo. Tampoco lo acompañé a certificar ante notario un par de papeles que Elaine nos exigió a último minuto y que tenían que ver con el seguro médico que había que tomar a nombre de Muriel. Mucho menos intenté averiguar más de ese tema. El solo hecho de pensar en gestiones burocráticas y en discusiones con agentes de seguros provocó que la neblina no se fuera más de mi lado y que terminara viviendo en una suerte de capullo a prueba de ruidos, de noticias, de sentimientos.

Todo se acabó, sin embargo, con la llegada de un correo electrónico de nuestra administradora. Eran las tres y media de la tarde y yo aún estaba en pijama. Dejé que el sonido del celular me recordara un par de veces más que un nuevo email me esperaba en el buzón de entrada antes de tomarlo de la mesa de centro.

Lo leí con apenas un ojo, sabiendo que la suerte ya estaba echada.

Hola, Jimmy y Mauricio,
¡Feliz jueves! Me complace informarles que la transferencia fue todo un éxito. Se le implantó a Muriel un embrión hembra, y se le realizó una prueba de embarazo

que dio positivo. ¡¡Muchas felicidades!! Su hija ya está creciendo en el vientre de la madre gestante.

Giré buscando la protección de mi propia imprudencia, pero la niebla ya me había abandonado. La noticia del embarazo de Muriel era demasiado grande, incluso para ella. No había cómo luchar contra esa monumental revelación, sólida como una montaña y devastadora como un maremoto. Jimmy debía estar empezando su última clase del día y, con toda certeza, no debía estar al tanto puesto que siempre apagaba el celular antes de entrar al salón.

Yo era el único que sabía la primicia. Al menos por las siguientes horas.

Tomé el coche y me dirigí hacia Miami Beach. Desde el camino llamé a Vanessa para avisarle que en treinta minutos iba a pasar por ella. La quería lista y dispuesta para que apenas me viera llegar se subiera de copiloto y me acompaña el resto de la tarde. No era capaz de asumir todo lo que estaba sucediendo sin la presencia de alguien a mi lado.

Apenas di la vuelta en su calle, vi a mi amiga esperándome muy obediente frente a las enormes puertas vidriadas de su edificio y tuve la certeza de que había hecho una mala elección. En lugar de partir corriendo a Miami Beach tendría que haber ido a la universidad, interrumpir la clase de Jimmy y, con una enorme sonrisa de triunfo, contarle la noticia.

—¿Por qué tienes esa cara? ¿Qué pasó? —preguntó alarmada Vanessa apenas se subió al vehículo.

—Porque hice todo mal —fue mi respuesta.

Fui incapaz de contener el llanto, sin saber a esas alturas si lloraba de alegría por haber conseguido por fin llegar a la meta, o de angustia por sentir que las cosas con Jimmy estaban tan mal, o de egoísmo puro por saber que una intrusa iba a llegar a arrebatarme el cariño y la atención del hombre de mi vida. Vanessa se asustó aún más al verme en ese estado.

—¡Tú no puedes conducir así! —sentenció—. Bájate que yo voy a tomar el volante.

Sin que yo opusiera resistencia, terminamos en un bar de Washington Avenue rodeado de turistas enrojecidos de sol, bulliciosos estudiantes de vacaciones y un concurso para ver quién podía tomar más margaritas sin caer rendido al suelo. A duras penas conseguía escuchar a Vanessa a causa del ruido y la música que tronaba en los parlantes del local. Cuando una canción de Pitbull comenzó a sonar, los estudiantes gritaron aún más fuerte e improvisaron una pista de baile junto a nosotros, acorralándonos contra la barra y salpicándonos con su sudor.

Tonight, I want all of you tonight,
give me everything tonight...
For all we know we might not get tomorrow,
let's do it tonight.

A lo mejor Pitbull tenía razón. Quizá a mi relación con Jimmy solo le quedaba esa noche. Tal vez ya no existía un mañana para nosotros. Mi decisión de correr a los brazos de Vanessa en lugar de buscar refugio entre los de mi marido era la prueba más evidente. Mientras el *barman* volvía a llenarnos los vasos de ron y cocacola, intenté encontrar en nuestra historia reciente el preciso momento en donde todo se había ido al carajo. Sí. La visita a la clínica de fertilidad, en Los Ángeles. Ese fue el instante. En ese cuarto de hotel cada uno decidió tomar trincheras separadas. A partir de ahí, Jimmy y yo ya no estábamos luchando la misma guerra. No. Estábamos en guerra, que era muy distinto.

—Tienes que decirle a tu marido cómo te sientes —oí a mi amiga aconsejarme, pero sus palabras quedaron sepultadas por el griterío de los estudiantes que se habían quitado sus camisetas mojadas y bailaban a torso desnudo.

> *Excuse me,*
> *and I might drink a little more than I should tonight,*
> *and I might take you home with me, if I could tonight,*
> *and, baby, I'ma make you feel so good, tonight... 'Cause*
> *we might not get tomorrow.*

Traté de decir algo, pero la lengua parecía no caber dentro de mi boca, y un ligero cosquilleo había vuelto insensible la piel de mi rostro y la punta de mi nariz. Estaba borracho. Después de tres cubalibres conseguí bajar las defensas y desatar el nudo que me apretaba la garganta y no me permitía respirar. A mi lado, Vanessa seguía opinando sin pausa de algo que ya no era capaz de entender. La música se había tomado por completo mis oídos, y solo tenía sentidos para apreciar el retumbar de la batería. Un grupo de muchachas en bikini, de seguro tan ebrias como yo, rodearon con sus cuerpos el taburete donde yo estaba sentado. Una de ella se me sentó en las piernas mientras otra me quitaba el vaso de las manos para acercármelo a los labios. La tercera se reía y aplaudía sin coordinación alguna mis inútiles intentos por quitármelas de encima.

¿Cómo llegué a este momento?

¿Cómo?

Pitbull había sido reemplazado por una canción de Ricky Martin que alborotó aún más a la clientela del bar. Una mesera de falda tan breve como la camisetita que le cubría el pecho apareció de pronto con una bandeja repleta de *shots* de tequila.

—¡Cortesía de la casa! —iba gritando de oreja en oreja.

Sin que alcanzara a detenerla, vi a mi propia mano irse directo hacia uno de los vasitos que contenían un líquido ambarino donde hacía equilibrio un trozo de limón. No debe ser tequila de muy buena calidad, pensé mientras abría la boca. Sentí el ardor bajar directo hasta mi estómago. Las muchachas celebraron mi osadía con gritos y una nueva ronda de aplausos. ¿Y Vanessa? ¿Dónde se había metido? ¿Por qué me había abandonado en ese infierno de borrachos con olor a bloqueador solar, donde Shakira y Maluma eran los reyes de la nueva banda sonora?

Oye, baby, no seas mala, no me dejes con las ganas
Se escucha en la calle que ya no me quieres
Ven y dímelo en la cara...

Me bajé del taburete. Tenía calor. Muchísimo calor. La tela de la camisa se me había pegado en la espalda. ¿Y el aire acondicionado? ¿Acaso lo habían apagado? Todo me daba vueltas. Estaba en el ojo de un huracán. ¿Dónde mierda se había metido Vanessa? Me sentí mal, muy mal. De seguro a esas alturas Jimmy ya había terminado su clase, había leído el correo de Elaine y me estaba buscando por todo Miami para celebrar conmigo el triunfo de nuestro sueño. Contuve apenas la náusea. Como pude esquivé a la mesera que regresaba con un nuevo cargamento de *shots* y me abrí paso hacia la calle. La bofetada del inclemente calor rebotando en el pavimento de la acera me hizo perder el equilibrio. Caí de rodillas y vacié el estómago de culpas, tequilas y malas decisiones. Vanessa apareció unos segundos más tarde.

—Es hora de sacarte de aquí —creo que dijo.

No pude dejar de llorar en todo el trayecto de regreso. Tampoco cuando me metí bajo la ducha, en un intento por espantar la borrachera y quitarme el olor a turista fuera de control. El hecho de descubrir que Jimmy no estaba en casa solo empeoró las cosas. De seguro se había ido, frustrado y lleno de desilusión, cuando descubrió que yo me había desaparecido en el día más importante de toda nuestra relación.

Vanessa me dejó acostado en la cama, con un café negro y humeante en las manos. Afuera, al otro lado de la ventana, ya se había hecho de noche. Y dentro de mí también.

—Tienes que hablar con Jimmy —dictaminó muy seria—. No puedes seguir así.

Ni siquiera hice el esfuerzo por responderle. Pero sabía que mi amiga estaba en lo cierto. La situación ya no daba para más. Dejé la taza a un costado, me refugié entre las almohadas y me cubrí la cabeza con las sábanas.

Al día siguiente, desperté con la misma desorientación de un enfermo que sale después de un largo tiempo en coma. La recámara estaba en completo silencio y olía a alcohol. El sol brillaba con fuerza en el suelo, contenido apenas por las cortinas.

—¿Ulises?

Mi voz sonó opaca, cavernosa. Tenía la boca seca y los ojos hinchados.

El otro lado de la cama no mostraba huellas de haber sido usado por mi marido: las sábanas y la almohada se veían intactas. De inmediato supe que esas no podían ser buenas noticias. Me dolían el cuerpo y las sienes. Me levanté con dificultad y salí al corredor. Silencio. No se oía nada. Al parecer Jimmy no estaba. O quizá nunca llegó. Tuve el impulso de revisar su clóset, a ver si aún estaba ahí su ropa. Me pareció un gesto tan melodramático que me detuve. Además, mi esposo jamás me abandonaría sin antes decírmelo a la cara. Lo conocía. Sabía cómo pensaba. Era yo, sin embargo, el que no tendría ningún problema en hacer la maleta de madrugada y huir sin dar explicaciones. Supongo que el ladrón siempre juzga por su condición.

Con sorpresa descubrí que la puerta del estudio de Jimmy estaba cerrada. ¿Qué hora era? El dolor de cabeza me impedía pensar con claridad. Me acerqué despacio y pegué la oreja a la madera. No, adentro tampoco se escuchaba nada. Iba a seguir hacia la cocina, cuando un discreto sollozo frenó mis pasos. ¿Habían sido ideas mías o alguien lloraba al interior de la habitación?

Entré y sorprendí a Jimmy sentado frente al escritorio, el cuerpo hacia adelante, recostado sobre el teclado de su computadora portátil. Apenas escuchó el ruido de la puerta, se enderezó de golpe y se giró hacia mí. Tenía las mejillas empapadas y los ojos enrojecidos.

Esas tampoco eran buenas noticias.

—Puedo explicarte todo... —fue lo primero que salió por mi boca.

El exceso de cubalibres y tequilas aún me impedía pensar con total claridad, pero tuve la certeza de que mi matrimonio había llegado a su fin. Jimmy había sido capaz de soportar muchas cosas. Mis indecisiones. La remodelación de la casa que por poco nos cuesta la vida. Mi trabajo inestable. Las dudas. Las malditas dudas. Pero haberme desaparecido el día más importante de todos no tenía perdón. Ni justificación.

—No sé qué me pasó —dije con total sinceridad—. Jimmy, te lo juro...

—Lo perdió —susurró tan despacio que aquellas dos palabras se disolvieron apenas entraron en contacto con el aire.

Pero alcancé a escucharlas. «Lo perdió». Entonces vi que en la pantalla de su laptop tenía abierto un nuevo email de Elaine. Y comprendí el llanto. Su cuerpo derrotado. La nube negra que nos contenía a ambos.

—Tuvo una pelea con el novio —murmuró entre sollozos—. Un problema familiar, parece. Hubo gritos... ella se alteró mucho...

Corrí a buscar mi teléfono. En la bandeja de entrada estaba el correo electrónico de Elaine con las malas noticias. Había llegado cerca de las diez de la mañana. Desprendimiento de embrión era el término exacto con el que ella definía la lamentable situación. Un embrión que no alcanzó a desarrollarse, producto de una situación familiar inesperada que la madre gestante no supo enfrentar y que terminó provocándole un estrés más intenso del que debía y podía soportar. Heaven Surrogacy no se hacía responsable de los hechos acontecidos, sin embargo, estaban dispuestos a volver a buscarnos una nueva donadora de óvulos y un vientre, con un importante descuento, en caso de que quisiéramos repetir el proceso.

Era mi culpa. Tenía que ser mi culpa. Todo lo malo que siempre nos ocurría era mi responsabilidad.

Recordé nuestra conversación por Skype con Muriel, sus evidentes nervios, la mirada inquieta y fija en la puerta. Su discusión con Harry fuera de cámara. Las ganas de regresar a Las Vegas para dejarse proteger por su familia. La maleta en el suelo. Ahora era tan evidente que las cosas no andaban bien. Y yo sabía que Jimmy también se había dado cuenta y, al igual que yo, prefirió esconder bajo la alfombra sus miedos. Isabel bien merecía hacer la vista gorda en un asunto tan incómodo como la vida personal de una muchacha de veintidós años atrapada en una relación disfuncional con un novio abusivo.

¿Qué hacer ahora? ¿Cómo seguir adelante?

—¡Los voy a demandar! —bramó mi esposo—. Voy a hablar con Orlando. ¡Van a tener que responder!

—¿Demandar a quién?

—¡A la agencia! ¡Esto es responsabilidad absoluta de Heaven Surrogacy! —gritó, cada vez más alterado—. ¡Ellos nos aseguraron que su selección de candidatas era a prueba de errores!

—Pero nos ofrecen un descuento...

—¿No lo entiendes? ¡Tuvimos que pedir dos créditos al banco para poder hacer esa inseminación!

¡Tenemos una deuda que pagar por los próximos siete años! ¡No podemos hacer de nuevo el proceso! —exclamó.

En una fracción de segundo tuve la certeza de lo que se nos venía encima. Una vez leí que cuando se está a punto de morir toda tu vida pasa frente a tus ojos en apenas un suspiro. Bueno, ese día yo descubrí que, en mi caso, fue exacto al revés: en ese instante vi todo lo que aún no había vivido, y no me gustó. Jimmy se hundía en la depresión. No podía seguir impartiendo clases. La decana, presionada por sus largas ausencias, lo obligaba a tomar un año sabático pagándole menos de la mitad de su sueldo. Por lo mismo, no conseguía juntar el dinero para pagar cada mes los dos créditos bancarios. Eso le provocaba una depresión aún más severa. Yo, por mi lado, no sabía cómo ayudar a mi esposo a levantarse de la cama. Me ponía en contacto con su madre, en Chicago, a ver si me echaba la mano. Pero solo recibía una enorme negativa que me llenaba aún más de coraje. Las cosas entre Jimmy y yo llegaban a un punto de quiebre tan profundo y doloroso que lo mejor era separarse.

No estaba dispuesto a pasar por eso.

Siempre supe que el más cobarde de los dos era yo. Tenía clarísimo que, si había que salir huyendo, iba a echarme a correr sin mirar hacia atrás. Lo mejor que podía hacer era asumir mi condición de pusilánime y de villano de la película e irme al cuarto a llenar una maleta con mi ropa.

Eso fue lo que hice.

Cuando salí de la casa, cargando con gran parte de mis pertenencias dispuesto a subirme a un Uber que esperaba por mí para llevarme donde Vanessa, ni siquiera me volteé a mirar a Jimmy, que seguía en el sofá, tan desconcertado como estremecido por lo que estaba presenciando. Ya ni siquiera valía la pena decirnos adiós. El vacío de mi ausencia se encargó de poner el punto final luego del sonido del portazo. Así fue nuestra despedida. Una vida entera cercenada por una puerta que se cerró y no se volvió a abrir. Una vez dentro del auto, inhalé e intenté llenarme de aire los pulmones. Se me había olvidado respirar. En ese momento supe que iba a tener que aprender a sobrevivir como fuera, porque lo que se venía no era fácil. El daño estaba hecho. Ya tenía la palabra *derrota* tatuada en la frente, y para siempre.

Capítulo nueve

UNA VISITA INESPERADA

—¡Mauricio, la cena está servida!

La voz de mi madre llegó aguda desde la cocina unos segundos antes que el aroma del chicharrón de cerdo en salsa verde. Cuando la ola que arrastraba el inconfundible olor de chiles serranos, jitomates, cebolla y ajo se metió al cuarto donde yo estaba tumbado sin hacer nada comprendí que mi mamá estaba decidida a subirme el ánimo. Desde que llegué, no había hecho otra cosa que darme en el gusto. En apenas unas semanas había desempolvado todas las recetas de mi infancia para sorprenderme cada vez que nos sentábamos a comer. A ese ritmo, no solo iba a ser un triste divorciado el resto de mis días: sería un divorciado triste y gordo.

Mi padre se asomó por la puerta. Alcancé a tener un atisbo de pudor de que me viera en pijama, echado sobre el cobertor, el pelo revuelto, con restos de una bolsa de papitas fritas en la mesa de noche y el teléfono abierto en Instagram en una de las manos, pero fui incapaz de corregir mi posición. No era la imagen de alguien que pareciera tener cosas importantes que hacer.

Y esa era la verdad: no tenía nada importante que hacer.

—Vamos, tu mamá nos está esperando —dijo y forzó una sonrisa.

No había caso, mis padres solo eran capaces de sentir lástima por mí, pensé mientras decidía si levantarme o no. Por más que mi mamá se esforzara en desplegar sus dotes culinarias y mi papá en simular que continuaba orgulloso de su hijo favorito, todo lo que hacían, todo lo que decían y todo lo que dejaban ver era una profunda desilusión por mi nueva situación de vida. Mi separación con Jimmy los golpeó con fuerza. Era evidente que jamás se imaginaron que algo de esa naturaleza podía llegar a suceder entre nosotros.

Cuando los llamé desde casa de Vanessa, aún en Miami, para contarles la noticia y preguntarles si podía irme a México a pasar una temporada con ellos, no tuve una respuesta inmediata. El silencio al otro lado del celular me dejó clarísimo que ninguno de los dos estaba preparado para reaccionar ante una situación así. Luego de algunos titubeos y disimulados sollozos contestaron que ese seguía siendo mi hogar y que las puertas estaban abiertas para que me quedara el tiempo que yo considerara prudente. Repíteselo tú ahora, Enrique, dile al niño que aquí estamos para ayudarlo y darle el apoyo que necesita. ¿Me oyes, Mauricio? Puedes llegar aquí cuando quieras. ¡Por algo somos tus padres, y los padres siempre estamos ahí cuando los hijos caen en desgracia! Y un divorcio es una desgracia, no te lo voy a negar. Una desgracia enorme, sobre todo porque hombres como Jimmy no crecen en los árboles. Esa es la verdad. Y tan felices que se veían. ¿No es así, Enrique? ¿Por qué te quedas callado? ¡Dile algo a Mau, que está con la moral por el suelo! Y yo, después del largo monólogo de mi madre, les aseguré que mi paso por su casa solo sería por unas pocas semanas, las necesarias para estabilizarme, buscar trabajo como fotógrafo y conseguir un lugar que rentar.

—¿Entonces te regresas a vivir a México? —preguntó mi madre, no con el entusiasmo de saber que ahora me tendría más cerca de ella, sino con el desencanto de tener la certeza de que mi plan de vida había fracasado.

En ese momento no supe qué responder. Y la verdad es que hoy tampoco sabría qué contestar. Por suerte ninguno de los dos siguió adelante con sus interrogatorios y decidieron que lo mejor que podían hacer era dejarme vegetar en el cuarto de huéspedes, donde instalé mi maleta y algunas de las cosas que me traje de la casa de Miami.

Entre esas cuatro paredes estuve intentando recomponer las piezas rotas de mi existencia, esas que quedaron desparramadas en el suelo luego de que Jimmy perdiera el juicio ante el aborto espontáneo de Muriel. Yo solo pretendía sobrevivir. Era mi único plan. Por el momento no le pedía más a mi propio cuerpo. Dormir. Dormir mucho. Era mi manera de dejar que pasara pronto el tiempo. Dormir para olvidar a Jimmy, para por fin sacármelo de adentro, para alejarlo como quien espanta a un fantasma testarudo. Si cada día abría los ojos, me sentaba en la cama y me dejaba caer de nuevo sobre la almohada, lo hacía con la secreta intención de volver a despertar con Jimmy, mirándome sonriente desde su lado del colchón. Pura contradicción, lo sé. Pero así de incoherentes eran mis pensamientos.

Tal vez, si tenía suerte, algún día recuperaría las ganas de volver a vestirme y salir a la calle. Quién sabe. Por ahora no me daban las fuerzas. Desde que dejé de ver a mi marido no fui capaz de tomar una nueva decisión. No sabía qué iba a ser de mí. No podía ni siquiera anticipar cómo iba a acabar el día que estaba viviendo. El futuro era un concepto impreciso, un día nublado, una neblina espesa, un invierno oscuro que echaba por tierra cualquier plan que yo hubiese podido tener. Entonces no me quedaba más remedio que echar mano a lo único concreto que tenía: mi historia con Jimmy, aquel largo tiempo que compartimos y que conservaba como única certeza de que seguía vivo.

¿Pensaría Jimmy también en mí? ¿Habría días que, al igual que yo, él amaneciera con algún recuerdo dándole vueltas en la cabeza y que por más que se esforzara en alejarlo se quedara ahí, inoportuno y burlón, sin ánimos de dejarlo en paz? A mí me sucedía eso. Sobre todo, cuando soñaba con Jimmy y despertaba con su olor impregnado en mi pijama.

Y ya no tenía para dónde volver a escapar.

El día que hice mis maletas y me fui de nuestro hogar me quedé unos instantes en la acera, deseando escuchar a mis espaldas el ruido de la puerta al abrirse y el grito de mi marido rogándome que no me subiera al Uber. Pero nada de eso ocurrió: ni la puerta se abrió ni mi marido gritó. Yo permanecí bajo el implacable sol de Miami aguadando sin éxito mientras de seguro Jimmy, adentro de la casa, llamaba a su abogado para iniciar una demanda contra Heaven Surrogacy por daños y perjuicios. Entre perseguir a su esposo o perseguir legalmente a la agencia, había elegido la segunda alternativa. Perderme era solo un daño colateral en aquella guerra. ¡Y Jimmy no había nacido para perder guerras!

Sin tener mucha conciencia de lo que hacía, me dirigí hasta el departamento de Vanessa. No sé qué cara debo haber tenido, pero cuando mi amiga me vio entrar corrió a abrazarme y no me soltó hasta que llegó la noche y hubo que empezar a tomar decisiones. ¿Qué vas a hacer ahora? ¿Dónde vas a dormir? ¿Vas a quedarte en Miami?

—No puedes lanzar por la borda tantos años de relación, Mauricio —repetía Vanessa como un mantra—. Jimmy es un buen hombre. ¡No vas a encontrar otro como él!

Yo solo asentía en silencio, incapaz de participar de la conversación.

—Vas a ver que te va a llamar en cualquier momento, o se va a aparecer por aquí. Deja que las cosas se enfríen un poco para que puedan volver a conversar con calma —me aconsejó.

Me quedé en casa de Vanessa los siguientes días viviendo al compás de una irritante espera, con la secreta ilusión de que Jimmy de pronto tocara el timbre y cortara de golpe mi ansiedad que, para ese entonces, ya calificaba como un trastorno postraumático. Me lo imaginaba que aparecía en el momento menos pensado en el umbral, los hombros caídos hacia el frente y la cabeza gacha, en ese gesto tan típico de él que dejaba ver todo su arrepentimiento y tristeza. Desde ahí, siempre mirando el suelo, me pedía disculpas por haber reaccionado de esa manera y me juraba que toda la locura de la agencia, el vientre alquilado y el sueño de ser padres iban a quedar atrás. Te elijo a ti, Mauricio, me diría lleno de honestidad. Y yo, claro, saltaría del sofá para correr a sus brazos y dejarle saber, con el beso más apasionado de todos, que lo perdonaba, que lo amaba con toda el alma, y que también lo elegía a él para seguir a su lado el resto de mi vida.

Sí, puro romanticismo barato de película domin-
guera.

Porque nada de eso ocurrió. El timbre no volvió a
sonar, tampoco mi celular. Mis días en casa de Vanessa se
extendieron más de la cuenta y pronto experimenté la sensación de haberme convertido en un problema para ella. Descubrí que la frontera que existe entre tenderle la mano a un
amigo en desgracia y transformarse en una incómoda presencia que duerme en un sofá hasta mediodía es muy tenue.

Era hora de tomar una decisión, y pronto.

—Mañana mismo me voy —le dije a mi amiga cuando regresó del trabajo.

—¡Hablaste con Jimmy! —exclamó contenta.

—No. Hace dos semanas que no he sabido nada de
él —contesté.

—No puedo creerlo. Jamás me imaginé que fuera
tan orgulloso como para desaparecerse de esta manera.

—Fui yo el que cortó la relación —sentencié—, y
Jimmy solo está respetando mi decisión.

—¡Pues es una pésima decisión! —puntualizó Vanessa—. ¿Y adónde te vas a ir?

—A México. Con mis padres.

—¡Mauricio Gallardo, te volviste loco por completo! —chilló.

—¿Y qué me voy a quedar haciendo aquí? No puedo seguir durmiendo en tu sillón.

Vanessa arremetió con fuerza. Me dijo que no iba
a permitir que lanzara por la borda todo lo que había
conseguido en Miami, que ya tenía un nombre como
profesional, que mi trabajo fotográfico era conocido y
valorado por muchas personas. Que ella misma iba a ayudarme a conseguir un apartamento, y que incluso tenía la

impresión de que, para mi fortuna, se rentaba uno en el mismo edificio donde vivía. Era cosa de hablar con una amiga que se movía como pez en el agua en el mundo de los bienes raíces para resolver ese problema.

—En cosa de días vas a tener un nuevo lugar donde vivir —me aseguró.

—Necesito irme lo antes posible de Miami, ¿no lo entiendes? —me lamenté—. ¡Aquí todo me recuerda a Jimmy!

—Pues entonces vete a Nueva York, o a San Francisco. ¡Pero no cometas la estupidez de irte a encerrar a la casa de tus papás!

Sin permitirse hacer una pausa en sus descargos, me arrebató el celular de las manos. La vi manipular a toda velocidad mi iPhone, mientras seguía hablando:

—Estoy segura de que sabes que un clavo saca a otro clavo...

—No puedo creer que pretendas que empiece una nueva relación para olvidar a Jimmy.

—¿Quién está hablando de relaciones? —exclamó con los ojos fijos en mi teléfono—. Lo que tienes que hacer ahora es conocer muchos hombres y acostarte con todos ellos. ¡Esa es la mejor manera de anestesiarse después de una ruptura amorosa!

—Estás loca —dije.

—No, soy realista. Y tu mejor amiga. Por eso no voy a permitir que te deprimas ni que tomes una mala decisión cuando todavía estás traumatizado por lo que pasó. —Luego de un segundo me extendió el celular—. Toma, ya está listo.

En la pantalla de mi iPhone vi que había descargado la aplicación de Grindr.

—Apenas la abras te van a empezar a llegar notificaciones de otros hombres que estén cerca y que quieran conversar contigo —explicó.

—¿Conversar? —me burlé. Y de inmediato agregué—: Sé cómo funciona.

—Pues muy bien. Entonces ponte *online*, contéstale a todo el mundo que te escriba y sal por esa puerta a pasártela bien un rato, que es lo que necesitas hacer después del mal trago que acabas de vivir.

Tal vez Vanessa tenía razón. Llevaba dos semanas de total aislamiento en su departamento, sin más compañía que mis pensamientos obsesivos. Sin embargo, la idea de besarme con otro hombre o de permitir que manos ajenas me quitaran la ropa me provocaba más fastidio que deseo.

A pesar de mis reparos, aproveché que mi amiga salió a hacer unas compras al supermercado de la esquina para activar mi cuenta en la aplicación y echarle un vistazo. Al hacerlo, de inmediato mi pantalla se llenó de fotografías de hombres de todas las edades, complexiones e intenciones y, casi al mismo tiempo, el inesperado sonido de una campanilla me dejó saber que uno de ellos me estaba escribiendo un mensaje:

Hey, gorgeous, love ur profile pic.

Ahí estaba yo, enfrentado a mi primer mensaje provocativo. Un hombre divorciado que no sabía cómo proceder. Me sentí de pronto colgando de una cornisa, con la posibilidad de hacer un esfuerzo, sortear el peligro y regresar a la seguridad de lo conocido o, por el contrario, dejarme caer al vacío y descubrir en el camino dónde iba a estrellarme. Volví a leer la nota una y otra vez, intentando encontrar en aquellas seis letras una profunda razón para apagar mi iPhone y ponerme a hacer la maleta.

Love ur profile pic.

¿Qué foto había elegido Vanessa para lanzarme de bruces al mercado de la carne? Descubrí que había seleccionado una que me favorecía bastante y que de seguro rescató de algunas de las carpetas de mi celular. Lo irónico era que en la imagen original yo estaba junto a Jimmy, alegre y feliz, celebrando uno de nuestros aniversarios. Mi amiga la había recortado hasta dejar solo mi rostro lleno de felicidad por la proximidad de mi ahora exmarido. Pero *SexyGay20* no tenía cómo saber el trasfondo de la fotografía ni toda la historia que se escondía detrás de mi luminosa y provocadora sonrisa.

Antes de decidir qué responderle, llegó un nuevo mensaje: *What's up tonight...?* Nada, le contesté en español.

Going to a club with some friends. Wanna join?

No, la verdad no tenía ni el más mínimo deseo de ir esa noche a un club en compañía de *SexyGay20* quien, según me permitió ver el retrato en su perfil de información, era un tipo con más músculos de los necesarios, la cabeza casi afeitada y la piel color canela. Pero si Vanessa estaba en lo correcto, el hecho de salir de su departamento y de perderme por unas horas en las desenfrenadas calles de Miami Beach bien podía ayudarme a escapar del trastorno de estrés postraumático que yo mismo me había diagnosticado.

Nos vemos allá, tecleé en mi celular. Y sellé mi destino.

Esa noche elegí con paciencia diferentes alternativas de ropa. Me decidí por una camiseta negra, ajustada y sin mangas, y unos *jeans* también negros que desempolvé del fondo de mi maleta.

¿Cuándo había sido la última vez que Jimmy y yo fuimos a bailar? Cinco años, tal vez un poco más. Y mientras me daba los últimos retoques en el baño de Vanessa, ya listo para salir a mi primer encuentro de hombre soltero, recordé con toda precisión el olor de la loción que tanto le gustaba usar a Jimmy cuando se preparaba para alguna ocasión especial. Tuve que cerrar los ojos, golpeado por el imprevisto cañonazo de emociones que me trajo el aroma de su perfume.

Entonces descubrí que esos últimos días —los mismos que llevaba sin verlo— los había pasado en la firme ilusión de que las cosas no iban a cambiar entre nosotros. Que la separación era pasajera y que muy pronto terminaría. Que en cualquier momento mi marido iba a entrar también al baño para lavarse los dientes o lo iba a ver cruzar hacia la cocina en busca de un café para acompañar la lectura de un libro. Porque así tenía que ser. Porque así ocurrió durante tanto tiempo. Lo vi cientos de veces entrar al baño en calzoncillos para orinar con la puerta abierta. Fui testigo una infinidad de ocasiones de cómo se relamía al prepararse un café después de cenar. Y lo extrañaba. Extrañaba con dolor esa vida hecha de detalles mínimos, tan mínimos que tal vez no fui capaz de gozarlos en su momento de lo invisibles que me resultaron.

Pero aquella imagen de camiseta y pantalones negros que se reflejaba en el espejo me recordó que era un error pensar en reconciliaciones. Este era yo ahora. Y una reconciliación nunca ocurriría. Ya era hora de salir al club. Jimmy era parte de mi pasado y, gracias a una aplicación virtual, yo tenía una cita con un musculoso de cabeza afeitada. Y si las cosas salían bien, esa misma noche mi cuerpo iba a comenzar a desprenderse del olor de Jimmy gracias a las caricias de *SexyGay20*.

Decidí caminar hacia Heaven Lounge, como terminó llamándose el club donde encontraría a mi cita. No puede evitar fruncir el ceño al leer la palabra Heaven en el chat de Grindr. Heaven Surrogacy. Heaven Lounge. Lo único que faltaba era que *SexyGay20* también se llamara Jimmy para que así la vida terminara de boicotear mi noche de juerga y me obligara a regresar corriendo al sofá de Vanessa, donde me quedaría bajo una manta hasta que fuera el momento de abordar el avión que me llevaría directo a la casa de mis padres.

La entrada de Heaven Lounge resultó ser una puerta bastante modesta en la enorme fachada de lo que parecía ser un galpón industrial. Le hice una seña de saludo al cadenero, como si lo conociera de toda la vida, y me abrió de inmediato el cordón que bloqueaba el paso. Una vez adentro, un estrecho pasillo flanqueado de espejos me llevó hasta la taquilla, donde pagué mi entrada. Mientras recibía de regreso mi tarjeta de crédito me llegaban los acordes amortiguados de la música en la nave contigua. Cruzaron frente a mí un par de tipos enfundados en pantalones de cuero tan apretados como una piel postiza. Si Jimmy hubiera estado a mi lado, de seguro nos hubiéramos reído de ellos. ¿Te imaginas el calor que tendrán? Pantalones de cuero en Miami.

¡En Miami! ¿A quién se le ocurre?

Pero mi marido no estaba ahí y yo no tenía a nadie con quien comentar mis impresiones.

Ya llegué, le escribí en el chat a *SexyGay20*.

I'm on the dance floor. Shirtless. Close to the bar, contestó de inmediato. Por lo visto, estaba esperando con ansias mi llegada.

Empecé a caminar hacia las puertas que se abrían sobre la pista de baile donde un hombre sin camisa aguardaba por mí. Al entrar al enorme pabellón central, no me quedó más remedio que reconocer que el lugar era impresionante: tenía varios niveles atestados de personas, un bar que lo cruzaba de lado a lado y un sistema de juego de luces de primer nivel.

Buena elección, pensé. ¿Cuánto tiempo llevaría Heaven Lounge abierto al público? ¿Poco, y por eso nunca había escuchado hablar de él, o era yo el que había envejecido más de la cuenta estos últimos años, más preocupado de las vicisitudes de un matrimonio que de los excesos de Miami Beach?

La música fue aumentando su intensidad a medida que me fui internando en ese sudoroso bosque de cuerpos multicolores. Me pasaban por delante torsos monumentales, brazos gruesos como raíces, abdominales definidos con precisión de escultor. A mi lado vi dedos que abrían con urgencia botones de camisas, manos que se tocaban y perseguían entre ellas, bocas que se buscaban con gula, pieles que brillaban al compás de un arcoíris electrónico.

¿Y *SexyGay20*? Recordé sus indicaciones: sin camisa, en la pista de baile, junto a la barra del bar. Eché un vistazo, a ver si conseguía encontrarlo. Un mar de cabezas afeitadas, todas pendientes de las pantallas luminosas de sus celulares, me confirmó que ubicar a mi cita sería una tarea complicadísima. *SexyGay20* podía ser cualquiera entre esos cientos de hombres que, frenéticos y apretujados, intentaban conseguir un cuerpo para llevarse a casa y terminar la noche. Uno igual al otro. El de más allá, idéntico al de más acá.

Y de pronto, el perfume de Jimmy. Ahí estaba de nuevo, haciéndome cosquillas en la nariz.

Pero Jimmy no se parecía a ninguno de ellos. Claro que no. Él era tan distinto. Tan especial, mi Jimmy. Supe que era único en su especie apenas lo descubrí, solo en una esquina, durante la fiesta de cumpleaños de Vanessa. Y una vez más volví a ese instante, como siempre hago cuando necesito escapar de la realidad para refugiarme en un recuerdo que me dé felicidad y que me calme el corazón. Jimmy. Su cuerpo siempre tenso en un gesto de clara incomodidad ante el mundo que lo rodeaba. El hombre con el corazón más grande del mundo. «Se llama Jimmy», me susurró Vanessa al oído la noche que lo conocí, justo antes de empujarme hacia él para obligarme a hablarle y así iniciar nuestra historia.

¿Y qué pasó? ¿Qué camino tomé que me dejaba varado en una pista de baile en la que no quería estar? ¿Por qué no estaba en mi casa, acostado junto a mi esposo, soñando con la llegada de Isabel y su recámara de paredes rosas?

Salí con la misma urgencia con que un buzo con problemas en su tanque de oxígeno emerge desde el fondo del mar. El calor y la humedad me pegaron de inmediato la ropa a la piel.

¿Mi coche? ¿Dónde estaba mi coche? Recordé mientras avanzaba por la acera que había elegido caminar hasta Heaven Lounge. Molesto ante mi mala decisión, tomé mi celular dispuesto a conseguir un Uber lo antes posible para que me llevara a mi destino.

Al encender el teléfono me topé con varios mensajes aún sin leer de *SexyGay20*, donde reclamaba por mi ausencia. *Where RU baby? RU here? Waiting for you, daddy*. Maldije a Vanessa y su idea de haber convertido mi *iPhone* en una puerta abierta para que cualquiera pudiera escribirme y exigir mi presencia en lugares que no me atraían en lo más mínimo. Mi casa. Eso era todo lo que necesitaba. Mi hogar. El mismo que nos había tomado tanto tiempo construir, pero que al final habíamos aprendido a querer juntos. Los mensajes de *SexyGay20* seguían llegando uno tras otro, sin pausa, todos anticipados por el sonido de una irritante campanilla metálica que solo conseguía alterarme más. ¿Cómo se podía silenciar ese maldito teléfono? ¿Acaso *SexyGay20* no iba nunca a darse cuenta de que lo acababa de plantar?

Antes de que tuviera tiempo de pedir un Uber, un taxi amarillo se detuvo cerca de la puerta de entrada de Heaven Lounge y un par de ruidosos adolescentes, que era evidente que habían estado bebiendo más de la cuenta, se bajaron. Corrí y me metí al interior del vehículo sin siquiera darle tiempo al chofer a reaccionar. Cerré la puerta y le di la dirección de nuestra casa.

Sí, era lo único que podía hacer.

De hecho, eso era lo único que me quedaba por hacer.

El coche enfiló veloz para salir de Miami Beach. ¿Cómo sería nuestro reencuentro? ¿Qué nos diríamos Jimmy y yo una vez que estuviéramos cara a cara, después de dos semanas de ausencia? ¿Harían falta las palabras? Por si acaso, durante la ruta fui pensando todo tipo de disculpas y frases para romper el hielo. Al cabo de unos minutos tenía un libreto que consistía en una serie de afirmaciones precisas y de fuerte contenido emocional que, estaba seguro, serían capaces de derribar cualquier escudo. Deseaba sonar perfecto. En el fondo, no quería que mi marido se desilusionara al verme aparecer.

A medida que el taxi se acercaba a nuestra calle sentí crecer el latir desbocado de mi corazón dentro del pecho. Las manos me sudaban y mi lengua buscaba frenética un poco de saliva al interior de mi boca.

UR you coming or not?! Un Nuevo y molesto mensaje de *SexyGay20* despertó mi celular y llenó con su sonido el interior de la cabina. Su presencia era un error que había llegado demasiado lejos.

No, contesté.

Fuck you, bitch.

Así, con un furioso portazo virtual, mi cita de Grindr le dio el tiro de gracia y le puso la lápida a mi primer torpe intento por olvidar a Jimmy. Nada podía importarme menos. Para lo único para que sí tenía sentidos era para repetirme que ya casi estábamos llegando a mi destino, que debía seleccionar con cuidado cada una de las palabras con las que iniciar la conversación y que, pasara lo que pasara, no podía nunca olvidar que Jimmy era el amor de mi vida. Mi Jimmy. El mejor hombre del mundo.

El taxi se detuvo frente a nuestro jardín. Lancé un par de billetes hacia el asiento del chofer y me bajé con la misma urgencia con que uno corre a encontrarse con el resto de su destino. Antes de llamar, respiré hondo y me sequé las palmas de las manos en los pantalones.

Escuché el ruido del timbre haciendo eco al interior de la casa. Era cosa de segundos para oír los pasos de Jimmy acercándose a la puerta, los mismos que durante años me acompañaron día y noche. Pero no sucedió. No llegaron aquellos pasos. No hubo ni un solo ruido. Toqué con más fuerza para asegurarme que sí me oyeran. Tragué hondo. Y otra vez más. Nada. Ni pasos, ni el sonido del picaporte, ni el de los goznes al abrirse.

El vacío.

Avancé hacia la ventana que se abría hacia la sala y comprobé que todo estaba en total oscuridad. No se veía ni la más mínima señal de vida adentro. Con un mal presentimiento, abrí veloz la caja del buzón y comprobé que figuraba lleno de cartas que nadie se había tomado la molestia de recoger. Fue entonces que descubrí que el coche de Jimmy estaba estacionado al fondo del antejardín, el sitio protegido donde siempre lo dejábamos cuando nos íbamos de viaje.

Era evidente: Jimmy se había ido.

Antes de que tuviera tiempo de pensar en lo que estaba haciendo, volví a sacar mi celular del bolsillo y lo encendí para hacer una llamada. Quise imaginar en dónde y cómo comenzó a sonar el teléfono de Jimmy al otro lado de la línea. ¿Dónde estaría? ¿En un hotel? ¿En casa de algún amigo? Pero de golpe, como un hachazo repentino, me llegó el mensaje que no hubiera querido nunca escuchar: «*We're sorry, you have reached a number that has been disconnected or is no longer in service*».

Jimmy, el mismo que alguna vez fue mi Jimmy, había desaparecido.

Esa misma noche, apenas regresé al departamento de Vanessa, compré un boleto de avión con destino a Ciudad de México. ¿Entonces te regresas a vivir aquí?, preguntó mi madre al otro lado del teléfono cuando se lo informé. ¡Mauricio Gallardo, te volviste loco!, exclamó mi amiga cuando me despedí de ella.

Ni siquiera me tomé la molestia de responderle a ninguna de las dos.

—Te voy a extrañar —dijo Vanessa al día siguiente, con los ojos llenos de lágrimas, junto al taxi que pedí para que me llevara al aeropuerto.

—Y yo también —confesé.

—Entonces quédate. Trata de solucionar las cosas con Jimmy...

—Ya no se puede —murmuré—. Ya lo perdí. Lo perdí para siempre.

Cuando llegué al aeropuerto, recordé que apenas algunas semanas atrás había estado ahí mismo con Jimmy, listos para abordar un avión rumbo a Los Ángeles y así iniciar el proceso de fertilización. Ahora, en cambio, en las manos tenía un boleto *one way* que me llevaría al país de mi infancia y en mi equipaje iban todas mis pertenencias. Mi vida entera cabía en apenas dos maletas.

Así fue como después de un viaje de tres horas, y que me hizo envejecer una década, llegué de regreso a casa de mis padres.

—¡Mauricio, ¿vas a venir o no a cenar? ¡Tu padre y yo ya estamos comiendo! —gritó mi mamá algo molesta desde el comedor.

Al igual que cuando tenía ocho años, me levanté de mi cama y acudí al llamado. Y del mismo modo en que lo hacía en mi infancia, aguanté en silencio cuando me reclamaron por estar sentado ahí en pijama y sin haberme bañado en todo el día. Porque, aunque ya seas un hombre hecho y derecho, Mauricio, hay códigos que tienes que saber conservar, y uno de ellos es sentarse a la mesa bien presentado, como si te importara, ¿no es cierto, Enrique? Y no malentiendas lo que te digo, porque mira que con tu padre estamos felices de tenerte viviendo con nosotros, pero en esta casa hay reglas, como en todas las casas del mundo, y los que lleguen tienen que respetarlas. Y tú, di algo, Enrique, mira que el niño está poniendo mala cara por culpa de mis palabras, y si tú no hablas voy a ser la única que va a quedar como la villana de la historia y no es justo. ¡No es justo, claro que no!

Esa noche me la pasé en vela, buscando en internet postulaciones a becas fuera del país. Al final, ya cerca de la madrugada, y luego de mucho analizar y elegir, resolví llenar un par de formularios para la Universidad Autónoma de Barcelona, otro para solicitar mi selección en un exclusivo curso de fotografía en París, y el último para permanecer en Argentina por un año y así perfeccionar mis habilidades con el Photoshop.

Después de pasar una temporada en casa de mis padres, sabía que lo mejor que podía hacer era salir de ahí. Empezar de cero, una vez más. Anestesiarme con nuevos estudios. Obligarme a pensar en otra cosa. Rodearme de gente creativa y con hambre profesional. Hacer de cuenta que tenía de nuevo veinte años, y que el mundo estaba lleno de posibilidades para mí.

—¡Me parece una excelente idea, Mau! —dijo Vanessa al teléfono cuando la llamé a Miami para contarle mis planes.

—Sabía que te iba a gustar la noticia.

—Es lo mejor que puedes hacer. Te consta que nunca aprobé la locura de que te fueras a vivir con tus padres. Sabes que los adoro, pero...

—Pretendo salir de aquí lo antes posible —respondí, para frenarla.

—Barcelona, París y Buenos Aires. Nadie puede culparte de tener mal gusto —sentenció con evidente voz de envidia—. Tres de mis ciudades favoritas. ¿A cuál te gustaría irte?

—A estas alturas, a cualquiera. Lo que necesito es cambiar de escenario —confesé—. Y lo antes posible.

—Estoy segura de que te van a dar una de esas becas. ¡Y ojalá sea la de París, para ir a verte y practicar mi francés! —Luego de una pausa algo nerviosa, continuó—. Ah, y para que sepas, ayer pasé por... por tu casa... Bueno, por tu ex casa... O sea, por la casa donde vivías con Jimmy aquí en Miami... ¡Ay, tú me entiendes!

—¿Y? —la apuré.

—Nada. Todo sigue oscuro y cerrado. El coche, de hecho, está cubierto de lagartijas y hojas. ¡Y el jardín es un desastre! Parece una selva.

—O sea que Jimmy no ha vuelto...

—No. Y nadie sabe dónde está. Le pregunté por él a algunos amigos que tenemos en común, y no lo han visto ni tampoco han hablado con él. ¡Se lo tragó la tierra!

Durante las siguientes semanas no dejé de soñar con nuestra casa de Miami, y en particular con la imagen del auto cubierto de lagartijas, viscosas y resbaladizas, como la prueba más concreta de que hasta la naturaleza se había encargado de borrar nuestro pasado. Fue así como descubrí que cuando una relación importante se acababa, el resto de los días —y también sus respectivas noches— se volvían un largo túnel de horas insensibles. Se

conservaban por inercia las actividades habituales, pero
solo en estructura porque, en el fondo, nuestro corazón
ya se había vaciado hasta convertirse en un trozo de carne muerta que solo repetía hasta el infinito su estúpido
acto de latir, pero ya sin saber muy bien para qué. O para
quién. Por eso me sorprendió mucho darme cuenta, después de mi conversación telefónica con Vanessa, cuánto
extrañaba aún nuestro hogar. Volver a pensar en él dolía
como una herida mal cicatrizada. Tanto como caminar
en sueños por nuestra recámara siempre brillante por la
luz del amanecer. O ser capaz de asomarme de nuevo al
estudio de Jimmy, en un permanente desorden de libros
y cuadernos. O poder palpar la pulida superficie de la
mesa del comedor, sobre la cual se reflejaba como un espejo la lámpara del techo. A ambos nos gustaba llegar a
casa después de un largo día de trabajo para abrazarnos
en el interior de la burbuja amable en la que habíamos
convertido nuestra residencia. Los días tenían color y sabor entre aquellas paredes. Llenarme los pulmones con
el olor a vida en conjunto, a velas aromáticas, a almuerzo
recalentado, a exceso de papeles, que tan bien llegué a
conocer, era el tiro de gracia que mi propio inconsciente
me daba justo antes de despertar. Y como una condena
por mi error, mi cerebro insistía en mandarme ahí mismo
de regreso cada noche.

¿Adónde habías huido, Jimmy?

¿Cómo llegamos a este momento?

¿Cómo?

Por eso, ahora solo me quedaba soportar en silencio
y con el embate de mis alucinaciones nocturnas donde
volvía a recorrer cada una de las habitaciones, con obse-
siva precisión y realismo, como una manera de redimir lo

culpable que me sentía. Así, luego de pasar la noche entera instalado en nuestro pasado, y de luchar sin éxito una y otra vez contra las lagartijas que insistían en hacer nido donde antes tú y yo nos amábamos, despertaba más cansado de que lo que estaba a la hora de irme a dormir. Más cansado y solitario, claro, porque Jimmy no aparecía en ninguna de mis pesadillas: hasta de ellas se había fugado.

El día que llegó el email anunciando que había sido seleccionado para formar parte del exclusivo curso de fotografía avanzada en París estaba tan extenuado que no fui capaz de celebrar. Ni siquiera se lo conté a mis padres, que circulaban por la sala. Le reenvié el correo electrónico a Vanessa y me recosté en la cama con el celular cerca de la mano, ya que sabía que iba a sonar en cualquier momento. Y así fue.

—¡Te envidio tanto! —gritó mi amiga al otro lado de la línea—. ¡Estoy tan contenta por ti!

—Muchas gracias —contesté, la vista fija en el techo de la recámara.

—¿Cuándo tienes que irte?

—Las clases comienzan en dos semanas.

—¡Dios santo! ¿Te das cuenta? En apenas quince días tu vida va a dar un giro absoluto. ¿Y ahora qué vas a hacer para festejar?

—Nada.

—¿Cómo que nada? ¿Tu mamá no te va a organizar al menos una reunión con amigos?

—No se los he dicho —confesé—. Además, no tengo amigos aquí en México.

—Mauricio, ¿qué te pasa? ¿Estás enfermo? —La voz de Vanessa bajó de súbito un par de tonos.

—No.

—Sí, algo tienes. Te conozco mejor que nadie. ¿Sigues así por Jimmy?

—Es que no puedo creer que haya desaparecido sin dejar rastro —admití—. Y a veces pienso que... que tal vez debería volver a Miami para buscarlo y...

—Si desapareció, como tú dices, es porque no quiere que lo encuentres —me cortó—. No te hagas más daño, ni le hagas más daño a él. Ahora preocúpate de contarle a tu familia que te vas a Francia y de organizar todo para tu partida.

Cuando se enteraron de mi pequeño triunfo, mis padres se pusieron a llorar. En un primer momento pensé que lo hacían de orgullo, por el simple mérito de que su hijo latinoamericano obtuviera un cupo en una prestigiosa institución educacional francesa, pero al instante me quedó claro que era porque ya se habían acostumbrado a mi presencia en la casa. El hecho de que yo hubiera regresado al hogar significaba para ellos mucho más que haber tenido que prepararme una recámara y haber vaciado un clóset para mi ropa. Había sido la excusa perfecta para que mi madre por fin rescatara del olvido su libro de recetas y se animara a cocinar platillos que hacía muchos años que no preparaba. O que mi padre adquiriera la rutina de sentarse conmigo cada noche, en una larga sobremesa, a analizar paso a paso las noticias del día y darme así el contexto necesario para que pudiera comprenderlas. Si me iba, el silencio iba a regresar una vez más, como un viejo y conocido amigo, a sentarse junto a ellos hasta apropiarse por completo de sus días y sus horas.

—Estoy seguro de que aquí en México puedes encontrar más de un curso como ese —me desafió mi madre—. ¡Este país está lleno de fotógrafos! Uno los ve por todas partes con sus cámaras en las manos. Además, no tienes para qué irte a Francia a que te enseñen lo que tú ya sabes. ¡Que mejor se vengan para acá los franceses, para que tomen ellos clases contigo! ¿O no, Enrique? ¿No encuentras que tengo toda la razón?

Reconozco que sentí ternura de sus intentos por hacerme desistir del viaje. Supongo que para todo padre su hijo es el más inteligente, el más capaz y el más experimentado. En el caso de mi mamá, sin embargo, su admiración por mí rayaba en el absurdo, y eso fue lo que más me emocionó. Sí, tal como lo oyes, Mauricio, tú ya no estás para ser alumno de nadie, no señor. Lo tuyo es la docencia. Escúchame bien, ya se quisiera cualquiera de esos profesores franceses que tú le dieras clases y le enseñaras todo lo que sabes. ¡Por algo triunfaste en Miami y le sacaste fotos a todas las estrellas que viven por allá! Para que sepas, tu padre me contó que la gran mayoría de los famosos viven en esa ciudad, ¿no es cierto Enrique? Recuérdame nombres, por favor, que se me olvidan. Sí, esos, cantantes, actores, gente famosa que sale en internet, y tú los fotografiaste a todos, Mau. ¡A todos! Te apuesto lo que quieras a que el profesor de París nunca le ha sacado una foto a Julio Iglesias. ¡Y mira que él cantó hasta en inglés! ¡Sí, que se vengan a estudiar contigo aquí, que tienes muchísima más experiencia que ellos!

—Ya tomé la decisión —la interrumpí—. Tengo que estar en París en menos de dos semanas.

—Te vamos a extrañar, hijo —reconoció mi padre y me puso una mano en el hombro—. Pero si es lo mejor para ti...

—¡No!, ¡lo mejor para el niño es quedarse cerca de su familia! Sobre todo en estos momentos. —Me giré hacia mi madre y levanté una de las cejas.

—¿Qué quieres decir con *en estos momentos*, mamá?

—Nada —se defendió veloz.

—¿Mamá? —insistí.

—Que estoy segura de que Jimmy tampoco aprobaría esta locura —dijo por lo bajo, antes de escapar hacia la cocina.

Quise molestarme con ella, pero, en el fondo, sabía que tenía razón. Jimmy tampoco hubiera aprobado que desarmara mi vida entera por irme a París a un curso del que nunca había escuchado hablar y que había encontrado en un dudoso *website* durante una breve navegación por internet. Pero Jimmy ya no formaba parte de mi vida, y las opiniones de mi madre hacía ya mucho tiempo que no las tomaba en consideración.

—No te preocupes por ella —me calmó mi padre—, yo la tranquilizo. Lo importante es que sepas que los dos estamos muy orgullosos de ti.

Lo abracé con la misma fuerza con que lo hacía a los ocho años luego de caerme de la bicicleta o en patines. Solo que ahora yo era más alto que mi papá y mis brazos lo rodeaban él. Decidí que lo mejor que podía hacer era comenzar con los trámites lo antes posible. Luego de encerrarme en la recámara y de sacar mis maletas de debajo de la cama, respondí el email agradeciéndoles que me hubiesen seleccionado y asegurándoles que estaría ahí un par de días antes de comenzar las clases. Revisé los beneficios otorgados por la beca, como alojamiento y viáticos para alimentación, y ubiqué en un mapa de París dónde quedaba el centro de estudios. Resultó que estaba a solo unas cuadras de distancia del Centro Pompidou, uno de mis lugares favoritos en el mundo, y que desde la residencia de estudiantes podía caminar a todos los puntos más interesantes de la ciudad.

Era demasiado perfecto para ser verdad.

Supongo que así es la ley de compensaciones de la vida: cuando te quita algo por la derecha, te otorga algo valioso por la izquierda.

De pronto, un par de golpes en mi puerta interrumpieron mi concentración. Mi padre asomó discreto la cabeza, como siempre hacía para demostrar que no tenía intenciones de invadir mi privacidad.

—Mauricio, disculpa —comenzó a decir en voz muy suave—, pero te buscan allá afuera.

—¿A mí? ¿A esta hora? ¿Quién es? —pregunté lleno de sorpresa.

—Es mejor que salgas, hijo —me aconsejó con evidente nerviosismo.

Dejé la computadora sobre la cama y salí apurado de la recámara. Apenas entré a la sala me detuve en seco al ver de espaldas a una mujer enfundada en un grueso abrigo negro que la cubría desde el cuello hasta los pies. Cuando reconocí a mi exsuegra sentí la sangre congelarse al interior de mis venas.

—Buenas noches —dijo Sarah volviéndose hacia mí con un gesto casi teatral—. Necesito que hablemos de mi hijo. Te advierto que es algo de vida o muerte.

En ese preciso instante supe, con la mayor de las certezas, que mi viaje a París se acababa de cancelar. Y, por más desconcertante que parezca, sentí un profundo alivio.

Capítulo diez

GENTE COMO NOSOTROS

Señores pasajeros, bienvenidos al Aeropuerto Internacional O'Hare de la ciudad de Chicago. La hora local, las diez y cincuenta y cinco de la mañana. Por favor, permanezcan sentados con el cinturón de seguridad abrochado hasta que el avión esté completamente detenido y las señales se hayan apagado. Tengan precaución al abrir los compartimentos superiores y comprueben que llevan consigo todo su equipaje de mano y objetos personales. En nombre de American Airlines, el comandante Fuster y toda la tripulación nos despedimos de ustedes esperando que el vuelo con nosotros haya sido de su agrado y deseando verlos una vez más a bordo.

La voz de la azafata no terminaba de sonar en las bocinas de la cabina cuando todos los pasajeros ya se habían puesto de pie y luchaban por adueñarse del estrecho pasillo de la aeronave. Y yo era de uno de ellos, desesperado por bajarme pronto, recuperar mi maleta de la banda transportadora y lanzarme con urgencia a las calles de Chicago para retomar mi destino. Junto a Jimmy. Mi Jimmy.

Se lo había prometido a Sarah.

Y esta vez estaba dispuesto a cumplir mis promesas.

Todavía tenía en la mente su reciente e inesperada visita a casa de mis padres. La mujer había viajado a México, con el alma en un hilo y apenas su equipaje de mano, solo para ponerme al día de las últimas novedades de la vida de su hijo. De su Jimmy. De mi Jimmy. Y claro, tal como imaginé al verla de pie en la sala, las noticias no eran muy alentadoras. Frente a mi expresión de angustia, y también la de mis padres que se quedaron con nosotros, mudos y atentos a lo que ocurría, Sarah me contó que Jimmy no había conseguido sacar la cabeza del pozo en el que se había hundido luego de nuestra separación.

—No come, no duerme, no sale de la casa —confesó mi exsuegra mientras se quitaba su largo abrigo negro y lo dejaba con cuidado sobre el respaldo del sofá—. Lo único que hacer es repetir y repetir la misma palabra todo el santo día.

—¿Qué palabra? —quise saber.

—Tu nombre —respondió, y se quedó en silencio a la espera de mi reacción—. Mauricio. Eso es todo que dice: Mauricio.

Hubiese querido ponerme a llorar ahí mismo, a gritos, desgarrado, tal y como la culpa y el dolor me lo imponían. Pero la intuición me dijo que Sarah no había atravesado medio continente para verme lagrimear ni hacer una escena que, estaba seguro, iba a convertirse en un arrebato patético. Por lo mismo, preferí mantenerme lo más estoico posible y a la altura de las circunstancias.

—¿Un café? —intervino mi madre, frotándose las manos.

—O quizá algo más fuerte... —remató mi padre desde su lugar.

Mamá lo fulminó con la mirada. No fue necesario que dijera una sola palabra, pero fui capaz de leer cada uno de sus pensamientos en sus pupilas, convertidas ahora en dos mortales puñales: cómo se te ocurre ofrecerle alcohol a una mujer desesperada, Enrique, y a esta hora, además, ¡qué falta de clase y de respeto es esa! Lo que nuestra consuegra necesita en este momento es apoyo y solidaridad, un hombro donde llorar y confortarse, no sentir que está en una cantina de mala muerte. Te voy a pedir que no vuelvas a abrir la boca si es para opinar desatinos, ¿está claro? ¡Y haz algo antes de que Mauricio diga lo que no tiene que decir y esto termine en una verdadera tragedia! ¿Me entiendes, Enrique?

—Sí, les acepto un tequila —asintió Sarah mientras tomaba asiento—. Muchas gracias.

Mi papá se giró hacia mi madre con una indisimulada sonrisa de triunfo y, sintiéndose el ganador del asalto, se retiró veloz hacia la cocina.

—Ya no sé qué hacer —reveló Sarah—. Estoy desesperada.

Una vez más, permití que me guiara mi intuición. Sin oponer resistencia, me dejé llevar y con rapidez di un par de pasos hacia ella. Una vez ahí, me senté a su lado y le tomé ambas manos. Era la primera vez que nos tocábamos de esa manera y con aquel nivel de confianza. Me sorprendí de la suavidad de su piel y de la frialdad que irradiaba. Me pareció estar sosteniendo la mano de una muñeca de porcelana. Una muñeca que nunca nadie había tocado.

—¿Qué puedo hacer? —pregunté en un hilo de voz.

—Fuiste tú el que se fue —dijo sin dudar por un segundo, como si hubiese tenido la respuesta preparada de antemano—. Eres tú el que tiene que regresar.

—Jimmy no va a querer verme —murmuré.

—Bueno, te propongo que nos arriesguemos a descubrirlo. Pero contigo aquí en México y con mi hijo allá en Chicago, esta historia no va a tener un buen final...

Sarah me soltó las manos y alzó el mentón. Su mirada de acero se agudizó, al igual que la de un espadachín a punto de iniciar una nueva pelea.

—¿Acaso ya te olvidaste de Jimmy? —me lanzó como primera estocada.

Quise responder, pero mi lengua se negó a hacerlo. Ahí estaba la intuición, otra vez: ten cuidado, Mauricio, mira que todo puede ser usado en tu contra.

—¿Estás enamorado de otra persona? —Sarah me encajó la segunda punzada. De nuevo, mi silencio absoluto.

—¿Es eso? ¿Estás enamorado de alguien más? —insistió alzando la voz.

—¡Contesta! —exclamó mi madre, incapaz de mantenerse al margen.

—¿Ya no amas a mi hijo? —reiteró mi suegra.

—¡Contesta, carajo! —volvió a decir mi mamá.

—¿Piensas iniciar los trámites legales para divorciarte de él?

—¡Mauricio, te prohíbo que llames a un abogado para hacer una tontera así! ¡En esta casa nadie se va a divorciar! —decretó mi madre.

—¡Tequila para todos! —interrumpió mi papá al entrar desde la cocina cargando una charola donde hacían equilibrio una botella y varios vasos de diferentes tamaños.

—¡Pero, Enrique! —se quejó entre dientes mi madre mientras salía a su encuentro—. Los vasos tequileros están en la alacena bajo la ventana, junto a la vajilla elegante que nos regalaron para la boda. Estos no son los que tenías que traer. ¡Míralos, hombre, por Dios, no hay uno igual al otro!

—A mí no me importa. —Sarah también se puso de pie y se acercó a ellos llena de urgencia—. Necesito un trago. ¡Sírvanmelo donde sea!

Les recordamos a los pasajeros que su equipaje estará disponible para ser retirado en la banda número 3, se escuchó una vez más por las bocinas de la cabina del avión. Pero a esas alturas ya ninguno de nosotros prestaba atención a las palabras de la aeromoza. Yo luchaba cuerpo a cuerpo con mi compañero de asiento para intentar bajar con rapidez mi maleta del compartimento superior, sin golpearle la cabeza a nadie, y ganar así el único espacio libre que quedaba junto a mis pies. Sin embargo, el tipo del 25C fue más diligente y antes que nadie depositó en el suelo un grueso maletín de mano que, como la pieza precisa de un rompecabezas, terminó de bloquearme cualquier posibilidad de movimiento.

Aún no abrían la puerta delantera de la nave. A través de una de las ventanillas pude ver que un par de operarios de overol intentaban terminar de adosar sin éxito la pasarela de desembarque al fuselaje exterior. Apúrense, quise gritar a todo pulmón. ¡Necesito salir de aquí! ¡Lo mío es algo de vida o muerte! Por algo había elegido el vuelo de las ocho treinta y cinco de la mañana... Necesitaba llegar a Chicago lo antes posible.

¡Déjenme salir de aquí!

—Escúchame bien, Mauricio —dijo Sarah luego de su primer sorbo de tequila—. Para mí esto es muy difícil. Demasiado difícil. Es probable que mucho más difícil que para todos ustedes. ¿Y sabes por qué? —La mujer hizo una pausa para volver a beber un pequeño trago—. La principal razón es porque yo... yo no era capaz de creer que dos hombres podían llegar a... a quererse... a amarse de la misma manera que un hombre y una mujer.

Esta vez fue mi madre quien le tomó las manos y le dedicó una mirada cargada de fraternidad. Sarah esbozó una sonrisa y asintió con la cabeza. Supongo que ninguna de las dos necesitó decirse nada para comprender que el sentimiento era mutuo y que no estaban solas en ese contradictorio y a veces confuso territorio donde iban a parar las madres de hijos gais.

—Y no solo tuve que darme cuenta de que había estado equivocada gran parte de mi vida, sino que además descubrí que no sé cómo proteger a mi Jimmy —prosiguió—. ¡No sé qué hacer para ayudarlo a superar el dolor que siente! ¡No me educaron para esto! Es la primera vez que siento que una plegaria no va a solucionar mis problemas...

—Enrique, trae algo de botana —ordenó mi mamá sin soltar las manos de su consuegra—. Y prepara un poco de café. ¡Del bueno, Enrique!

Mi padre, obediente, se levantó de inmediato. En su camino a la cocina se detuvo junto a mí y me regaló una cariñosa sonrisa. Me puso la mano en el hombro, como solía hacer cuando quería ser enfático con uno de nosotros.

—Que nunca se te olvide que tu madre y yo daríamos la vida por ti —me susurró.

—Lo sé, papá —contesté.

—Y que tampoco se te olvide que Jimmy te quiere incluso más que nosotros —dijo—. Porque él te eligió. Entre todos los hombres de este planeta, te eligió a ti.

No supe qué responder. Quise decir algo que estuviera a la altura, pero mi garganta estaba demasiado ocupada en tratar de respirar con el grueso nudo que se quedó atascado a mitad de camino y que me impedía respirar bien. Mi Jimmy. El mejor hombre del mundo. El que quería envejecer a mi lado. Y yo había terminado de un hachazo con nuestra vida en común. Derribé a patadas todo lo que construimos juntos, y solo porque no fui capaz de soportar el rechazo a nuestro plan de ser padres. Cerré los ojos como siempre hago, en esta ocasión para escapar de aquel flechazo inclemente que mi padre acababa de darle a mi corazón. Y por un segundo me fui lejos, tan lejos que mi escapatoria me lanzó de bruces a la esquina de casa de Vanessa, ahí donde Jimmy y yo esperamos juntos por un taxi. Me llamó la atención que su piel aún oliera a jabón. Me dediqué a observar sus movimientos firmes y seguros. Sus ojos oscuros atentos a los vehículos en la calle. Sus modales algo torpes que solo intentaban esconder la incomodidad de estar hablando con un extraño. Mi Jimmy. Tan lejos que estaba ahora, y con la amenaza de un divorcio pendiendo sobre su cabeza. Porque si no volvíamos a vernos, ¿qué sentido tenía seguir casados por las leyes? ¿Para qué mantener en terapia intensiva un matrimonio cubierto de hojas secas y lagartijas? ¿Era la hora, en efecto, de empezar a llamar abogados para iniciar aquel trámite que nunca imaginé tener que hacer?

—Ustedes, la gente como ustedes —siguió lamentándose Sarah—, lo tienen todo en contra. ¡Todo! Porque mantener el amor en una pareja es algo muy difícil, pero mantener un amor así, que muchos critican, que muchos como yo no aprueban, que incluso Dios no celebra, es el doble de difícil.

—Dificilísimo —la apoyó mi madre—. Pero no imposible.

—No quiero que mi Jimmy sufra.

—Nadie quiere que tu hijo sufra —mi mamá volvió a intervenir.

—Y no quiero verlo hundirse cada día más sin poder hacer algo por él —dijo mi suegra—. Hasta que ayer entendí que no soy yo la que tiene que sacarlo de ahí. Eres tú, Mauricio. El hombre que mi hijo ama.

Sarah no tuvo más remedio que hacer una pausa porque las palabras se le hicieron tan delgadas que se quebraron como láminas de hielo antes de salir por su boca. Se escondió veloz detrás del vaso, para intentar así recomponerse lejos de nuestras miradas. Se produjo un silencio tan intenso y prolongado que fui capaz de escuchar la respiración agitada de mi padre en la cocina, que abría y cerraba puertas en busca del último detalle para completar así la orden de mi madre.

—Nunca había visto un amor como el de ustedes —confesó—. Ya hubiese querido yo que el padre de Jimmy me amara una décima parte de lo que mi hijo te ama.

Una bocanada de aire fresco entró de golpe al interior del avión cuando los operarios de overol por fin consiguieron adosar la pasarela de desembarco y la azafata tuvo la autorización para abrir la puerta delantera. Pude sentir el aire frío de Chicago colarse a través de mi delgada camisa y en un segundo supe que, por culpa de las prisas y la ansiedad, había echado a la maleta toda la ropa equivocada. Eso es lo que sucede después de vivir años en Miami: no recuerdas cómo se sienten las temperaturas bajas y pierdes la habilidad para vestirte para otro clima que no sea un calor incesante durante las cuatro estaciones. El del 25C levantó por fin su portafolios del suelo y me permitió dar un paso hacia el pasillo. Al menos pude sentir que dejaba atrás el incómodo asiento y que cada vez más me acercaba a la salida.

Eché un rápido vistazo al reloj. Eran casi las once y media de la mañana.

—Quiero que viajes a Chicago a hablar con Jimmy —rogó Sarah cuando consiguió recuperar el habla—. Hoy mismo. A más tardar mañana. ¡Tienes que pedirle que recupere las ganas de vivir!

—No va a ser tan fácil —dije.

—Lo sé. Pero tú eres el único que puede alegrarle la vida.

—Mauricio, por favor —me urgió mi mamá—. No te hagas de rogar. ¡Así no te educamos tu padre y yo!

—La única persona que puede levantar a Jimmy de esa cama se llama Isabel —sentencié.

Mi madre frunció el ceño, confundida. Mi padre, que venía saliendo de la cocina con una nueva bandeja repleta de galletas, algunas tristes lonjas de pan con queso y unas aceitunas desparramadas en un plato, también se quedó a mitad de camino con expresión de desconcierto.

—¿Y quién es esa Isabel? —exclamó él dejando la charola sobre la mesa de centro—. ¿Dónde podemos ubicarla?

—Isabel aún no ha nacido —dijo Sarah, clavándome la mirada.

Claro, cómo no lo pensé. Era evidente que Sarah no se iba a quedar tranquila hasta descubrir el fondo del problema. No le debe haber bastado la explicación de su hijo cuando lo vio regresar a Chicago, demacrado y triste, por culpa de un corazón roto. Nuestra ruptura sentimental no era razón suficiente para esa absoluta falta de interés en la vida. Debía haber algo más. Y de seguro Sarah siguió hurgando, presionando, sacándole la verdad por la fuerza, convertida en un sabueso de ojos de acero y manos frías. Y así se habrá enterado de Isabel, de los planes frustrados, de las esperanzas pisoteadas por la falta de solidaridad y los prejuicios ajenos.

—Isabel es nuestra nieta —reveló volviéndose hacia mis padres—. La nieta que Jimmy y Mauricio llevan mucho tiempo intentando regalarnos.

—¿Una hija? —Mi madre se puso de pie de un salto y se llevó las manos a la boca—. ¿Cómo?

—¡No quiero hablar del tema! —me defendí, arrinconado de repente.

—Isabel, Enrique, ¡se llama Isabel! —se emocionó mi madre mientras le daba golpecitos a mi padre en uno de sus brazos—. ¡Es mi nombre favorito! ¿Te acuerdas? Isabel se llamaba nuestra vecina, en el apartamento tan chiquito donde alquilamos la primera vez, ese que teníamos en la del Valle cuando recién nos casamos. ¡Isabel!, qué nombre tan lindo, te dije yo justo después de conocerla. Si algún día tenemos una hija, quiero que le pongamos Isabel —contó, mirándonos a todos de uno en uno. Y luego se giró hacia Sarah, cada vez más excitada—. ¡Pero la vida no me dio hijas, vaya uno a saber por qué! Y ahora, tantísimos años después, me entero por casualidad que Mauricio quiere bautizar a mi futura nieta con ese mismo nombre y yo...

—¡Basta! —grité.

Retrocedí unos pasos, seguido de cerca por tres pares de ojos que parecían haberse adherido a mi piel como ventosas.

—Ustedes no entienden... —murmuré.

—Claro que entendemos —me contradijo mi suegra—. Cuando Jimmy me habló de sus planes, y de todo lo que han tenido que pasar estos últimos meses, lo entendí todo.

—¡Ya no hay nada que podamos hacer! —me lamenté—. Muriel perdió a la bebé...

—Lo sé.

—¿Muriel? ¿Quién es Muriel? —preguntó mi padre.

—Déjalos hablar y no interrumpas —lo cortó mi madre—. Ya nos van a explicar quién es ella. ¿Y por qué trajiste pan con queso? Pero si tenemos un par de bolsas con papitas, especial para estas ocasiones, Enrique, ¡por Dios!

Sarah se acercó a mí, despacio, casi al acecho. Parecía medir la distancia entre nosotros, como un depredador salvaje enfrentándose a una fiera aún más peligrosa, lista para retroceder y escapar en caso de que las cosas se complicaran.

—Mi hijo me contó también de las deudas, los préstamos bancarios, de la agencia...

—¡Teníamos solo una oportunidad! —me lamenté—. ¡Una maldita oportunidad que nos costó los ahorros de toda una vida! Porque ustedes no tienen problema para embarazarse. ¡Ustedes pueden darse incluso el lujo de quejarse y despotricar si descubren un día que la regla no les ha llegado! Pero para nosotros, para la gente como nosotros, eso no es posible.

—Lo sé, Mauricio...

—Tratamos de adoptar, pero ellos... ellos...

—Ellos no quisieron ayudarlos —terminó Sarah—. Estoy al tanto de todo.

—¡El niño debía tener más de siete años por si Jimmy y yo abusábamos de él! ¡Tenía que saber hablar para poder denunciarnos! —chillé perdiendo el control—. Porque para eso es que la gente piensa que queremos un hijo: ¡para violarlo! ¡No para amarlo con todo nuestro corazón!

Intenté seguir argumentando, pero el pecho se me llenó de fuego por dentro y no tuve más remedio que dejarme caer en una silla y cerrar la boca para no terminar vomitando sobre la alfombra de la sala. Me cubrí la cara con las manos. No quería ver. No quería escuchar. No quería volver a hablar por el resto de mi vida. Oculto en la oscuridad tras mis párpados cerrados, oí un sollozo que supe de inmediato que pertenecía a mi madre. Perfecto, lo que nos faltaba. Que la noche terminara convertida en una tragedia familiar

—¿Por qué no estábamos al tanto de todo esto? —exclamó mi padre—. ¡¿Por qué nos dejaron fuera de sus planes?!

Sentí una mano posarse sobre mi hombro izquierdo. Reconocí a través de la tela de mi ropa la frialdad casi inhumana de esa piel.

—Levántate de esa silla y vete a hacer la maleta —me ordenó Sarah.

—Eso solo va a complicar las cosas —dije entre dientes.

—No, claro que no. Eres el único que puede darle a Jimmy la buena noticia.

Me quité las manos de la cara. Pasar de la oscuridad a la luz deformó la figura de mi suegra plantada frente a mí y terminó por convertirla en una mancha de bordes imprecisos, pero de una densidad tan compacta como el granito.

—Quiero ser abuela de su hija, de Isabel. Quiero pagar por un nuevo intento —reveló—. Ya hablé incluso con la agencia.

Me levanté despacio, algo aturdido.

¿Cómo llegamos a este momento?

¿Cómo?

—Los de Heaven Surrogacy entendieron perfecto la situación, y están encantados de volver a ayudarlos. Solo necesitan su respuesta para echar a andar todo el proceso.

De pronto me sentí atrapado en un brevísimo espacio, una burbuja hecha de sombras que me tenía a mitad de camino entre mi historia pasada con Jimmy y lo que tal vez podía llegar a vivir junto a él si hacía caso a las palabras de Sarah. Solo necesitaba ser valiente y dar un paso, el primero, para así retomar mi vida. Pero las consecuencias de ese pequeño movimiento se veían tan confusas e imprecisas que seguí sin atreverme a dar el salto.

—Pero tienes que ser tú quien se lo proponga a mi hijo. No va a escuchar a nadie más. Ve a buscarlo. ¡Y júrame que lo vas a obligar a salir de esa cama!

Su equipaje estará disponible en la banda número 3, recordé la información de la azafata mientras intentaba abrirme camino entre los pasajeros de primera clase que, con todo el tiempo del mundo, avanzaban rumbo a la puerta del avión sintiéndose los dueños del espacio por el simple hecho de haber viajado en un asiento un poco más cómodo —y mucho más caro— que el resto. Empujé a un par de personas que me cerraban el paso para llegar rápido a la plataforma de desembarque.

—¡Perdón, pero tengo que tomar una conexión! —mentí a una señora que se molestó por mi violento empellón.

Mientras corría por el amplio corredor del aeropuerto, tan atiborrado de pasajeros y equipajes como el de la aeronave, pensé que después de todo atribuir mi urgencia a una conexión aérea no era un engaño en verdad. Llegar junto a Jimmy representaba el inicio de un nuevo viaje en mi vida. Y si él aceptaba que su madre nos pagara una nueva inseminación, eso significaba el despegue del resto de nuestros días.

Baggage claim, iba leyendo en diferentes carteles sobre mi cabeza. Era cosa de seguir las flechas. No perder el paso. Mantener la vista fija en lo importante. No volver a permitir que el ruido ambiental me cegara. Había que llegar hasta Isabel. Ella —ella misma— estaba al final de ese camino.

Apenas rescaté mi maleta del océano de equipajes ajenos que hacían equilibrio sobre la banda transportadora, salí precipitado hacia el exterior. Allí, una brisa gélida que se levantó desde el pavimento de la calle me congeló por un instante todas las articulaciones del cuerpo y convirtió en dos cubos de hielo mis orejas. Pero no tenía tiempo para nimiedades. Un taxi. Eso era lo que me hacía falta. Un vehículo que me llevara hasta Jimmy, cargando entre mis manos la propuesta de su madre: un tesoro tan delicado y especial que podía hacerse añicos ante la menor contrariedad.

¿Cómo estaría Jimmy? ¿Más delgado, tal vez? ¿Con barba? ¿El cabello más largo cayéndole sobre los ojos? Era evidente que luego de los difíciles meses que acabábamos de vivir, cada uno en una esquina distinta del mundo, no podíamos seguir siendo los mismos. Ni por dentro ni por fuera. ¿Y qué iba a suceder si yo no sentía nada por el hombre que me iba a encontrar al otro lado de la puerta del apartamento de Sarah? ¿Qué haría si mi corazón no reaccionaba con entusiasmo al tenerlo por fin enfrente? ¿Darme la vuelta y regresar a México a seguir viviendo con mis padres en lo que podía terminar de reinventarme en alguien que sí valiera la pena?

¿Volver a huir? ¿Firmar los papeles de divorcio? Tenía que ser fuerte. Se lo había prometido a Sarah.

Aunque, claro, existía otra posibilidad, quizá la peor de todas: que Jimmy no quisiera recibirme. Que se negara a dejarme entrar para que pudiera darle la noticia. Que todo el amor que alguna vez sintió por mí no fuera más que un cadáver en estado de descomposición, como su corazón herido, ya imposible de recomponer. De ser así, nada tendría sentido: ni nuestros años juntos, ni los planes que tejimos, ni las promesas que nos hicimos, ni los halagos de nuestros amigos al decirnos que éramos la mejor pareja del mundo, ni el soñar juntos aquel muro rosa para Isabel.

¿Estaría llegando demasiado tarde a Chicago?

¿Habríamos ya puesto el punto final a nuestra relación?

La fila de turistas que esperaban impacientes por un taxi parecía no tener fin. Un par de funcionarios del aeropuerto hacían esfuerzos, sin mucho éxito, por mantenerlos en línea recta y evitar las aglomeraciones. Tomé mi lugar y esperé algunos minutos a ver si avanzábamos. Con angustia calculé que iba a transcurrir más de una hora antes de poder subirme a un vehículo que me llevara al *downtown*. Tenía que conseguir otra manera de salir de ahí, y pronto: una hora inmóvil a la intemperie iba a terminar por congelarme de pies a cabeza, si es que no me mataba antes de una pulmonía.

Me salí de la hilera de personas, empujando a tirones mi maleta y tomé el celular. Lo mejor sería conseguir un Uber. La aplicación me preguntó *¿A dónde vas?* ¿Yo? Voy a intentar convencer al mejor hombre del mundo de que sí lo amo, y de que quiero vivir el resto de mi vida a su lado. Voy a decirle que lo apoyo en su apremio por formar una familia, aunque la nuestra no se parezca al resto de las familias. Voy a componer un error que cometí allá en Miami, un estúpido arrebato que me está costando demasiado caro porque la culpa ya no me deja respirar en paz. Voy a confirmarle que no nació para perder guerras, y que si estoy ahí es para rendirme a sus pies. A todo eso voy, Uber. ¿Y cómo carajos lo escribo ahora en la pequeña ventanita que su App dispone para mi respuesta?

La dirección, Mauricio. Rápido, que no hay tiempo que perder. ¿La dirección del apartamento de Sarah? ¿Dónde demonios la guardé? Recordé que mi suegra la había anotado en una servilleta la noche que fue a buscarme a casa de mis padres. Con voz de mando pidió papel y una pluma, lo que provocó que mi madre comenzara a girar en redondo llena de prisas y diligencia.

—¡Yo tenía un cuaderno por aquí! —gritó con una voz más aguda de lo soportable—. ¿Dónde lo dejaste, Enrique? Y no me mires con esa cara, que yo sé que lo usas para garabatear mientras resuelves los crucigramas del periódico o hablas por teléfono. ¡¿Por qué uno nunca encuentra las cosas cuando las necesita?! —se lamentó.

Le pedí a Sarah que me enviara la dirección por WhatsApp, pero negó confundida con la cabeza.

—Lo siento, pero no sé de qué me estás hablando —se justificó—. Para algunas cosas sigo siendo una mujer del siglo pasado.

Mi padre dio un grito de triunfo cuando encontró un bolígrafo en una de las gavetas. Se lo ofreció a su consuegra, quien tomó una servilleta y con perfecta caligrafía escribió en ella el nombre de la calle, el número del edificio y del apartamento, y remató con el código postal.

—Todo queda en tus manos, Mauricio —me dijo—. Confío en ti.

Y yo le prometí que iba a cumplir la promesa.

Revisé con prisa mis bolsillos, pero no encontré nada. Con angustia vi que la fila para los taxis comenzó a avanzar con más rapidez de la que preví, y comprendí que había cometido un error al salirme de la hilera. Descarté la idea de pedir un Uber y corrí de regreso a la cola, a ver si ahora tenía suerte y podía salir de una buena vez de ese dichoso lugar rumbo al *downtown*. Pero en ese momento, una rechifla de fin de mundo nos sorprendió a todos y nos hizo voltear las cabezas con preocupación. La historia nos ha enseñado que gritos y ajetreo nunca son buenas noticias en un aeropuerto. Estiré el cuello para ver qué sucedía y descubrí que dos taxis habían chocado al intentar hacer una arriesgada maniobra al mismo tiempo. Los dos vehículos despedían una peligrosa fumarola que el frío de Chicago hacía aún más nítida y bloqueaban el paso para que los demás coches pudieran circular.

Solté con furia la maleta y quise ponerme a llorar, derrotado.

¿Qué más tenía que soportar? ¿Acaso el mundo entero se había puesto de acuerdo para impedirme llegar hasta Jimmy?

Lo siento, Sarah. Lo siento mucho, Pero no debió nunca confiar en mí para una tarea tan importante como la que me encomendó. Siempre he sido un cobarde, un pobre tipo que ante el menor conflicto cierra los ojos para escapar hacia otro lugar, uno lejano y recóndito. Y si me lo permiten, también huyo y me llevo a mi cuerpo y mis debilidades fuera de la mirada de los demás. Donde no me alcancen. Donde las recriminaciones no lleguen. Donde la crítica ya no haga daño. Y eso es justo lo que voy a hacer ahora. Lo siento, Sarah, pero no puedo luchar contra un universo que conspira en mi contra. No habrá nieta. No habrá bautizo ni cumpleaños lleno de muñecas, ni tacitas plásticas para el té, ni galletas de abuela cariñosa. No habrá un final feliz para nuestras historias. Y la culpa será mía. Sí, lo asumo. Por débil. Por poca cosa. Por haber dejado que una fila demasiado larga en un aeropuerto me quitara el entusiasmo y las ganas de perseverar. Por no haber sido capaz de encontrar una rápida solución al problema de transporte. Por haber perdido en algún bolsillo demasiado hondo la servilleta con la dirección del apartamento. Seamos honestos: lo mejor que podía pasarle a Jimmy era divorciarse de mí, firmar los papeles que un abogado le haría llegar en un futuro cercano y convertir mi nombre en un recuerdo algo impreciso e inofensivo. Al cabo de los años, para él seré solo un tipo que alguna vez conoció en una fiesta de juventud, aunque ya ni recuerde de quién era la fiesta o dónde se llevó a cabo. Lo siento, Sarah, pero esa es la verdad. Lo mejor que podemos hacer es prepararnos para que un viento gélido nos borre a todos de nuestras memorias, limpie nuestras neuronas y nos deje listos para una nueva aventura. Una aventura que, en mi caso, estoy seguro de que también tendrá un final amargo y lleno de derrota. Porque no nací para triunfos. El que gana las guerras es Jimmy, no yo.

Levanté la maleta del suelo y me quedé unos instantes sin saber qué hacer. ¿Regresarme al interior de la terminal, cambiar el boleto y volver a México? ¿Asumir que el fracaso era tan real como el frío que comenzaba a atenazarme las extremidades y convertía en vapor de agua mi respiración?

Fue entonces que escuché el llanto a mis espaldas. Un llanto agudo, estruendoso, que involucraba pulmones poderosos y que a pesar de lo destemplado que se oía a causa del eco, provocaba cierta ternura. Era imposible molestarse ante ese llanto. Cuando alcé la vista, vi al recién nacido. El hambre, o el sueño o quizá la molestia de necesitar que le cambiaran el pañal sucio lo habían convertido en una enorme boca a través de la cual berreaba toda su furia. Su padre lo llevaba firme contra el pecho, sujeto con una mano mientras que con la otra intentaba abrir un bolso de tela que colgaba de su hombro. No había agobio en su empeño por descorrer el cierre y hurgar en el interior del bulto. Al contrario: parecía gozar cada uno de sus movimientos. Ni siquiera el llanto irritado de su hijo podía borrarle la sonrisa de padre orgulloso. Era dueño del tiempo, dueño absoluto de mi admiración, dueño de su inmejorable paternidad. Cuando consiguió meter la mano y rescatar un chupón, el bebé lo recibió con ansias y se calló por arte de magia. Pero claro, no hubo nada de mágico en lo que acaba de suceder frente a mis ojos. Hubo un hombre que nació para ser padre, que supo con exactitud qué hacer porque de seguro llevaba soñando con ese momento durante muchos años y la vida le dio la posibilidad de poner en práctica sus instintos. Otro hombre, uno más joven y que caminó apurado hacia ellos, los alcanzó con un gesto de cansancio. Los vi hablar, como si estuvieran tomando una decisión. El que llevaba al niño en brazos asintió, conforme de lo que escuchaba. El recién llegado le dio un ligero beso en los labios, le quitó el bolso que llevaba al hombro y le tomó la mano. El espectáculo de ese simple gesto convirtió de inmediato a esos dos hombres en familia. Una familia sólida e invencible. Una familia compuesta por dos hombres y un hijo que se alejaron hasta perderse entre las demás personas que circulaban indiferentes por el aeropuerto O' Hare. No fue necesario más. Nadie podía impugnarles el derecho de estar juntos y de adorar con toda el alma a ese recién nacido, porque no había cómo negar que se pertenecían y que los tres habían nacido para estar juntos. La gente como ellos se merece, y la gente como yo está condenada solo a envidiarlos desde la distancia.

¿Pero estoy seguro de eso?

La verdad, no. Porque esa gente, esa familia, bien podríamos haber sido Jimmy, Isabel y yo. Sin mucho esfuerzo repetí en mi mente la escena que acababa de presenciar, pero ahora era Jimmy quien sostenía a la niña firme contra su pecho y buscaba con un ademán de profunda confianza y tranquilidad el chupón dentro del bolso. Yo terminaba de hacer algún trámite al interior de la terminal, de seguro una gestión como coordinar la entrega de un equipaje perdido, o algo así, y salía apurado a su encuentro. Luego de eso, con mi marido conversábamos sobre la mejor manera de salir de ahí hasta acordar que lo más sensato sería caminar rumbo a la avenida principal, para así escapar de la caótica congestión a consecuencia del choque de los dos taxis. Satisfecho con nuestro plan, yo le daba un beso en los labios y, para ayudarlo, le quitaba el peso del bolso que colgaba de su hombro. Entonces nos tomábamos de la mano y, dueños absolutos del espacio que nos rodeaba y de nuestros propios destinos, nos echábamos a andar hasta dejar atrás el tumulto impaciente de pasajeros que reclamaban a gritos por la falta de transporte.

Qué simple era ser como aquella *otra* gente. Esa gente que toma buenas decisiones y que sabe lo que quiere. Pero esta vez yo también sé lo que quiero. Mis mayores deseos tienen nombre y apellido. Y uno de ellos me espera en el apartamento de su madre, aunque no sabe que estoy en camino para sorprenderlo con la más inesperada de las proposiciones. Y al igual que hacía en la fantasía de familia perfecta, me echo a correr rumbo a la avenida principal. La maleta da saltos a mi lado, incapaz con sus cuatro ruedas de seguirme el paso y superar mis largas zancadas. En cosa de segundos dejo atrás el desorden del aeropuerto y su anarquía de gritos y bocinazos. Una nueva brisa helada me congela la piel, pero no me importa. Estoy sudando por la carrera, porque me estoy acercando a la meta, porque estoy a punto de dejar de correr para siempre. Tu madre nos pagó una nueva inseminación, le diré a Jimmy apenas me abra la puerta. ¡Vamos a tener una hija!, exclamaré con la mayor de las sinceridades al tiempo que me lanzaré a sus brazos que tanto he extrañado. Y Jimmy no estará seguro en un comienzo. Dudará, lo sé. No querrá arriesgarse a pasar de nuevo por lo mismo. No soy capaz de vivir otra vez una frustración como esa, se lamentará. Y yo, que lo conozco mejor que nadie, le diré que esta vez haremos las cosas distintas. No vamos a buscar a una madre gestante que esté lejos de nosotros, en otro estado, y que viva con un tipo miserable que la haga discutir sin que podamos hacer nada por evitarlo. ¡Eso es imposible!, intentará rebatirme. Así funciona el procedimiento, fue lo primero que nos explicaron en la agencia. Pero esta vez la madre gestante la elegiremos nosotros, mi amor, será mi respuesta. Y él se quedará unos instantes en abierto desconcierto, intentando comprender mis palabras y ver hacia dónde me dirijo con el argumento. ¿Recuerdas mi pesadilla, Jimmy? Te la conté hace ya muchos meses. En ella, Muriel llegaba a vivir con nosotros y comenzaba a tener contracciones en nuestra cama. Pero al final, en el momento del parto, no era Muriel la que daba a luz sino Vanessa. ¡Vanessa, Jimmy! ¡Nuestra Vanessa! Y mi marido se mantendría en silencio, el ceño fruncido, la mirada oblicua porque aún no entendería del todo mi razonamiento. ¡Vanessa es gente como nosotros, mi amor! Es nuestra amiga. Es la responsable de que tú y yo nos hayamos conocido. Vamos a pedirle a Vanessa que sea la madre gestante. Podemos traerla a vivir con nosotros, si queremos. Ella no se va a oponer. Vanessa no tiene gatos que la llenen de alergia, y vamos a tener la certeza de que no va a tomar cocacola durante el embarazo para así no intoxicar de azúcar a nuestra hija. Vamos a poder ver cómo le crece día a día la barriga. Estaremos ahí cuando Isabel de su primera patada. Lloraremos juntos cuando las hormonas le desordenen las emociones. ¡No vamos a necesitar de una pantalla, ni menos de una llamada por Skype, para conocer los pormenores de los nueve meses de desarrollo de nuestra hija! Piénsalo, Jimmy, es la solución perfecta. El dinero de tu madre nos va a pagar un nuevo sueño, y Vanessa nos va a regalar la posibilidad de hacerlo realidad. ¿Y ella está de acuerdo?, preguntará mi esposo en un hilo de voz, cada vez más entusiasmado con mi idea. Aún no he hablado con mi amiga, pero sé que no va a oponerse. Eres tú quien necesita decir que sí, Jimmy. Eres tú quien tiene que poner en marcha este plan porque, al menos de mi parte, no puedo estar más entusiasmado con el proyecto. Sé que así van a darse las cosas, paso a paso, tal como las voy pensando mientras corro por la acera rumbo a un enorme cruce de varias avenidas. Alcanzo a ver un taxi detenido en una luz roja y me lanzo hacia él en una desbocada carrera. Caigo jadeando al asiento trasero, arrastrando conmigo la maleta que se hace cada vez más pesada y el aire frío del exterior. *Downtown*, alcanzo a decir antes de necesitar una pausa para poder recuperar el ritmo de mi corazón y evitar así que mis pulmones colapsen. El tráfico me regala el tiempo que antes no tuve para buscar con más calma la servilleta con la dirección de Sarah, que por fin encuentro dentro de mi estuche de viaje junto con mi pasaporte y el boleto de avión. Le doy el nombre de la calle al chofer y echo la cabeza hacia atrás, apoyándola en el respaldo. Por primera vez veo todo tan claro. Y es tan simple, ¡tan jodidamente simple! No hay más secretos que el deseo de querer hacer bien las cosas, de llegar a puerto, de luchar por lo que quiero. Por primera vez soy yo el que tiene un plan que proponer. Un plan que, además, estoy seguro de que va a funcionar. Di que sí, Jimmy. Solo eso necesito: escuchar un *sí* salir de tu boca. Es lo único que me hace falta para poder dar el primer paso hacia el resto de nuestra vida. Si pudieras verme ahora, dentro de este vehículo... los ojos fijos en el paisaje que corre diáfano al otro lado de la ventanilla. Y de pronto el taxi se detiene y el hombre al volante me señala un edificio frente a nosotros. Es ahí, dice, y extiende la mano. Busco algunos billetes y me doy cuenta de que no tengo efectivo. ¿Quién tiene efectivo hoy en día? Pero no dejo que este contratiempo nuble mi optimismo. Todo tiene solución. Viajé desde México solo para encontrarte, y no voy a permitir que cincuenta y dos dólares se conviertan en un problema. Para mi sorpresa, el chofer me explica que puedo pagar con tarjeta de crédito. Ahí está, por si tenía dudas: el universo conspirando a mi favor. Es lo que le sucede a la gente como nosotros, Jimmy. Las cosas se acomodan para que podamos transitar entre ellas sin problemas ni percances. Salgo y el viento me empuja rabioso hacia las puertas del edificio de tu madre. Tú no lo sabes. No tienes cómo saber que estoy aquí. Que solo unos pasos y una subida en ascensor nos separan. El lobby me recibe con un abrazo tibio de calefacción encendida que agradezco en silencio, mientras enfilo hacia las puertas del elevador. Pero una voz me detiene. Es el conserje, que me explica que no puede dejarme pasar a menos que le diga adónde voy. Al apartamento 1403, respondo. Sarah Stone es la propietaria. Pero la señora Sarah no está, se fue de viaje, me dice con un dejo de suspicacia, comenzando a desconfiar de mí. Vengo a ver a su hijo. A Jimmy. Mi Jimmy. El mejor hombre. El futuro mejor padre del mundo. Me pide que espere ahí en lo que él se comunica con el apartamento, que tiene que llamar para pedir autorización. Lo veo marcar con infinita parsimonia, gozando de su pequeña parcela de poder sobre mí y mi destino. Y en eso las puertas del elevador se abren para dejar salir de su interior a una señora tan antigua como el edificio donde vive. Sin esperar a que el conserje me lo indique, me echo a correr hacia el ascensor y aprieto el botón del piso 14, que es donde tú estás alojando. Alcanzo a escuchar el grito del hombre desde el lobby, oiga, un momento, tiene que esperar a que yo lo autorice, pero las puertas ya se han cerrado y no hay nada que pueda hacer para evitar que yo siga hacia tu encuentro. Se lo prometí a Sarah. Se lo debo a Isabel. Escucho el golpeteo de mi corazón que parece a punto de estallar de ansiedad reprimida, de urgencia mal controlada. Piso 4... 5... Y pienso en esa teoría que dice que cuando estamos a punto de morir vemos, como en una película, las imágenes de nuestra vida. Pero yo no estoy a punto de morir, al contrario. Estoy a segundos de iniciar una nueva existencia. Pero aun así veo fogonazos de nuestra relación, Jimmy. Tú en aquella esquina esperando un taxi. El primer beso que nos dimos y que nos tomó a ambos por sorpresa. La celebración que hicimos cuando te dieron la planta permanente en la universidad. Tu mano tomando la mía en el funeral de mi abuela. Tu risa. Las lágrimas que compartimos. La vida mínima y cotidiana que le daba sentido a nuestros días. El olor a jabón de tu piel. El sonido de tus dedos sobre el teclado de la computadora. Tu cuerpo buscando el mío bajo las sábanas. Los paseos al atardecer. Esa pizza que nos intoxicó y que nos llevó directo a una sala de emergencias. El libro que te regalé y que siempre estuvo en tu mesa de noche. Tu letra que tanto me gusta. Tus ojos, Jimmy. Tu corazón. Son solo un par de pisos más. 8... 9... Lo primero que haré cuando salga del elevador será correr por el pasillo hacia esa puerta marcada con un 1403. Voy a tocar el timbre con insistencia, hasta sacarte de la cama. No, mejor voy a golpear, con los dos puños, para que crear que algo grave ha ocurrido y no tengas más remedio que ponerte de pie y acudir a mi llamado. Y la sorpresa. Qué inesperada y maravillosa sorpresa te voy a dar. 11... 12... Ya casi, Jimmy. Ya estoy aquí, y pronto lo vas a descubrir. El ascensor se detiene. Un largo y oscuro pasillo se despliega frente a mis ojos. Doy un paso hacia él, el primer paso que me llevará a ti. Y entonces escucho el ruido de un picaporte al ceder y de unas bisagras al abrirse. Y casi al instante, una carrera desbocada hacia mí. No alcanzo a reaccionar antes de descubrir que te me vienes encima, no sé si furioso o alegre de verme ahí. Soy incapaz de hacer o decir algo. Eso no estaba en mis planes. Era yo quien tenía que llamar a la puerta. Tú solo debías aparecer al otro lado para dejarte impresionar. Pero soy yo el sorprendido. De seguro el conserje alcanzó a alertarte de mi visita. Siento tus brazos rodear mi cuerpo. Ahí está de nuevo el olor a jabón. El calor de tu piel. Tu respiración en mi oreja. Tus labios besando mi cuello, murmurando un *por fin, mi amor, por fin,* que me desarma por completo y desarticula mis huesos. Un *por fin* que me hace saber que llegué a destino. Dime que sí, Jimmy, te susurro al oído.

Por favor dime que sí.

—Sí —contestas de inmediato, porque tenías la respuesta preparada desde hacía siete meses y catorce días, el tiempo exacto de nuestra separación.

Y ahí, en un pasillo mal iluminado de un edificio de Chicago, gané por primera vez una batalla. Y también la guerra.